《福州文学8》编委会

主管单位　福州市文学艺术联合会

主办单位　福州市作家协会

主　　编　余岱宗　林朝晖

编　　委　余岱宗　萧　鼎　林朝晖　傅　翔　陈泳红

　　　　　孟丰敏　练暑生　李玉平　林秉杰　吴安钦

编　　辑　叶仲健

福州文学

8

福州市作家协会 编

海峡出版发行集团
海峡文艺出版社

图书在版编目(CIP)数据

福州文学. 8/福州市作家协会编. — 福州:海峡
文艺出版社,2025.1
ISBN 978-7-5550-3936-5

Ⅰ. I218.571

中国国家版本馆 CIP 数据核字第 2025309VD3 号

福州文学 8

福州市作家协会 　编

出 版 人	林　滨
责任编辑	林鼎华
编辑助理	陈泓宇
出版发行	海峡文艺出版社
经　　销	福建新华发行(集团)有限责任公司
社　　址	福州市东水路 76 号 14 层
发 行 部	0591－87536797
印　　刷	福建新华联合印务集团有限公司
厂　　址	福州市晋安区福兴大道 42 号
开　　本	720 毫米×1000 毫米　1/16
字　　数	238 千字
印　　张	18.5
版　　次	2025 年 1 月第 1 版
印　　次	2025 年 1 月第 1 次印刷
书　　号	ISBN 978-7-5550-3936-5
定　　价	52.00 元

如发现印装质量问题,请寄承印厂调换

前　　言

　　写作是个体行为，写作者以经验为根，以文字为叶，大可以追求个性化表达，让自己的作品拥有辨识度，从内容到形式均与众不同，甚至可以去构建属于自己的文字王国，创造有别于他者的文学世界，呈现独树一帜的个人风格和艺术魅力。从另一方面讲，作家承担着社会道义，肩负着一定的社会责任，自然而然要为这个时代、这个社会尽一份力，研究社会的现状和走向，传承好中华优秀传统文化。

　　2024年是中华人民共和国成立75周年，作家们基于文化自觉，纷纷拿起手中的笔，以笔为剑，以梦为马，致敬优秀传统文化，反映时代特征，传递积极向上的能量——鲍坚的散文《见云淡而知山远》以文咏情、借诗言志，表达了他对优秀传统文化的认同以及深切的家国情怀，彰显"心有猛虎，细嗅蔷薇"的文人性情；以诗歌的形式，陆开锦回顾了他多姿多彩、热血沸腾的北大生涯，字里行间，让我们感受到青春岁月的热情和美好，激励新一代以梦为马，不负韶华；林秀美同样用诗歌携我们领略祖国的大好河山，感受淅川的山水、人文、民风之美和泸州1573落满鸟鸣、云朵的酒香；卢琪峰的《闽江畔，一座石碑在诉说……》从一座石碑的保护和传承展开去，书写抗日战争时期一位女子视死如归的贞烈之举；李尚财的小说《较量》刻画一个老兵的光辉形象，从另一个角度诠释了"谁是最可爱的人"；何金兴的小说《警察荣誉》写的是一位临退休老民警的感人故事，让我们看到了一位老民警为人民服务的情怀和操守；陈道忠的小说《岐尾地》则聚焦新农村建设，可视为我国乡村振兴建设的一个缩影……一部部作品，从不同方面，以不同视角，反映我们这个时代的历史巨变，描绘我们这个时代的精神图谱。

"新锐推优计划"是福州市文联、福州市作协 2021 年联合推出的一个品牌，旨在深入挖掘有创作潜力的基层新锐作者，并通过改稿会提升作品质量，推动福州文学事业的繁荣发展。通过这项活动，陈声龙、蔡立敏、朱慧彬、安方、卢王伟、林成龙等年轻作者走上了持续稳定的文学创作道路，他们的作品发表于《人民日报》《解放军文艺》《福建文学》《朔方》《福建日报》等报纸杂志，乃至出版了个人文学作品。本书作者中的唐辉、陈秀、肖小娜、朱侗等是 2023 年"新锐推优计划"选拔出来的新生力量，他们具备良好的文字功底，作品题材丰富多样，语言生动活泼，视野开阔，富有想象力，在追求个人风格和回应社会现实方面做到了较好的平衡，相信可以带给读者不一样的阅读体验。

目　录

▎小说

▎散文

┃ 诗歌

┃评论

小说

热 带 风 暴

成 业

风暴来袭的午后，我们照例玩了那个古老的游戏。

整个白天，晦暗的天幕下，尘埃和落叶被风卷到半空中，互相追逐嬉戏。

在我们记事之前很久，一株老樟树就立在院子背后。樟树的浓荫覆盖着两个垃圾桶，几辆自行车停靠在旁边的水泥地上，等待下次出发。几只麻雀在枝头发出叽叽喳喳的动静，在沉闷的空气中，它们的叫声像被装进了一个狭小的罐头，压抑地回响。

那天，那些鸟，全都烦躁异常。它们凭借本能预见了即将到来的暴风雨。动物对自然的灾难有着世代相传的敏锐嗅觉。

只有一个孩子穿越了那场热带风暴。

那时候，我躲在院子里的一个杂物间。杂物间的木门上有一个破洞，我用一只眼睛贴着木门的破洞朝外头看。外头的天色越来越暗，细雨已经飘起来了，地板变得湿漉漉的。风中的落叶越来越多，落叶声和雨声交织在一起，还有我的朋友数数的声音。

他一口气从1数到了90。他的双手离开墙壁，本该埋在手背里的眼睛也开始环顾四周。他扯着嗓子喊道："91，92，93…99，100！"

然后，他跑出了我的视线。

从那天起，我再也不玩那个游戏了。

当我重新站在锈迹斑斑的铁门前，已经是多年以后。和当年一样，这座院子叫门诊部宿舍。铁门上用红漆写下的5个大字依稀可辨，门背后是两栋房子围成的空地，空地尽头有一块荒芜的花坪。几棵枯萎的铁树垂头丧气地堆在上面。

院子背后的樟树还在，树荫下的垃圾桶已经不见了。两栋房子都是丑陋的长方形。其中一栋的阳台对着一条肮脏的小巷，城市肮脏的内河贴着小巷蜿蜒而过。

那天午睡醒来，我听到了风声。风从窗户的缝隙渗透进来，吹动了桌上的一本连环画。仿佛有人坐在桌前，飞快地翻动书页。我观察了一阵，确认没有一个看不见的人潜入了我的房间，我才从被子里出来。

我打开窗，看到天空被乌云蒙住了。那后面有光，但是一丝都投不出来。风吹在我脸上，院子里的樟树浑身发抖，许多树叶从树枝上落下来，又随着风飞起来。看了一会儿飞舞的叶子，我的脖子就酸了。我把下巴放在桌子上，想让脖子和脑袋都休息一下。

我想看一眼时间。我跑到父母的房间，房间的衣架上只有父亲冬天的一件大衣。我走到母亲的梳妆台前，看着妆镜里自己的脸被分成了两半。我伸手抚摩镜子上的裂痕，想起昨夜从他们房中传来的声音。墙上的时钟指向一点三刻。

此刻，我走进这间布满灰尘的老屋。墙上的钟指针恰好停留在一点三刻。距离我和朋友相约的时间还有10分钟。那天放假，院子里的小伙伴都来游戏。朋友认识的一对双胞胎也来了。游戏自然是人越多越有趣。

我就这样回到了过去的岁月当中。

双胞胎中的一个出现之前，我把半边脸靠在杂物间的木板门上，看着外头的雨越下越大。很快，淅沥的雨声就掩盖了落叶的声音。天地间只剩下雨声和风声，听不到其他一点动静。

暴风雨中，仿佛所有人都消失了。我告诉自己得沉住气，这时候出去就输了。一个钟头后，大家都会回到原地的。我这样想着，弓起自己的背。

我把自己想象成一只捕食飞蝉的螳螂，这让我感到更加孤独。于是我把整个脑袋都抵在门上，试图离外面的世界近一些。杂物间的破木板门被我的脑袋压得嘎吱作响，好像要挣开生锈的钉子跑出去。

外头的天已经全暗了，伴随着电闪雷鸣，让人甚至无法分辨现在是白天还是晚上。大家是不是都回去了？我一时疑心游戏已经结束。但转念一想，我一直留在原地，而大家都不曾回来，说明游戏一定还在继续。这真是个寂寞的游戏，我想，也许时间才过了几分钟。

雷声炸开了寂寞。闪电一次次照亮眼前的院子，我觉得自己像身处在照相馆里：有人在不断按下快门，镁光灯闪烁，记录着一切。我记得双胞胎中的一个从风雨中向我跑来的画面，她的衣服都被大雨淋湿了，紧贴着她瘦弱的身躯。

双胞胎不是这个院子里的孩子，她们是他的朋友。她们一个是姐姐，一个是妹妹，但是我们总是分不清谁是姐姐谁是妹妹。她们长得一样，个子也一般高。姐姐下巴上有一颗痣，妹妹下巴上也有。姐姐的头发是卷曲的，妹妹也是。

对我来说，这两个长得一模一样的姐妹就像是电影里孪生的外星生物。

总之，双胞胎中的一个撞开门进来了。我看着她，她也看着我。她反手把门关上，甩动着细细的脖子，把头发上的水珠甩了我一脸。那水珠里有少女的味道。

她用一只发抖的手摸了一把额头上的水珠，把手心的水珠洒在地上，我看到地上也被她身上掉落的水珠打湿了一片。

"他找到了我们！我跑出来了！"她惊魂未定地说道。

闪电从木门的缝隙投射进来，照亮了她苍白的脸。一声惊雷在我的头颅上方炸响。她发出尖叫，扑进了我的怀里。我浑身像触电一样地颤抖起来。她沾满水珠的身体像一块冰，让我觉得刺骨的寒冷。

闪电的光持续从外头透进来，雷声越来越猛烈。我觉得头盖骨都被雷声炸得嗡嗡作响。我的身体不像刚才那样寒冷了，反而热了起来。或许是因为雷声，或许是因为怀里的女孩。我可以清楚地感觉到女孩濡湿的身体，那个身体比我自己的要柔软得多。

我感到自己被潮湿的水珠包裹住了。我不敢垂下眼睛，去看怀里这个潮湿的身体。我只敢看着门板上的洞。从这里的距离，无法通过这个洞看到外头。只有外头的电光不时透进来，好像是这个洞在对着我眨眼睛。

闪电的颜色在我的眼睛上留下白色的斑点。我有生以来还从未听过这么多雷声。

"好可怕！"她感叹了一声，把我抱得更紧了。

我想和她说话，却不知道怎么开口。我分不清她是姐姐还是妹妹。以后万一见到另一个，认错了可怎么办呢？离开这里以后，我怎么才能再找到现在在我怀里的这个女孩呢？

脑海中灵光一闪，我小心翼翼地问了一个自以为聪明的问题：

"你们，都怕打雷吗？"

"什么意思？"她抱着我，疑惑地问。

"你们，都怕打雷吗？"我又重复了一遍问题。

"我们？"

"对，你们两个。"

我想自己或许可以以此区分她们谁是谁，或许她们一个怕打雷，一个不怕。

然而，她的回答完全出乎我的意料。

"我不怕打雷，我怕的是闪电。"

"那为什么雷声一来你就……"

"如果一个人被闪电劈中，他全身都会被烧焦，你知道吗？"

"我知道。"

"打雷就说明刚刚有闪电，想到自己刚才差点可能被烧焦，我就害怕得不行。"

"那么，你们两个都害怕闪电吗？"

她轻轻哼了一声，不再说话了。

我猜她是生气了。我不敢再说什么了。雷雨声还在继续，她暂时没有松开我的意思。

不知道过了多久，雷声没了，雨声也小了。她松开了我。我们尴尬地站在杂物间里，彼此隔着一个手臂的距离。我可以闻到她身上潮湿的味道，我的身上也都是这个味道了。

我又把一只眼睛贴到门洞上，外面的雨停了。樟树的叶子落了一地，没有一丝风把它们吹起来。时间似乎已经到了黄昏，天空是粉红色的，没有一朵云。小伙伴们陆陆续续都回到院子里了，双胞胎中的另一个也回来了。她站在屋檐下，浑身湿透了。

我们推开木门，走了出去。她站到她孪生姐妹旁边，我一下就分不出究竟哪一个是她了。大家叽叽喳喳地讨论不休，所有人都回来了，除了我的朋友。

他去哪了？他们有人说自己看见过他，有人说他根本就没有来找过他们。大家开始在院子里寻找他。我走到双胞胎姐妹身边，指着另一个问其中一个：

"你不是说她见过他吗？"

"不，"她笑了，"他抓到的是我。"

我看着我手指的另一个女孩，她也露出相同的笑容。这就是刚刚在我怀里的女孩吗？我有些不敢确认，疑心这是恶作剧。我把视线回

小

说

7

到我一开始锁定的女孩身上，接着问："那么，他抓到你以后又去哪了？"

"他又去找别人了。"

"那么，他发现你的时候，你躲在哪里？"

"楼上。"她指了指我住的那栋楼。

突然，一道闪电劈开了粉红色的天空。

"啊！"双胞胎同时尖叫，两只相同的左手遮住了两张相同的脸。她们似乎在通过这个动作抵御被闪电烧焦的可能。两只左手都在用同样的频率颤抖着。我看着两只手的影子照在她们苍白的脸上。

雷声在我们的头顶炸响。风吹得樟树剧烈摇摆起来。双胞胎紧紧抱住了对方。这让我感到一阵孤独。她们分开的时候是两个人，一旦在一起就合二为一了。他又在哪里呢？

"带我去你躲的地方看看。"我用命令的口吻对着这对双胞胎说道。

双胞胎中的一个弓起身子，蹲在楼梯的一个拐角。

"就是这样，"她对我说道，"他发现了我。"

我站在她的对面。这里实在不是一个好的藏身之处，但是如果只是匆匆经过，也容易忽略这里有人。我用眼角的余光瞥了一眼我身旁的另一个双胞胎，我确认她就是刚才在我怀里的女孩。我可以闻到她身上潮湿的气息。

接着，我们又去了他家。我们敲了很久的门，也没有人出来。我又分不清两个人谁是谁了，刚才两个人走在我前方，一不留神我又把她们搞混了。

"大人们都还在上班呢！"双胞胎中的一个说道，"现在才不到3点。"

外头的风雨声不停。我觉得时间过了很久，原来才一个多钟头而已。

小伙伴们都各自回家了。暴雨天游戏是无法继续了。大家也不愿意冒着雨继续寻找他。只剩下我和双胞胎还站在他家门前的楼道上。我们都觉得他随时会再出现。

我注视着双胞胎，试图分辨她们之间细微的差别。她们的皮肤都很苍白，其中一个的额头上带着细微的水珠，可能是雨水，也可能是汗水。我想起在杂物间时那个女孩抹额头的样子，我想我终于暂时分清了她们。

双胞胎的衣服都渐渐干了，我才注意到她们穿的都是红衣服。她们的衣服质量不佳，顺着衣服上滴落的水珠，红色颜料也滴下来，像稀薄的血液。

红色的水珠滴落到地面，便成了一个黑点。空虚顺着风吹进我的心里。

双胞胎把手肘倚在栏杆上，同时朝右边歪着头，像两个玩偶一样面无表情。院子里的樟树已经被雨水浇透了。树下积了一摊水，污浊的泥水里有白色的棕色的东西。那是夏天，樟树被吹落的叶子是绿色的。仔细看，原来是麻雀的尸体。

双胞胎玩偶一样的脸上还是没有一点表情，但看起来却有了一点悲伤的感觉。我深吸一口气，潮湿的空气中似乎含有麻雀尸体的臭味。我第一次发现死亡是如此真实而具体，突然不可抑制地呕吐起来。

他究竟去了哪里？

双胞胎提议了新的游戏。她们取出绳子，其中一个双手把绳子甩过头顶，划出椭圆形的弧线。绳子从头到脚把她的身体罩在一个运动的圈里，她的双脚以飞快的速度离地，又落下，又离地，仿佛变成了一只麻雀，踉踉跄跄地低空飞行。

接着是另一个双胞胎。她跳得更快，飞速运转的绳子发出"嗤嗤"的声响，空气被不断割裂。这声音钻进了我的心脏，我的呼吸也变快了。绳子从她身后转到身前，又转过面部。那张面无表情的脸，那种机械重复的动作，让她看上去像是一个牵线的玩偶。

最后是我自己。我的心里还想着他的踪迹，却被某种莫名的力量操纵了身体，不由自主地跳起来。我也变成了牵线的玩偶。一次又一次。像上了发条一样。这单调的游戏有单调的魅力。

如果一开始就玩这个游戏，那么一切都不会发生了。我这样想着，双手变得迟钝，身体失去平衡。我只得重新开始。这次，我和绳子一起掉落在地上。

双胞胎对我发出嘲笑。那是一模一样的笑容，一模一样的笑声。恍若其中一个的笑声先传去了遥远空旷的地方，又慢慢传回来。在雨天，这空旷的回音一遍又一遍地回荡。

告别的时候到了。闭上眼，我又看见那天的风暴。双胞胎的身影嵌在风暴中。风声，雨声和她们的笑声，在我的耳边逐渐清晰。双胞胎的两张脸交替浮现，也可以说是同一张脸在忽隐忽现。我试图回忆关于我朋友的一切。一切都是虚无的。

我已经忘了他的模样。他的声音，在我记忆中也是若有若无。我恨不得痛哭一场。但转念一想，这么多年已经有太多的东西被我遗忘。我又开始变得平静。睁开眼，出门，步下楼梯，走进院子。我一点点靠近那棵樟树。樟树下不知什么时候多了一张椅子。

也许它一直在那，只是我未曾发觉。我摇晃了一下，重重地坐到椅子上。椅子发出一声哀号，四个腿颤抖了一下。

一阵微风吹来，树叶沙沙作响。我感觉到一股濒死的平静。

"风暴到底是过去了！……"我对自己说。椅子带着我沉重的分量，慢慢向树下的泥土里陷落。我开始从 1 数到 100，每数一下，自己都变得比之前更轻了一点。阳光透过树叶的缝隙落在我的脸上。天空晴朗，仿佛一片波光粼粼的大海，在我的头颅上空延伸。

此 情 可 待

周　琦

一

　　林永祥当年想考大学，可惜高中毕业时大学停止招生了，他在乡下待了两年，患上肺结核，只好回城，边治病边在街道办的企业里打零工，之后分配工作来到保温瓶厂，厂里让他跟着师傅学电工。

　　虽然上不了大学，他的作家梦却从未停歇，下班后窝在小房里写诗，由于生活阅历浅，只能写工厂、写班组、写师傅，实在想不出来了就写对生活的向往……

　　　　清晨，工厂的大门开了
　　　　工人们朝气蓬勃地走进去
　　　　开始一天的工作
　　　　抛洒汗水大干快上
　　　　努力创造着产品
　　　　让一个个崭新的保温瓶
　　　　走出工厂、走向商店
　　　　走进千家万户

这首诗的题目他想了半天，最后还是定了《我们的工厂》。日积月累，一本粗糙的中学生作业本上渐渐地有了十余首诗，他知道自己写得不好，没敢拿出来示人。

工厂大门上写着几个大字"××市保温瓶厂"。厂里人知道自己是街道办的，之所以冠个"市"字，完全是拉大旗做虎皮上点档次好卖产品。隔壁省属企业拖拉机厂不仅门面大设施齐全，还有医务室，工人们有了小伤小病就近看病。大门旁边立着宣传栏，除了省报市报，还有一份4开小报《省拖报》。有一次林永祥陪着师傅来看病，偶然见到小报，1版工厂新闻，2版车间新闻，3版工会天地，4版把他吸引住了，那是副刊，散文、诗歌、绘画……看了上面的诗还不如自己写的，于是把那首《我们的工厂》用方格稿纸整齐抄写，趁午休塞进工会办公室门缝。

一连几日去宣传栏瞅一眼，都没见着换新的。过了近一个月，中午拐进去一看，报纸换新的了，直接找第4版——他的诗登出来了！最后一句改了两个字："温暖千家万户。"

整个下午魂不守舍，师傅在他肩上重重拍了一下才缓过神来："师傅，拖拉机厂有熟人吗？"师傅奇怪地问："你想调过去？"他不好意思地说："我在他们报纸上登了个小文章。"师傅带他来到拖拉机厂电工班："赵工长。""哟，是老林啊！""这是我徒弟，有事麻烦你。"林永祥害羞地上前："赵工长，我想要一份你们的厂报……"赵工长奇怪地问："那是文化人的事，我们大老粗要那个做什么？"林永祥嗫嚅着，师傅搭腔："我这徒弟在你们报纸上发了个文章。""哟，这可是大好事。"赵工长立即叫人往工会跑一趟，没多久回来了，身后还跟着工会王干事，客气地对林永祥说："请小林师傅跟我来签字领稿费。"啊？还有稿费！林永祥跟着去办公室签字领了5元钱，王干事也不客气："希望小林师傅多写稿，我们厂会写的人不多，要不然也不会那么长时间才出一期。"

选几首较为满意的诗寄给晚报，那是本市唯一的公开报纸，分量不轻，一连寄了几篇都石沉大海，他也不气馁。有一天上班，门卫给他一个长长窄窄的信封，午休时间边吃饭边打开信封，除了两份晚报还附有一张信纸：

林永祥同志：

您好！

我是晚报社副刊部诗歌编辑郑原生，你寄来的诗歌我都看了，选两首发表，奉寄两份样报。

诗歌固然应该源于生活，更应该高于生活。你的诗歌总体上较为平淡，应该在意象上多下点功夫，让读者从中品味出对生活的追求和向往。

希望多多来稿，以光版面。

祝

工作顺利、创作丰收！

郑原生

×年×月×日

一连看了好几遍，小心翼翼地叠好放入信封中，拿起报纸在最下方看到自己的诗歌，一首是《洒满阳光的小道》，一首是《我的师傅》。坐在旁边的师傅一把抓过报纸，找到他的名字，淡淡地说了一句："不错，都上晚报了。"

下午刚上班，车间主任跑过来看了报纸连连称赞："我们车间可出人才了！厂办的人都没这水平！"厂办也来人拿了报纸到处传播，他知道，一定是外表冷漠内心炽热的师傅给四下宣传的。

小说

二

　　每天上班林永祥带些大米，洗好米放入铝制饭盒中搁进蒸笼，食堂做几道荤素搭配的菜供大家选。那天正买菜，一位穿着长围裙戴着大口罩的工作人员往他手里塞了个纸条，他吓了一跳，边吃饭边打开纸条，上面是一首诗，很短，就4句："春雨淅沥沥，／滋润着土地；／我的心也滋润了，／是因为有了你……"

　　他有点不明白：这位是真的写诗呢，还是倾诉心事？把这首诗送到厂报，编辑问怎么没有留名，他略一思索，加上名字：文青。

　　之后几日去食堂都能看到她，师傅发现了他的目光，闲聊时说道："那姑娘名叫郑美娜，才19岁，父亲去世了，母亲改嫁富商去了香港。小姑娘孤身一人，挺可怜的。"

　　过了近一个月小诗登出来了，中午吃饭他带着报纸，却没见到郑美娜。几天之后她终于出现，他把报纸递给她，她默默地接过放到橱柜下继续卖菜。傍晚下班刚出厂门，发现她躲在对面马路一棵树下，他走到面前，她轻轻地说了句："谢谢。"他说："好几天没见你。"她一愣，应道："生病了……"

　　他推着自行车，她跟在身边，一声不吭默默往前走。走到岔路口，他说："我送你回家吧。"她坐在后座上轻轻拉着他的衣衫，他紧张地骑着车，生怕把她摔了。可越怕什么越是来什么，前轮直接压上小石子，车身一歪，他伸腿站直，她一屁股跌坐在地，他赶紧支起车伸手想把她拉起来，她却不敢将手放到他手里，双手撑着地爬起来。他问："摔伤了没有？"她摇摇头，两人对视一会儿，扑哧一声笑了。他问："你怎么知道我会写诗？"她说："宣传栏上都贴着呢。"

三

这天刚上班，有位身材健硕的少女穿着宽大的工作服走进门，粗喉咙大嗓门地喊着："老林师傅在吗？"看到他也打招呼："小林诗人也在！"对师傅说："老林师傅，我们车间喷枪坏了，工长请你去看看。"师傅在前，林永祥在后，跟着大嗓门美女向车间走去。边走师傅边问："大红，你爸最近好点了吗？"美女压低嗓子："还是老样子。"师傅又问："你弟弟还在上学？"美女有了笑容："他考上了中专。"来到车间，师傅拿着工具包掏出工具，不一会儿便找到病症："是保险丝断了。"林永祥掏出一卷保险丝，剪下一小段，固定在卡座上拧紧螺丝，再把保险插头插入槽中合上电闸，喷枪开始工作了。

中午去食堂，有人拦住去路，抬头一看，是那位矮小粗壮的少女："诗人，看看这首诗怎么样？"往他手里塞了一张稿纸。

坐在木凳上，林永祥打开饭盒，抓起勺子挖一勺饭塞入口中，打开稿纸，那是一首小诗，题目是《河边的花园》。诗中的意境让他觉得似曾相识。

下午快要下班了，黄大红走进门，她向师傅招呼一声便直奔他来："大诗人，看了怎么样？"他说："我把你的诗给了厂报，他们刚才找我要稿子。"师傅笑着说："大红，你也会写诗。"她脸红了，吭哧半天挤出一句："……写得不好……"转身跑了。师傅对他说："她父亲也是我们厂的，病休没上班，她母亲帮人做裱褙，挣点钱不容易。你要是和她好，就得做好吃苦的准备。"他脸一红："哪有……"师傅嘿嘿一笑。

或许他没有这个意思，可那位性格张扬的美女还真有这意思，三天两头往电工班跑，没过半个月全厂都知道黄大红是林永祥的女朋友。倒是那位食堂的病西施再也没露面，不久就没了踪影，据说是辞职去香港与母亲会合了。

黄大红每天下班在厂门口等着，他一出来，她就坐上他的自行车。同事们看到她打趣："大红，又在等诗人了？"黄大红落落大方："是呀，等永祥一起下班。"周日相约看电影，还没走到电影院，他就拐进新华书店，见他拿着一本书放不下，她便跑到收银台付钱，他要把钱还给她，她眼一瞪："买本书还计较？"他不敢再去书店，她家生活不宽裕，还借钱给她爸买药。中午吃饭时见她碗里仅有一份青菜，他把自己碗中的荤菜送到她碗里，她抬头看他一眼，低下头没言语。

年届而立，早就过了晚婚界限，既然都是现成的，那就水到渠成吧。家里摆几桌酒席，师傅来了，厂长派人来了，几位文友也来了，老邻居老亲戚，5桌酒席坐得满满的，人生大事就这么给办了。

婚假结束，两人带一大包喜糖去上班，见到同事就发一包，这个婚就算结了。不久孩子出生，尿布、奶瓶、哭闹……琐碎的事接踵而来。他把这一段生活经历用诗句描绘出来，就连熟悉的编辑都说："你的诗越来越生活化了。"

四

厂里效益越来越差，勉强维持几个月便宣布停产。工人有的辞职自谋职业，有的留职停薪，实在无处可去的每月领取可怜的一点点补助金。两口子都成了下岗工人，黄大红在家带孩子，生活重担林永祥一肩挑，每天早出晚归挣点辛苦钱。两口子一商量，干脆开个店吧。她老家在近郊，原本就是花木之乡，从小就操练过，弄些花盆伺候各种花卉盆景，成型了便让永祥拿出去售卖。

好久没写诗了，生活相对稳定，便拿起久违的笔，在粗糙的笔记本上一笔一画地折腾。将眼前的花卉草木一一描述，把自己的酸甜苦辣融入其中，选几首抄正寄给晚报社，三天后报社来电话：现在电脑编报，请作者将文稿输入电脑发电子邮件来。林永祥说声谢谢，顺便问一句："诗歌编辑郑老师在吗？"对方回答："郑老师几年前就已经退休，我叫黄文胜，请多多赐稿。"

晚上回家，让儿子帮他把诗稿输入电脑，黄大红在一旁冷语道："什么年月了，谁还看你的歪诗？"他不言语，只是在一旁观看儿子操作。妻子怕他太累，警告说："明天还要早起！"他等儿子把诗稿拷在一张小碟上，这才作罢。

周末来到市场，突然有人拍他的肩，回头一看："您是……哟，郑老师！"晚报编辑郑老师退休多年，好久没见，今天偶遇真有点喜出望外，赶紧请到店里，大红沏上新茶。郑老师问最近有没有新作品，他请郑老师稍坐，抓着硬盘跑到市场管委会央求人家打印出来，一路小跑赶回。郑老师拿起来轻声阅读，随手从桌上提起铅笔在稿纸上划拉，递给他："你看这样是不是更顺口？"

确实比原文通顺许多，意境上有了显著提升。郑老师说："你这几首表面是写花卉，实际上是你内心的真实反映。你有深厚的生活阅历，关键是要深入挖掘，写出属于你自己的独特韵味。"一旁的大红说："郑老师，你看我们都成了个体户，还写什么诗呀？"郑老师沉吟片刻："永祥写诗是有基础的，不管顺境还是逆境，他都没有扔下手中的笔。希望你支持他鼓励他，让他有展示的空间。"一席话让两口子感动不已，没等永祥开口，大红先表态："当初在厂里多少人明里暗里恋着他，我能看上他就因为他会写诗。平时浇点冷水让他清醒一下，不管能不能发表，他都是我丈夫。"郑老师说："这才像两口子嘛。"

晚上回到家，林永祥正准备做饭，大红瞪了他一眼："还不快去把你那歪诗给捣出来！"于是钻进儿子的小书房，让儿子修改后发到报社邮箱。第二天中午电话响起，晚报社诗歌编辑黄老师高声说："林老师，你的诗写得真好，手上还有吗？"他说一共写了 10 首，发去 3 首……对方立即打断："能不能把那 7 首赶紧发来！"他中午跑回家让儿子再发邮件，下午黄老师来电话说："好久没见到这么好的诗啦！我这儿已经编好交主任审阅，争取早日见报。"还留下联系方式，希望常联系。

三天后，晚报刊登他的 10 首诗，配发一篇短评，是那位退休的郑老师写的。文中说，十几年前就编过他写的工厂诗，如今他的诗有了新的突破，更加贴近生活，贴近群众。

晚饭时大红满脸都是笑，让他恍若隔世，原以为这一辈子为生计奔波，与诗不再有缘，没承想生活相对稳定时诗缘随即到来。睡觉时她十分主动地将他抱住，他随口问一句："以前不也红过吗？"她说："以前年轻不懂事，现在苦尽甘来。"他把藏在脑海深处的疑问趁机提出来："当初那诗真是你写的？"她嘿嘿一笑："我初中都没毕业，哪有这水平！""你突然拿出两首诗，我一直觉得不像是你写的。"她瞪了他一眼："那你为什么不说？"他摇摇头："多余的话不如不说。"她盯了他半天："你们文化人的花花肠子让人看不懂。想知道那诗是谁写的吗？"他没吭声，她说："是食堂那个病西施，我听说她写诗，你帮她发表，就跑到食堂找她借两首诗，她不愿意，我告诉她要注意自己的身份，贵小姐怎么能和穷工人在一起。"他听了没有任何表示，她捏着他的脸："你不生气吧？"他说："这么多年都过去了，还生什么气？"她不相信似的盯着他看，幽幽地说："我觉得她和你不合适，就那病恹恹的身体，你能养得起？"他转过身背对着她："睡吧，明天还要早起……"

五

吃过早饭来到店里，听到有人掀门帘，立即起身迎接，一位高雅端庄的女士走进门。他问："客人想买哪盆花？"贵妇看了他一眼："永祥，你不认识我了？"他一怔："是你……"

一杯咖啡灌入喉中，苦涩从唇边直到胃中，坐在对面的她柔声问："喝不惯？"他摇摇头苦笑。她一招手，服务生立即上前，她和蔼地说："来杯茉莉花茶。"

她问："我们有20多年没见了吧？"

"23年。"

她一惊："你记得这么清楚。"

"我儿子都快高考了，能不清楚吗？"

一阵冷场后，他开口问："美娜，你是怎么找到我的？"

她得意地笑了："报纸上说你是花匠诗人。"

"你这次回来是……"

"我在香港有个贸易公司，来参加经贸洽谈会。"

"……成家了吗？"

她神色黯然："……结婚了……"

"老公没一起来？"

"……他死了，车祸……"

他无言。

她换了个话题："你的诗比20年前好得多，不像当年那么幼稚，一个破大门都能生发出情感来……"

他笑了，她也笑了。

她端起咖啡杯轻轻呷了一小口，放下杯子，用餐巾轻轻擦拭着嘴唇："你和黄大红……幸福吗？"

"老百姓的日子能过就好，什么幸福不幸福的？"

"黄大红配不上你……"她尖锐地喊着，随即抬头看了一下四周，上午时小店里顾客不多。

"这么多年都过来了，再说大红是个能干的人……"

"愿意和我一起走吗？"她打断他的狡辩。

"去哪儿？"

"想去哪儿都行。"

"我没有文凭，做不了大事，会拖你后腿……"

"你有才，你会写诗……"

他笑了，笑得十分苦涩："写诗不能当饭吃。"

……

时已正午，他回到家，大红正在做饭，儿子还未放学。

她抬头看他一眼："回来了？"

他点点头。

"你没跟郑美娜走？"

他奇怪地问："我为什么要跟她走？"

"老情人见面，我以为你不回来了。"

"我自己的家我不回来，能去哪儿？"

她不再言语，笑了……

他好奇地问："你怎么知道她来找我？"

"她先来家里了，想让你跟她走，如果我愿意，儿子也可以出国留学，我叫她直接找你，你要是不回来，我也不会去找你。"

他轻声说了一句："瞎扯！"

岐尾地

陈道忠

一

今年倒春寒，清明节快到了，寒风还天天刮着，岐尾地上的衰草像小孩得疤癞头后长出的黄发，在冷风中簌簌发抖。我缩了缩脖子，后悔出门时没有戴上围脖。

岐尾地是炉山山脉向东延伸的终点，1000 多年，前这里三面环海，涨潮时，海水波涛汹涌；退潮后，滩涂辽阔无垠。后来海水逐渐退去，大跃进时代马堡又围海造田，岐尾下滩涂成了一马平川的肥沃良田。虽然海水远去了，但带着海水味道的岐尾地名一直没变。

我站在岐尾地祖父墓地前，点燃了一支烟。荒凉的山野，稀疏的草地，我的心里空落落的。退休后无所事事，我北上新疆、南下海南旅游，前几天回老家小住几天，一是参加一个族亲晚辈婚礼，二是准备给家中先人祭墓烧纸。抽完烟，我随手把烟蒂丢在地上。一会儿，衰草中飘出细细白烟，煞是好看。白烟变成了袅袅炊烟。火苗在跳跃，枯草显然被烧疼了，在痛苦中呻吟，怒火化成一股青烟腾空而起。望着火苗渐渐向四周蔓延，小时候冬天放牛，同小伙伴一起放火取暖烤红薯的往事又在脑中浮现……

草燥风大，星星之火，一会儿便摧枯拉朽，燎原一片。两条火龙飞舞翻滚，火舌吞没了茅草，窜到了一片野生竹林中。霎时，噼噼啪啪的爆竹声炸响，岐尾地烟雾弥漫，眨眼间变成滚滚浓烟冲向天空，黑色的草灰像雪花一样在空中飞舞……

我两眼迷糊，呆住了。救火显然是来不及了，自己一个人，就是有三头六臂，也扑灭不了这熊熊大火，再说救火要工具，手上没有柴刀，也没有小松木、大树枝可砍来做工具。如果脱下呢大衣来扑火，呢大衣是羊毛纤维易燃物，那不是引火烧身吗？我想起小时候放牛，也是冬天，和小伙伴嘉传放火烧虎头蜂巢，也是一眨眼，大火便引燃了山岗上的小松林。我和嘉传各砍了一棵小松树冲向火势最旺的地方，拼死扑打。火被扑灭了，两个人眉头、头发也被烧焦了，汗水、泪水和着草木灰涂满脸部，双双瘫在地上喘气。当年是初生牛犊不怕虎，现在是老夫聊发少年狂，等下有人问起这事，怎么回答？我手足无措，急得团团转。

岐尾地是片荒地，没有树，没有什么经济作物，西边被公路截断了，火不管怎么烧，也不会烧掉多大地方，不会造成什么经济损失，这是我放任火苗蔓延的底气。但我忽略了一点，政府三令五申不许野外生火，如造成经济损失要抓人蹲号子的。村里男女老少、文盲疯子都知道、都不敢做的事，偏偏我做了，而且我还是一个上过大学的知识分子、退休干部，怎么就做出这么愚蠢的事来？传出去岂不让人笑掉大牙！我后悔一时无聊冲动，可世上没有后悔药。

草木灰漫天飞舞，然后洋洋洒洒落在2里外的乌山村。村主任兼支部书记嘉高要去镇政府办事，骑着电动车出了村口，看见草木灰从天上落在干净的水泥路上，他顺着烟火冒起的方向，火急火燎地赶到了岐尾地。

"二叔，你怎么在这？"嘉高看见火场边的我，车没停稳，张口就喊。

"我……我……我去……"我支支吾吾，不知如何解释才好。

可能有点远，嘉高听不清我说什么，又喊："这火怎么着的呢？"

"我……我早上来……来墓地……"我想仔细回答，可磕磕巴巴的，越说越不明白。

嘉高快步向我走来，脸带怒气："看见放火人了吗？"

"没……没有……"我脸上像被火苗燎过，火辣辣的。

嘉高走近我，看见我脸上红通通的，扭扭捏捏的不自然，疑惑地问："你？"

我点点头。在嘉高面前，我还是很自信的。短暂的尴尬后，我承认是我不小心点着了火，便从大衣口袋里掏出打火机。

嘉高睁大眼睛看着我，人证物证俱在，看来不会是假的。

"我去东头贝丘地看看，那里烧着没？"他快步往东头走。

我跟在他后面，说："火是往上烧，就是往西，东头没有烧着。"

嘉高走到东头，看见三个篷布盖得严严实实的土坑还是原样，舒了一口气。

我问："这就是以前考古发现的贝丘遗址？原来在这里！"

"对，是这里。这可是个宝贝。"他摸出香烟，抽出一根递给我，一根自己叼上。

我知道贝丘遗址是个宝贝，可我没说。我接过烟，想要给嘉高点火。嘉高不让，接过打火机给自己点上。

两人抽着烟，不知道说什么好。

岐尾地离乌山村只有几百米远，又在通镇公路边，几个老人循着浓烟快步走来，想看看着火情况。

"火灭了！没事，回去吧！"嘉高挥手叫老人们回去。

老人们停下脚步，嘀咕了一阵，一步三回头地回去了。

二

　　嘉高是我的本家侄儿，连续3届当选村委会主任兼村支部书记，在村民中威望很高。他有今天的成就，不谦虚地说，有我一份功劳。

　　当时村委会换届选举，鉴于上一届班子软弱无能，乌山村名声不佳，男青年订婚都成难题，村里的年轻人推嘉高出来参选。征得大多数村民意见后，镇领导把嘉高列为候选人。嘉高既想为家乡做些好事，带领乡亲们脱贫致富奔小康，可又担心搞不好，不但名声受损，经济收入还受影响，刀切雍菜两头空。他心里忐忑不安，打电话请教我。我告诉他，现在国家推出脱贫攻坚政策，消除贫穷，改善民生，政策向农村倾斜，你要抓住这个大好时期，争取上级资金支持，一定能带领乡亲们走出贫困，振兴乌山村的。我鼓励他勇挑重担，争取村史留名。

　　嘉高高票当选村委会主任后，如何打响第一炮？我给他支了个招。借助民俗民风，乌山村农历五月都要演社戏，十里八乡来看闽剧的人蜂拥而来，这是打广告的最好时期。组织村干部和老人会头头开个会，把最好的座位让给外乡的老人，花一些小钱，在演戏的尊王宫里支几口大锅，买几百斤大米和几十斤海蛎，煮海蛎粥请看戏的外地人吃饭，免费。

　　看戏的多是老人，以前都是下午看完戏后回家吃饭，晚饭后再赶来抢座位。乌山村的预留座位和免费晚餐，这种贵宾般的待遇，让他们感动不已。县电视台记者得到消息后赶来采访，上了县新闻，乌山村的好名声一下子传遍全县。

　　曾经有一段时间，村里几个没手艺又怕吃苦的小混混，耍横斗狠，利用乌山村地处交通要道的优势，不让外地的营运中巴车、载客摩托车通过，说这路是我们村出钱修的，要交道路维修费。乘客只能下车，付高价换乘小混混租来的中巴车。说白了就是打劫，搞得乌山村臭名远扬。通过这次社戏活动，人们对乌山村的坏印象彻底消除了，纷纷竖起大拇指。

嘉高是个有魄力的人，小时候就是孩子王，初中时为本村一个学生出气，组织全村十几个初中生同几个校霸大打一架后，还冲进校长办公室申冤，最后几个校霸被迫转学，轰动全镇。他高中毕业后学泥水工，后来带着几个哥们承包工程，十几年时间赚得盆满钵满，为村里修路架桥，为马堡镇教育基金会捐款，积累了一定人脉。十几年时间，新农村建设项目、美丽乡村项目、乡村振兴示范村等陆续落地乌山村，村庄建设风生水起，村容村貌大为改观。这段时间，他又想争取马堡镇学生研学项目，在县里镇里奔波着。

"烧了也好，反正是块荒地。你退休了没什么事，在这种点什么玩玩也好。"嘉高建议。

"对呀，有道理，既锻炼身体，又能吃到有机蔬菜水果，一举两得。"我觉得这是个好建议。

"如果真有这想法，需要什么帮忙，你大胆说。"嘉高急着去镇政府，说完要走。

我挥别嘉高后，坐在地上回味嘉高刚才的话。城里有套房，农村有个家，屋前屋后种菜瓜，这是退休后最理想的生活。我曾经想象过这样的生活，可一直下不了决心，也找不到契机。嘉高的话，一下子点醒了我。

其实我内心还有个想法，我的老父亲在20世纪90年代建的瓦房已破旧不堪，如果倒塌了，农村的家就没了。如果把瓦房推倒，建一栋小别墅，一来让自己享受有品质的农村退休生活，二来为儿孙在老家留下根，多好的事，可我担心妻子反对，一直犹豫中。

小
说

三

我妻子是城里人，比我早一年退休，在一年里跟团去了东北和云南几个地方旅游，回来后直喊旅游就是花钱买罪受，发誓再也不去了。她开始在小区棋牌室打麻将，可赢得少输得多，又厌倦了麻将生活。她听了我的宏图大略后，直呼这钱值得花，有别墅住，有水果吃，过的是神仙日子，想好了就做，催促我赶紧动工。

经过半个月准备，岐尾地果园动工了。我买了10捆铁丝网和100条铁里柱，雇了三个人，先把荒地围起来。我计划今年先种些毛豆花生什么，明年种水果。

荒地有4亩多，在我祖父墓地右边，以前是我家的红薯地。改革开放后几年，父亲进城开店做生意，红薯地给亲戚家种豆种花生。后来亲戚也不种了，有人在地里栽桃树，时间长了，桃树枯了，又有人种红薯。再后来父母过世了，不知什么时候，红薯地成了一片荒地。

围栏一天就完成了，接着，我租了一辆钩机，开始平整园地，开沟修路。

钩机喘着粗气，挥舞着长臂忙碌工作。我跑前跑后指挥着。

"停，停下！"一个年轻人怒气冲冲闯进园地，指着钩机驾驶员吼道。

"你是谁？怎么啦？"我被这突如其来的人整蒙圈了。

"不要问我是谁，你先去问问这块地是谁的！"年轻人用手指着我，气势汹汹。

见发生了土地纠纷，钩机司机关掉发动机，暂停施工。

我赶紧走向年轻人，询问他是谁，还有他让停工的理由。

从年轻人愤愤不平的语气中，我知道了事情缘由。他说这园地有一半是他家的，他曾祖的墓虽然迁走了，可土地还是他的，没有他的同意，谁也不能抢占。

哦，原来是村尾张家的儿子。我年轻时听父亲讲过，小张的曾祖父和我祖父都是道士，是同门师兄弟，经常一起给有钱人家念经做法事。由于是道士，他们都知道一些堪舆术，发现经常路过的岐尾地是个风水宝地。两人商量着共同出资买下这块地建两座坟墓，生前是师兄弟，死后是邻居，永不分离。两位老人过世后，两家的关系渐渐淡了。

改革开放后，村村通公路，一条通镇公路从岐尾地西边通过。听说就是那时候，把墓地移走了。当时我父亲还在老家种地，就把那凌乱不堪的墓地平整了，种上红薯。后来我父亲进城做生意了，红薯地给亲戚种瓜种豆。那年代，年轻人都往城市跑，肥沃的田地都荒芜了，岐尾地自然成了荒山空地。

地都围了起来，再去拆移，费工费力，还惹人笑话。再说哪块是你的哪块是我的，没有界线，谁说得清楚？听说农村都这样，荒田无人耕，一耕有人争。我想息事宁人，给小张一些钱补偿，可小张坚决不同意，说要地不要钱。事情陷入了僵局，我叫钩机驾驶员暂停施工，自己回家请人从中调停。

四

找谁调停呢？我第一个想到的就是嘉高。嘉高是村干部，有责任也有义务帮村民解决矛盾纠纷。加上他是我的侄子辈，在公正上应该没有问题。我打电话给嘉高，反映了事情经过。嘉高在县城办事，说等他回来解决问题。

第二天上午，嘉高打电话请我到村委会喝茶。在嘉高办公室，他洗杯烧水，拆开包装精美的武夷岩茶，还摆上好烟，像接待贵客一样。我一边抽烟喝茶，一边听嘉高讲岐尾地贝丘遗址被发现和挖掘的故事……

嘉高越讲越起劲，简直是滔滔不绝。我有求于嘉高，耐着性子继续倾听他的长篇大论：

　　……虽然发掘的面积较小、发现的遗迹遗物也不多，但仍然可以看出出土的陶器型式具有显著的昙石山文化时期的特征。根据送往北京大学 AMS 实验室检测的样本数据，岐尾地遗址年代为距今 4800 年至 4300 年。

　　岐尾地遗址的发现填补了此前对闽江口以北至罗源湾沿岸这一带区域新石器时代文化认识上的空白，在对其周边进一步调查后又发现了同时期的南山遗址。这也显示了在昙石山文化时期岐尾地及其周边是一个重要的聚落区。

　　岐尾地遗址作为江海县首个发现并经科学考古发掘的昙石山文化时期遗址，不仅将江海县的历史向前推进了 2000 年，而且其所处的特殊的地理位置，对研究昙石山文化的沿海、海湾类型具有重要意义，同时也为台湾海峡两岸新石器时代文化的比较研究提供了新的实物资料。

　　总之，岐尾地遗址的发现为我们今后进一步探索昙石山文化在福建沿海的传播路线、范围以及可能的去向等问题提供了重要的线索……

我越听越反感，这些知识还要你普及吗？我好歹是中国作协会员，正高职称。我发现嘉高当村干部当久了，也学会了高高在上的模样。我打断他的话，问："村尾的小张你找了吗？"

"还没有。"

"钩机还在地上停着，停一天，我要付 500 元。"我有点不耐烦。

"我知道。莫急，莫急，喝杯茶。"嘉高笑眯眯地给我续茶，又开始讲这次村委会准备做学生研学项目，他求爷爷告奶奶，大倒苦水。

"你葫芦里到底卖什么药？"我发现嘉高今天有点反常，不停地绕开话题，我急了，直截了当地问他。

"事情有点麻烦，全村人都盯着。"

"我挖我的地，村里人眼红什么？"

"乡亲们说你圈地为了挖宝。"

"挖什么宝？简直是红眼病，胡扯淡！"

"岐尾地确实有宝贝。"

"你也这么认为？"

"是的。"

"你也看上了这块地？"

"对。"

"你，你们……"养鼠咬布袋，我气得头上快要冒烟了。

"二叔，莫急，莫急，抽烟，抽烟。"嘉高笑嘻嘻地递烟给我，打着打火机非给我点烟不可。

伸手不打笑脸人。我让他点烟，也喝他端来的茶。我想看看嘉高接下来怎么说？接下来怎么表演！

"二叔，以前你教育我少些自我，多些大家，要为家乡做贡献。这十几年我做得怎么样？"

"还好。"我承认。

"现在，我想做学生研学项目，带动乡村旅游，你支持不？"

"支持。"我肯定。

"我想征用岐尾地做研学基地。"

"为什么选择那里？"我疑惑。

"那里有贝丘遗址。"

"想要就直说吧，干吗这样弯弯绕！"我快要疯了。

乡村振兴，第一要务是产业振兴。乌山村有什么资源优势？有什么产业能聚人心、人才、人气呢？只能靠乡村旅游业。乌山村历史文化深厚，有新石器时代的贝丘遗址、宋朝的朱熹讲学堂、明朝的荔枝林、明清古建筑，还有明朝的"吃烟花"民俗表演，这些都是乌山村的优势资源。嘉高一心想做乡村旅游业。可这很难，要有政策、资金、人才、上级政府的支持、全村村民的配合等。路要一步一步走，事情要层层推进。现在最大的问题是解决停车场的设置。乌山村看起来田地很多，但可供建设的土地太少了，不是农地就是林地。那天我火烧岐尾地，让嘉高突然想起，这块地曾被上级征用想做贝丘公园，后来因资金不到位停了。这块地拿过来做停车场正合适。

嘉高将自己几个月来思考的宏伟计划和盘托出。他计划成立一家文化旅游投资发展公司，吸引企业、民间等社会资本以不同方式参与乌山村乡村旅游建设，从学生研学开始，然后发展成乡村旅游。利用马堡镇在福州市一小时生活圈内的优势，把马堡镇的自然风光、人文景观、休闲农业、民宿餐饮串起来，游客晚上在乌山村欣赏一场与武夷山的"印象大红袍"媲美的"吃烟花"民俗表演后，还能在乌山村留宿。

"这个方案好！我在武夷山看过'印象大红袍'表演。"我听后很激动，"这个方案可操作性强，而且我们的'吃烟花'表演更独特、更精彩，成本更低。想不到，你小子还真有点本事！"

"这么说你会全力支持我了？"

"支持，全力支持！"

"早知道二叔这么通情达理，我就不绕了。"

"你小子既聪明又笨，我什么身份？大是大非不会把握？把我想象成什么人了！"

五

　　村民代表大会开上，嘉高的方案得到与会代表的一致赞同和全票通过。乡亲们信赖嘉高，纷纷拿钱投资旅游公司，一天时间集资了200多万元。我将岐尾地征地补偿款投进公司，并在旅游公司担任文化顾问一职，有了一间独立办公室，工作写作两不误，心满意足。小张在嘉高劝说下，也学我的做法，将征地补偿款作为投资，然后在公司里上班。

　　忙过这阵子，我准备5月申请旧房改造，建个小别墅，8月开始装修，年底喜迁新居，在老家过个团圆年。

挖 坑 人

璎 洛

　　夏天的雨一阵阵的，窗外的鸟贴着玻璃掠过，不知是近一个月来的第几次，仿佛是来对写作的主人打招呼的，又像是来监督窗内的那只猫，因为那只猫总是站在书桌上无聊地看着天空发呆。这只猫很忠诚地陪伴主人读书，但也不妨碍每天待在书桌上看外面的风景，尤其是窗外那只鸟发现它以后，它们之间似乎达成了某种默契，只要猫出现，那只鸟就飞过来打招呼。最初，猫主人很开心，以为鸟是为了自己而来的，后来发现了猫和鸟之间的约会秘密，便开始观察那只鸟，终于有一天把猫和鸟的故事写出来，并配上视频，发在了朋友圈里，引来许多人的关注和留言。

　　猫和鸟的视频很快就传播出去，在众多的评论中，有一个帅哥特别在意那只鸟，想确定它是什么种类。这个帅哥平时并不关心这些鸟类，更谈不上研究，但对视频里的这只鸟表现出了令人难以置信的关心，而且在一个无关乎鸟、只关乎人类文明发展的群里，提出了一个非常有趣，又值得大家关注并讨论的犀利又深刻的问题："那只鸟的尾巴到底应该是多长才是对的？"这是一个群名太长的群，群友简称其为"人类群"。用什么群名，可能有些人比较在意，有些人觉得无所谓，只要不进错群就好。"人类群"的某个人同样对那只鸟的尾巴产生了好奇。

这两个好奇鸟尾巴的人开始研究，那只鸟的尾巴为何是这样的长度。第一个质疑鸟尾巴长度的帅哥，从他过往在群里的发言和表现能看出，他平时就擅长发现各种问题，总是能提出不少很好的建议。比如不久前他曾指出一艘船要翻了，引起了大家的认真关注。当大家叽叽喳喳地询问船开到了哪片水域时，才发现那艘船就停泊在一幅画里。大家安静了下来，从来没有人能够有这样惊奇而伟大的发现，能发现一个画家画的几百年前的古船会翻船。这个重大发现，不知能否拯救这幅画里的船？还是拯救了这幅古画，让它在可能翻船的惊涛骇浪中留存下来，还是会和画里的船一起沉没？这个问题没有专家能够回答，至少群里的专家们都一致地保持了沉默。

只有一位女士提出了反对意见，认为"这是一幅画"。但这句话并不能使帅哥满意，帅哥认为画里的船应该被画得不至于翻船沉没。应该怎么画不至于沉没，他提供了很多图片来佐证，那些图片里的船模型似乎从来不下水，也就不可能沉没。所以帅哥认为应该一比一地如实画出不会沉没的船，否则担心画里的船终将沉没，会引起人类的恐慌。只是"人类群"没有因此恐慌，却十分沉默，或许会和画里的船一样，一直沉默几百年。是否沉没？该画的画家也表示决定不了，授权这位帅哥决定，否则帅哥将起诉这个画家的不负责任，导致画里的船即将沉没，必须赔偿给船员的后人百万元。画家没有百万家产，只得接受帅哥的正确意见，认同画里的船不日将翻船并沉没。

由于之前这些了不起的议题产生后，人类群基本保持了沉默。当那只鸟的尾巴为何长了1毫米，却不是帅哥认为的那个长度时，群友们都在等待帅哥揭晓正确的答案。很不幸的是，有一张古老的图画上居然也出现了那只鸟。那只鸟是怎么"飞"进古画里的，没人知道，但帅哥鉴定后确定，视频里那只鸟的尾巴比古画里的鸟尾巴，千真万确地长了1毫米。两者谁更正确呢？帅哥认为这是一个重要的课题，邀请群友一起用放大镜来研究。对那只鸟的尾巴应该是短尾、不是长尾的问题感兴趣的另外一个人，已经陷入了精神困境。因为他无法确定帅哥提出的鸟尾少画 1 毫米究竟对不对，而画家早已作古。怎么办？群友们虽然显得很明智，但不能总是不回答帅哥的这些质疑。那位提出过反对意见的女士，再次提出了反对意见："为何只看到画里的尾巴长短问题，不数一数画里的鸟毛有几根？鸟毛长长了多少，不仅那只鸟要负责，画家也应当负起责任。"

后来还有一位先生勇敢地问道："这是鸟类问题，还是绘画问题？"

又有一位老先生紧接着发出了灵魂的考问："这个问题是问题吗？"

那位女性善解人意地替帅哥回答道："是个问题，因为有人提出了问题，已经讨论了几天，这个问题反映了别的问题。"那位女士发现，这群里似乎只剩下了在说话的这 5 个人，其余的人是否退群了？

恰巧第二天是鸟人狂欢节，群里顿时热闹起来，许多群友开始发各种鸟人图。原来，人类群里还存在着盲区，有些人根本看不到帅哥的提问，有些人看到了但似乎对语言的理解产生了歧义，所以那么多人因为各种原因导致看不见帅哥的这些精彩提问。帅哥笑话群里的人都是睁眼瞎，居然看不出那只画里的鸟尾巴比窗外的鸟尾巴长了 1 毫米，而多出的这 1 毫米长度，可以作为文物考证的证据，全面推翻画上的一个名妓的身份。那只鸟就站在名妓的肩膀上。帅哥坚定地认为，这只鸟因为尾巴太长了，就没有资格站在传说中美得无与伦比的名妓肩膀上，所以这个名妓不是名妓，只是普通的妓女。这样费脑筋推理的逻辑问题，需要丰富的学问、脑洞大开的发散性思维来大胆考证的历史问题，完全难不倒帅哥，但把其他群友都难倒了。帅哥因此很生气，群友们不仅不认可自己的重要新发现，也解答不了这个问题，他由此判断群友们是脑残，认为人类群应更名为脑残群。

对于女士和其他几位先生的不解和反对，帅哥不屑地表示全都不值得交流，因为那些人不如他认真执着，也不如他擅于发现问题，更不懂得如何正确解答问题。他肯定所有人都错了，永远不可能正确，因为他提出的问题，答案自然只有他知道。

某天半夜，帅哥想得失眠，群里那么多脑残怎么办？他想起火星群的群主，不久前造了一把巨大的铁铲，挖了一个巨大的坑，埋掉了火星群里的脑残。帅哥觉得自己也应该挖坑埋掉所有不正确的人，和反对他权威说法的人。他想至少应该先把脑残群主埋了。他花了一个白天的工夫，把自己吃饭用的铁制长柄汤匙，改造成了一把挖坑用的铁铲，趁夜黑风高出门，挖好了一个他认为正确的坑。

正确的坑挖好了，帅哥想引群里的人去看，说坑里已经放好了一艘挪亚方舟，舟上有一堆美食，免费食宿3个月没问题。这下群友们不乐意了，质问他这个坑足够容纳几个人。但此群人数众多，居然点不过来。帅哥太年轻，铲子不够大，技术经验不足，所以没想到这个问题。但这个问题不成问题，只要是个坑，总可以容纳几个人。围绕这个坑的问题，群里热闹起来。不管大家怎样提出从哪跳这个坑才正确，帅哥都会摇头否定，接着肯定而权威地说："这个问题的答案，你们说的都不对。"

群里那位老先生说，其他人的答案确实不正确，因为答案只有帅哥知道，请帅哥先进坑去试试，看是否帅哥也会跳错坑。帅哥觉得有道理，别人肯定无法准确地掉进他挖的正确的坑。但那位女士却劝帅哥停止挖坑，说不论什么坑都可能是一座道德的坟墓，损人不利己。群里有个并不帅却觉得自己最帅的年轻人突然跳出来发言，积极鼓动帅哥道："我支持你挖坑，鄙视这种满嘴仁义道德的伪君子！"帅哥因此坚决要把坑挖到底。但一个正确的坑究竟可以埋掉几个不正确的人？跳坑的姿势怎么才正确？要保证一切都如他所认定那样正确，这使他失眠了。

翌日清晨，他前往自己挖的坑，站在猫主人的窗下，仰头看那只在和猫约会的鸟。他想应该回家带一把尺子来测量鸟尾的长度，谁知先迎接了一泡白色的纯洁鸟屎，导致帅哥的眼镜一片模糊，所有的研究只能暂停了。这只会拉屎的鸟究竟是从古画里飞出来的，还是头顶那只会逗猫的鸟，真是令他难以分辨，因为古画里的那只鸟尾巴下有一个白点。他怀疑自己眼花了。而眼花的他不知道，他已经准确地站在自己挖的正确的坑里。只不过这个坑刚好挖了猫主人的墙角，是个不小的墙角还是说一个大坑呢？总之，谁能不说坚持永远正确的帅哥真的眼花了呢？不知道接下来，他是否要去大牢里的坑蹲上一段时间，也可能他会在里面挖坑，再爬出来呢。当然，即使他真的能从这个坑里爬出来，但只要他喜欢钻牛角尖，他的脑里就始终会有个坑，他还是会不断地挖坑的。

第四个电话

朱慧彬

　　"嘟……嘟……嘟……"电话那头传来一串忙音，然后是挂断的声音。

　　她坐在二楼天台上的轮椅上，右手拿着一部老人机，左手抱着一只半睡半醒的花猫。眼神飘落在楼下三两株打水泥裂缝里生生挤出来的油菜花冠上，小个头，细腰杆，有些营养不良。

　　时间是早上7点钟，星期天，地点是一个靠近小镇的老人村。

　　这是她今天早上拨打的第三个电话号码，照例与前两个号码一样，无人接听。不，准确地说，是与前面的遭遇一样，被摁断了。没错，摁掉！摁掉？是不能接听，还是不想接听？有什么理由非得这么不礼貌地摁掉呢？

　　她看了看手机界面排列整齐的"1""2""3""4"4个数据键，她仿佛看到4个沉默的人头影像在上面晃动。

　　"1号"是女儿。女儿只上过初中，头婚嫁了位卖假药的老男人。老男人前腿一进局子，女儿后脚就离了婚。离婚不久便跟另一个老男人跑了，几年杳无音讯。听说在外结婚又离了，电话总打不通。这鬼丫头从小就随她爸，连算计人都学，也难怪她爸去得早。

　　"2号"是三妹。用大半辈子积攒的钱在县城买了套公寓房，如今在一户有钱人家做家政，照顾80多岁的老两口。听三妹说，老两口是退休干部，有糖尿病与老年痴呆症，生活不太能自理。三妹每天帮他们打胰岛素，擦洗、按摩身子，打理家务。她一般凌晨5点左右伺候老人们起床，6点喂饭，7点带老人们出门散步，9点回来补觉。这会儿估计正手忙脚乱呢。

"3号"是二妹。去年退休，在省城带孙子。二妹一般早上6点起床，给一家老小做早餐，8点送孙子上幼儿园。而7点钟，她或许在跳广场舞。

这样想着，她心稍稍安定了些。忽然一道蓝光在眼前忽闪忽闪，那是桌上的一只智能语音音箱"小淘气"身上发出的。接着，小淘气会提醒她去村口食杂店买早餐。此外，今天也是到村部城乡信用合作社领取养老金以及困难补助金的日子。

她很喜欢"小淘气"。它不仅能播报天气，能唱歌，也能陪她聊聊天。"小淘气"是最小的弟弟在她中风出院后买给她的。

患病之初，她还能站起来，扶着助步车在打谷场里活动一下，去年开始两腿行动就费力了。不过，上半身行动不受限，她还能做点简单的家务。比如，能对付一日三餐，能简单加热食物，能给她养的猫咪更换猫粮，铲猫沙，给花盆浇浇水……她觉得自己活着还是有点用的。

她住的村子，年轻人大多外出打工。剩下的老人不是进了福利院，就是进城给子女带孩子。老人们周五晚上从县城接孙子回来过周末，周天再送回去。或者干脆县里子女开车下来，一大早把老人小孩接去春游。

春游，这么美好的事情，她想都不敢想。白天基本不会有人来串门，而且她住在村尾最后一户，即便有个意外，也无人知晓。

她最开心的事情便是接打电话。能与对方聊聊外面的世界，聊聊一日三餐、吃喝拉撒……当然，也可以不聊病情。8年了，京城专家都说她的病很难治愈，她也想放下了。可是，聊聊天总可以吧。

她每月接得比较多的是快递员电话。短短的一句——"阿姨好，您的包裹给您放到了村快递点……"多有礼貌的年轻人。尽管有时只是例行公事的村妇联每月安排送达的生活用品。还有就是卖人寿保险的小伙子，有时也会打电话关心一下她的身体，尽管带着目的性。

　　一个月中最有成就感的事就是出趟门。尽管是坐轮椅去村部领养老金与困难补助金，可车轮子一上那条新修的水泥道，心里就格外舒坦。马路干净整洁，笔直宽阔，可真不比县城街道差。而且马路两边田野里热热闹闹地开着一丘丘油菜花，金黄金黄的浪，风一吹，前呼后拥，可真香啊。而且，晒在身上的阳光似乎也是香的。

　　出门，出门可真自在呀。身体是活着的，是属于自己的，像田野里的空气与小草一样，像那些朝气蓬勃的胖胖乎乎的油菜花——活着真好！

　　再说，在村里挂职的大学生干部是个女娃儿呢，可热情了。如果那天到了傍晚还没去村部，她就会打电话来提醒她。去了，还会教她如何防网络诈骗，如何拒绝不靠谱的到访者，如何做好小金额家庭理财。尽管大多听不懂，可心里还是亮堂的。如果女娃儿还能讲点别的就更好了。比如，怎样使用智能手机，怎么学会按摩保养麻木的身体，如何种薰衣草、养香水百合……哪怕聊聊外面的世界、今天的天气。

　　对的，今天的天气。

　　她记得早上起床第一件事便是问"小淘气"，今天怎么就忘了呢？于是她对小淘气说："今天天气？"

　　"今天天气，阴有小雨，中午有中到大雨，出门记得带伞哟！"

　　这鬼天气，真是糟透了。她咒骂道。

　　她记得三妹上次来看望她时说，骑电动车买菜时被一辆没有牌照的小货车撞伤胳膊，一下雨就生疼。早上打电话给三妹便是问她胳膊好没好。

　　她知道，她不打电话，不会有人主动打电话来。患病时间一长，大家也都有点怕她。怕她像过去一样见人就要死要活地倒苦水。今天好不容易找到个关心三妹的理由。至于二妹，春节都没见人影，要到清明节了，她想问问她们一家子回不回来扫墓。

周一至周五，大家忙，她不好意思打搅。周六或者周天是打电话的最好机会。三妹一个月4个星期天里一般会有2个休息日，那户人家的女儿会顶她两天班。星期天，二妹不跳广场舞，孙子也不用上学。

对呀，今天是星期天呀，早上才问过"小淘气"。那妹妹们是故意不理她这个姐姐了？她一生气，拍了拍渐无知觉的腿，不想拍在猫屁股上，小猫吃痛怪叫一声从她怀里挣脱出去。

"你这小畜生也嫌弃我了吗？"她狠狠地骂道。忽然，她眉尖出现一道黑线：难道，两位妹妹嫌弃与她没有血脉关系，嫌她自小是抱养的孤儿……

"不会的，不会的。"她使劲摇头，她觉得女儿的电话打不通很正常，她没指望过，也指望不上。妹妹俩待她还是不错的。她患病头几年，亲戚一个个远离，两个妹妹送钱送药，看望守护，那还能假？

可今天是个啥情况呢？为何今天都不接电话呢？难道她们真厌恶她了，打算抛弃她这个废人了？养父养母去世后，除了她那个不成器的女儿，两个妹妹便是她在这世上最亲的人呢。

不，还有一位亲人，还有一个电话没打。她想起来，她伸手就想摁"4号"键。

"4号"是在深圳打工的小弟。听说小弟在深圳买了一套房，为赚钱还贷，兼着好几份工呢，他可是兄弟姐妹中最忙的人。可不管多忙多累，也不会忘了给她这个患病的姐姐寄钱寄药寄礼品，逢年过节一次不落。想到小弟，一股暖流涌上心头。

有时，小弟也会打电话给她。还曾说送她去镇上的福利院养老呢。

她不想去。一是那得花一大笔钱，这钱谁出？二是自己这个样，怕人家不收。此外，她也有顾虑。成天闷在鸽笼般的房间里，哪有在家里自在？再说与一群孤寡老人一块儿生活，天天看电视上的战斗故事片，看老掉牙的剧情；然后便是嗑瓜子，聊些有的没的；再然后就是等着生病，等着上天国，多无趣。她才60岁呀，如果没病，还不算老，还能进城做保洁员呢。

再说了，她自己又不是五保户，有女儿呢。没准女儿哪天会回来找自己吧？退一步讲，要是自己去了福利院，家里的猫猫怎么办？那些花花草草怎么办？房子怎么办？而且自己的困难补助金与养老金怎么办？政府政策好，她知足了。

于是，她摇摇头，努力想把这念头摇落，像摇落这病症一样。她又想，如果自己进了福利院，以后怕是更没人来看她了？

不！小弟应该会来的。小时候，下雨天她背过他上过学呢，他念叨过好多回。她生病头年，他还背着她给养父母上过坟，一起割过坟头的草呢。而且，而且小弟还送她"小淘气"。

对，小弟，他是最疼自己的。这些年，能跟自己聊聊病情的亲人越来越少，小弟算少中又少的那个人。可有了前面两个电话的遭遇，她有点后怕。怕电话打不通，更怕打通后被摁掉，那比打不通更残忍。她伸出去的手又缩了回来。

此刻，她感觉心脏跳得有些快，决定先去给猫喂食，缓解一下紧张。结果，她发现猫碗里的猫粮满满当当的。她觉得自己脑袋什么时候也开始短路了，自己才做过的事居然会忘记，是不是中风越来越严重了呢？自己成天坐在轮椅上，身体机能不退化才怪。那么，自己还能撑多久？这个问题一跳出来，伤感的情绪便黑压压地漫过来，将心底的余欢包裹住，像是包裹一块不能碰触的坚冰。她决定给小弟打电话，哪怕跟小弟聊聊去福利院的事。

"嘟……嘟……嘟……"

"您拨打的电话已关机。"

她最怕听到这声音，她觉得这声音是这个世界上最残酷的声音，这声音如同有人往她胸口捅刀子。

"今天，今天是什么日子？"整个3月，这可是她鼓起勇气，拨打的第一通亲情电话呀！结果却是这样……她生气地把套着软壳的手机扔了出去，水泥地板上随即传回一声闷哼。

扔后不久，她不甘心。她决定到了9点钟再打一遍电话。如果还是打不通，或者被对方摁掉，她就从天台上跳下去。"对，跳下去！"这个念头在脑子一闪而过，她感觉脑中堵住的某处神经一下子通了，揪心的记忆也被瞬间删除。是的，自己人生这么失败，还有什么好眷念的？跳下去，跳下去，摔死拉倒。可，可，摔在水泥板上会不会很痛呢？万一……

不，今天可是领养老金与困难补助金的日子呀，"两金"加在一起小两千块呢。这是政府给的福利呀，自己要是走了，对得住人吗？再说，每次领养老金时，瞧那帮老头老太笑得多甜美呀。如果自己就这么走了，舍得不？可是，自己这样不仅给政府添麻烦，还给亲人添负担呢。

"小淘气，小淘气。"

"在的，主人。"

"喝支歌吧。"

"想听什么歌呢，主人？"

"《好想给你打个电话》。"

"对不起，主人，没有这支歌曲……"

"那有什么，随便来一个。"

"好的，主人。有一首《不如见一面》，希望您能喜欢。"

一会儿，音乐响起。

"不如见一面，哪怕是一眼，这世间太多的难免亏欠……"

"滚蛋，我不听！见个啥面呢，难道不嫌寒碜？打个电话就好。"

"那就还是那首《人世间》。"

"好吧。"她记得这首歌还是村里的女娃干部从网上下了帮她弄到手机里的。

"草木会发芽孩子会长大，岁月的列车不为谁停下。命运的站台悲欢离合都是刹那，人像雪花一样飞很高又融化。世间的苦啊爱要离散雨要下，世间的甜啊走多远都记得回家……"

她听着听着，眼睛就开始模糊起来。总感觉地上的手机也跟着歌声节奏在轻轻晃动，手机头部蓝白的光忽闪忽闪的，与"小淘气"身上的光泽一模一样。

会是谁的电话呢？

她费了老大劲，刚把电话接起，对方就挂断了，像故意耍她似的。她恼怒地抬起头，惊愕地发现村口走来一群人。走在前面的好像是二妹、三妹，后面居然还有小弟。再后面，还有一些人看不真切。

她揉了揉眼睛，发现走在前面的人手里拎着大包小包的礼物。走近些看，礼盒高高大大，一层一层呈宝塔状，十分喜庆的样子。

"今天，今天到底是什么日子？"

她似乎想起了什么，悲喜交加的泪水夺眶而出。

较　　量

李尚财

当谢文擘在擂台上被刘东击倒时，大家从老谢身上看到了英雄迟暮的落寞。

谢文擘和刘东皆为武警某部散打队员，一位是武警搏击的一线王者，另一位是从体校特招入伍不到两年的新锐。

在体校时，刘东就打遍全校无敌手，并多次获省市散打比赛冠军。到武警部队后，为了更好地培养他，上级特地安排老将谢文擘兼任他的教练员，从技术层面和参赛经验上予以辅导。谢文擘是散打队的头号选手，曾斩获世界警察搏击大赛冠军。自此，两人成为既是队友又是师徒的关系。

刘东先天条件好，身高、臂展、技术优势突出，其弱项是身体耐力不够，打击力量偏弱。谢文擘配合主教练为刘东"私人定制"，重点抓其体能和精准发力训练。经过一年多魔鬼式的训练，刘东完成了化茧成蝶的蜕变，在与队友的对抗训练中，一眼便可看出其非池中之物。用队友的话说，"刘东与冠军的距离就差一场比赛"。很快便有传言，刘东的实力或已超过老谢了。

营区旁的枇杷树又挂满了果实。新一届武警部队搏击大赛即将拉开帷幕。刘东早就期盼这场赛事的到来，他渴望通过这个机会一战成名。散打队组织举办了一次资格选拔赛。与刘东同一量级的选手共4

名，其中包括了谢文擘。由于谢文擘曾获此赛级的冠军，按惯例直接进入决赛。刘东在选拔赛中大放异彩，毫无悬念地将另两名对手打败，最终在擂台上与师父谢文擘相遇。这一战大家期待已久。

战鼓雷鸣，热火朝天。决赛当天，兄弟单位锣鼓队到场助阵，机关直属分队官兵，包括通信站、演出队的女兵受邀观摩见证，比赛尚未开始台下就分成了两大阵营，高喊："谢文擘加油！""刘东必胜！"随着一声发号令响起，师徒二人的脚步在擂台上旋转了起来，刘东率先扫出试探性的一脚，谢文擘轻松躲过。谢文擘飞出一记高扫，刘东侧身闪过。又是刘东，力拔山兮，竟一把将谢文擘抱摔到地上，两人在地面上又展开了一番力量与技术的缠斗。由于占不到便宜，刘东主动放谢文擘起身，重新开启站立式对决。双方在不停的摇闪中，你来我往，拳脚交加，两个回合下来难分胜负。拐点出现在第三回合，老将谢文擘因体力下降，逐渐露出了败势。一见空隙，刘东转身一个高腿扫到谢文擘脸部，致使其失衡趴到护栏上。大家看得目瞪口呆，惊呼刘东"神腿"，同时为谢文擘的状况感到担忧。半响，谢文擘才缓慢起身，走到刘东跟前与他握手示意认输。裁判一把举起刘东的手，宣告刘东获胜！谢文擘接过话筒，表示自己输得心服口服，刘东代表散打队参加武警搏击大赛当之无愧，衷心祝愿他梦想成真！

从老谢有些僵硬、尴尬的表情中，大家看到了本文开头的一幕，分不清老谢说的话是真是假。

果然，刘东不负众望，凭借着年轻的激情与满格的战力，一路锐挫群雄，摘得这一届武警搏击大赛冠军。

散打队随之开启了"双雄"时代。故事至此发生了转折。刘东回到散打队后，很快就不再将老同志放在眼里，认为他们的教学、训练方法真是"弱爆了"，对新手的训练更是指指点点，嘴上成天挂着"两不行"："这不行""那不行"！别人的表现，在他眼里全不行。大家都说，刘东的尾巴翘上天了。由于他是新晋冠军，大家敢怒不敢言。人家有牛的资本！

　　谢文擘一如既往地辅导刘东，劝导他、敦促他专注训练，力争到全军、全国、国际赛事的擂台上打出名次。刘东对老谢的"唠叨"有些烦厌。他其实早就觉得老谢教不了他什么了，只是碍于情面没有说破。可是老谢怎么就认不清这点呢？

　　"搏击靠的是实力，而不是一张嘴巴！"终于，就在谢文擘又一次跟刘东"摆道理"时，刘东积压已久的情绪爆发了，他挥舞着拳头，气愤地回怼："这个才是擂台上的硬道理！"显然是在"内涵"谢文擘作为他的手下"败将"，没资格再对他说三道四。

　　谢文擘先是一愣，尔后脸红，接着是感伤与愤怒，他冷冷地剜了刘东一眼，说："走，上擂台！"

　　没有裁判，没有计时，反锁了训练馆大门。师徒两人再次展开了一场热血对决。不知是因为愤怒，还是纯粹是蔑视，谢文擘杵在擂台上像一座山，任凭刘东发起一轮又一轮攻击，低扫，高鞭，抱摔，均被老谢轻松地接、化、发。刘东使出浑身解数，仍奈何不了谢文擘，使他尝到了"技术被实力碾压"的滋味。谢文擘则重心稳健，出手老道，招招制敌，打得刘东节节败退，毫无胜算。刘东心里似乎明白了什么，他惊恐地看着老谢……

　　师徒在擂台上背对而坐。

　　"你为何将机会让给我？"刘东率先问道。

　　"因为你还年轻，你比我更需要这个机会。"谢文擘拎起上衣甩到肩后，朝训练馆大门扬长而去。

警 察 荣 誉

何金兴

当"骏马"电动车快要撵上眼前的"小胡子"男人时，他的心跳不由自主地加速了起来。

左手只剩四根手指头，烧成灰都认得。众里寻你千百度，蓦然回首，你却在人群中散步。一路上，老徐骑着心爱的小"骏马"，一路跟踪，心中暗自窃喜，没想到在退休这天，还能遇见四根手指头的在逃犯。

在逃犯叫许三，小拇指是当年自己用刀砍下的，当着片警老徐的面。许三因吸毒上瘾，弄得妻离子散，把女儿扔给她爷爷。老徐看不下去，骂他还是不是人，祸害自己也就算了，还要祸害鼻涕未干的小女儿。女儿抱着他哭，他情急之下，抽起桌上的水果刀，对准自己的手指，狠狠地"咔嚓"一声，砍了下去，那股狠劲至今仍让老徐倒吸一口凉气。这几年，许三成了卡在老徐喉咙里的一根鱼刺。

手机铃声一路上响个不停。老徐怕打草惊蛇，不敢太靠近许三，他已经联系好徒弟小敏，只要小敏及时赶到，两人就可合力擒住许三。他还是接起了电话，那头传来所长骂娘的声音，老徐你到哪呢，分局领导都到了，全场就差你一个，荣退仪式，一生只有一次！说完直接挂断电话。

不提还好，一提起荣誉，老徐就来气。从警三十多载，从初生牛犊不怕虎，一直干到老骥伏枥志在退休金的年龄。大好的青春在刑侦战线上挥洒，办案时穿着牛仔便服，出示警官证，那股帅劲配得上群众崇拜的目光和嫌疑人慌乱的眼神。人到中年，调到派出所，治安案件调查组干了几年，让位给了年轻的民警。本想守住片警最后的尊严，因为许三，最后连片警都保不住。那几年"清网行动"来硬的，跟考核绩效挂钩。偏偏许三毒瘾犯了跑去抢劫，砍伤人后便杳无音讯，有人说他跑去外地煤矿看场，有人说早被野狗吃了，但人在自己的片儿，年终考核老徐最后一名，被所长安排去值班接电话。老徐跑去说理：这叫飞来横祸，对我实在不公平，一大把年纪了，总得照顾下面子。所长说正是因为你是老同志，过几年就要退休了，所里才考虑给你适当的照顾。岗位调整后，活是变少了，但喉咙里那根看不见的鱼刺，老徐却实实在在感受着它的存在。

"骏马"在人行道上逆行，时间久了，有点儿扎眼。加上时不时响起的电话铃声，惹得路人投来厌烦的目光。老徐假装啥也没看见，专注前方隔着十来步的许三。许三的父亲这几天病重，时日不多，如果没猜错的话，老徐笃定许三要回来见老父亲最后一面，顺便做好女儿的托管移交。今儿远远地在他家小区外，就看到那个熟悉的瘦小的身影，当"骏马"靠近一些，看清对方只有四根手指头的左手时，全身的血液涌上了老徐的脑袋。是假装没看见，准时参加分局为自己这批老民警办的荣退仪式，还是抓住这稍纵即逝的机会，让自己过了心中的那道坎？

就像马天生习惯了奔跑，猫见了耗子就要追赶一样，老徐没来得及多想，赶紧给徒弟小敏轻声打了个电话后，继续跟踪他。一路上，老徐感觉挺爽的，许三气喘吁吁地埋头赶路，而自己却骑着"电驴"，丝毫不费劲地在后面尾随。活该，谁叫他在逃，害得自己连片警都给整没了，别说警察荣誉，连一个门房老头都不如！徒弟昨天用无人机找到了迷路痴呆老人，为师今天用电动车追逃犯，也算新时代警务的佳话吧。直到许三开始慢跑向公交车亭，"骏马"开始撵上眼前的许三时，老徐的心跳不由自主地加速了起来。

老徐扔下电动车，趁许三专心盯着公交车头几路号码时，一个抱腰横摔，把许三摁倒在地。许三不停地挣扎，围观群众立即多了起来，许三试图挣脱右手，伸向背包。老徐警觉到了危险，靠近他的耳际，我知道你要拿什么，你想这辈子见不到你的女儿吗？许三颤抖了一下，收回了手，挣扎的力度却加强了。老徐知道，再这样耗下去，有体力不支的危险，岁月不饶人啊。他拿出年轻时掏出警察官证的气势，对着群众一声喊，警察，办案，搭把手！路人恍然大悟，七手八脚死死摁住许三。

徒弟小敏赶到的时候，为师父竖起了大拇指，同时不无惋惜地说，错过光荣退休的仪式，一辈子只有一次这样的荣誉啊！分局领导都来了。

老徐摆起师父的谱：我最后再教导你一次，警察荣誉不是领导给的，靠自己打下来的。又指了指沾满泥土的太阳穴，在这，谁也拿不走！

散文

见云淡而知山远

鲍　坚

　　晨起眺望窗外，见一抹微云悬挂天上，惹人怜爱。因念家乡山水，虽已入冬，但山翠水淙依然。于是信口吟咏，道是"微云平淡，重山清远"。也只是这两句，随即放下。

　　近日于闲暇时重翻宋人绘画图册，更觉古人清淡悠远，简古高致。有宋一代，中国知识分子的独立人格与家国情怀并臻中国人文历史的巅峰。达则经世济国，展平生抱负；穷则寄情林泉，享心灵宽舒。即便不能都做到不以物喜，亦知简约自守，以图国家长盛；虽然也常为仕途生计的蹇困而悲怨，却能纾解块垒，终保做人的气节。

　　中国的历史，不乏被异国他族侵略甚至导致政权灭亡的悲哀章节，但是华夏文明最终都能复兴和延续，其根本原因就是中国知识分子血脉中的这种独立人格与家国情怀。并且，它们是中华文化相对于其他民族的最大优势。失去它们，中国人几近于一无所有。因此，近现代，来想摧毁以这种精神为代表的中国传统文化的各种思潮和行为，其目的或结果都是极其恶毒的。

　　宋人的绘画，以平淡清远为主，明显有别于唐时流行的绮丽繁华。这种变化并非绘画风格与技巧的简单变化，其本质是知识分子对人生、社会和国家在自身责任上的重新思考与定位，并且更趋向于理性和内敛。同时期出现的重振"修身、齐家、治国、平天下"之声、理学的萌发与兴盛等现象，以及作为知识分子代表的士大夫阶层对于"用行舍藏"箴言的实践等，都与宋画所欲表现的人文内涵互为表里。因此，看宋人的画，虽然满目山水，却总能感受到一股真气。

我离乡多年，乡心未改。近年回乡探亲之余，时常登山临水，然而未尝有遂心惬意之感。恨怅不已，渐成心结。症状之一，就是深思默想，不应不答。唯有观宋人绘画，仿佛置身其间，才能稍纾此结。每每于画中见溪山平林、云天兰渚，或是松林雁栖、潇湘风起，或是村老踏歌、高士访友，或是野径扁舟、茅屋僧寺，便心驰神往，如痴如醉，难以自已。平日里，见山思乡、见云入画，或是以画拟乡、思乡入梦，已是常事，只是旁人不知而已。又不能述说，以免被人误以为矫情。

因此，今晨所见所吟，实为平常。事平常、句平常，由一片云而起，因云而山，因山而乡，再起无端的浪漫，由它们想象出一幅画，还没想完就上班去了。

当时只是自言自语，却让妻子听见了。上班途中，她发来一短信，戏问能否把这两句词送她。那自然是答应了，却又勾起兴致，搔首搜肠，以这两句的音律，再续成一首长短词句。意犹未尽，又撰一文为词序。文已见于此，词牌乃是《鹊桥仙》，其词则如下曰：

　　微云平淡，重山清远，岂是寒冬凄树。此身安处是他乡，心自有芳村烟浦。倏忽曦月，皤然鬓发，已做半生寒暑。何须明月照归途，梦里便萦怀几度。

听君一曲长精神

黄文山

唐代灿烂的诗歌星空，辉耀了中国文化1400多年。

这是一支足够长的诗歌队伍，他们中有诗仙李白、诗圣杜甫、诗魔白居易、诗佛王维、诗骨陈子昂……众星璀璨，熠熠生辉。我们也许会忽略一位诗人的名字，但他的许多诗句却陪伴了我们一生，至今仍吟诵不衰。他就是刘禹锡。

一首荡气回肠的七律《西塞山怀古》："王浚楼船下益州，金陵王气黯然收。千寻铁锁沉江底，一片降幡出石头。人世几回伤往事，山形依旧枕寒流。今逢四海为家日，故垒萧萧芦荻秋。"历来被认为是唐七律中的经典之作。

刘禹锡的诗句朗朗上口，寓情于景，意象万千："芳林新叶催陈叶，流水前波让后波。""东边日头西边雨，道是无晴却有晴。""朱雀桥边野草花，乌衣巷口夕阳斜。旧时王谢堂前燕，飞入寻常百姓家。"平白晓畅，却意味绵长。古文多难背。但刘禹锡的《陋室铭》，我只用了不到半小时就全记住了，直到今天，仍能脱口而出。

但刘禹锡其人其事，我一直不甚了了。或许唐代诗歌的天空太过辽阔，让我仰视不迭；也或许，我早年在人生之路上跋涉，太过匆匆。谁想，而今步入古稀之年，我对这位与白居易、柳宗元同时期的中唐诗人的风骨和他的作品，却越来越感兴趣。

这位豪迈诗人的一生竟充满坎坷。21岁时刘禹锡与柳宗元同榜进士及第。他满怀抱负，人生仕途一开始也确实春风得意，但却很快就卷入一桩政治事件，一辈子在险波恶浪中挣扎、浮沉。

　　唐贞元二十一年（805），唐德宗李适驾崩。当了25年太子的李诵继位，是为唐顺宗。其时唐王朝外有藩镇割据，内有宦官专权。东宫里聚集了一大批有识之士，他们对朝廷弊政不满，早就渴望改革，为首的是王伾和王叔文。时任监察御史的刘禹锡和好友柳宗元一道成为王伾、王叔文革新集团的核心成员。刘禹锡被任命为屯田员外郎、判度支盐铁案，参与对国家财政的管理。唐顺宗甫登基就迫不及待地发动改革，这或许与他已身染重病有关。由于改革触犯了藩镇、宦官和大官僚们的利益，在保守势力的大举反扑下，很快宣告失败。只当了6个月皇帝的唐顺宗李诵被迫让位于太子李纯。王叔文被赐死，王伾也死于贬途中。作为二王革新集团的中坚分子刘禹锡和柳宗元等8人先被贬为远州刺史，之后，更降为司马。这就是历史上著名的"八司马事件。"刘禹锡被贬至距长安800多公里的朗州（今湖南常德）。从33岁到43岁，刘禹锡在朗州耗费了将近10年光阴。从此，诗成了刘禹锡心灵的寄托，也是他心路的记录。在朗州时，他听说柳宗元丧妻失母，情绪有些低落，特地寄去一首《秋词》："自古逢秋悲寂寥，我言秋日胜春朝。晴空一鹤排云上，便引诗情到碧霄。"既安慰好友，也抒发了他对人生的旷达乐观态度。

　　元和九年（814），刘禹锡和柳宗元一起奉召回京。一天，他们相约到玄都观游玩。其时观内桃花灼灼，灿若红霞。刘禹锡触景生情，写了一首七绝《玄都观观桃花》："紫陌红尘拂面来，无人不道看花回。玄都观里桃千树，尽是刘郎去后栽。"但这首诗却给他带来了很大麻烦。刘禹锡遭人攻讦，再次被贬为播州刺史，柳宗元也被贬为柳州刺史。播州远在贵州遵义，山重水复，十分荒僻。好友柳宗元为此上奏朝廷，说刘禹锡老母年事已高，自己愿意以柳易播，与刘禹锡交换贬所。这令刘禹锡十分感激。宰相裴度也帮着说了些好话。最终，刘禹锡被改贬至广东连州。但5年后，柳宗元因病在柳州去世。这件事对刘禹锡打击很大，过了很长时间才调整过来。此后，刘禹锡又先后被贬到四川夔州和安徽和州。"莫道谗言如浪深，莫道迁客似沙沉。千淘万漉虽辛苦，吹尽狂沙始到金。"到夔州时，看沙工淘金，触景生情，又激发出他心中的不屈和不平。

《陋室铭》则是他在和州时所作。贬所狭小简陋，而官场相视则多是冷眼，身后更是暗箭嗖嗖。这篇充满傲气，看似洋洋自得的铭文，其实正是对强权和世俗的激烈反抗。

唐宝历二年（826），57岁的刘禹锡奉召调任洛阳任职东部尚书省。途次扬州，这是他第一次见到白居易。两人同庚，彼此都仰慕对方的才华，但却不相识。这次偶遇，两人只互相看了一眼，便成为至交。白居易写诗赠他："为我引杯添酒饮，与君把箸击盘歌。诗称国手徒为尔，命压人头不奈何。举眼风光长寂寞，满朝官职独蹉跎。亦知合被才名折，二十三年折太多。"诗中对刘禹锡的才华和遭遇，充满了同情和敬意。刘禹锡十分感动，当即回赠一首《酬乐天扬州初逢席上见赠》："巴山蜀水凄凉地，二十三年弃置身。怀旧空吟闻笛赋，到乡翻似烂柯人。沉舟侧畔千帆过，病树前头万木春。今日听君歌一曲，暂凭杯酒长精神。"

在宰相裴度的帮助下，白居易和刘禹锡先后回到洛阳。而刘禹锡一到洛阳，第一件事，就是把白居易家隔壁的房子买下来，两人成为好邻居。当他再游玄都观时，见当年人流如织的道观此时却异常冷清，到处长满荒草，一时百感交集，11年前的往事涌上心头："百亩庭中半是苔，桃花净尽菜花开。种桃道士归何处，前度刘郎今又来。"

这是一个遍体鳞伤的斗士，一生鏖战不歇。当他左冲右突，看到战场上已无敌手时，却显得那样轻松平静。没有仰天长啸，没有满怀愤慨，流露出的只是淡然一笑。

刘禹锡晚年和白居易一块居住在洛阳，两人互相唱和。"莫道桑榆晚，为霞尚满天"便是他们人生的写照。

这就是刘禹锡，他也因此被人称为"诗豪"。

做一个纯粹的人

——忆父亲

陈泳红

2023 年 4 月 16 日，是父亲永远离开我们的日子。

父亲名叫陈松溪，他与病魔抗争了一辈子，与文史研究结缘一辈子。他一生好学不倦严谨创作，一生与人为善信念坚定，他是我们家顽强坚韧的楷模，勤俭节约的楷模，为子女及后代树立了榜样，我们永远思念他。

与病痛抗争一辈子

父亲从年轻时就开始与病魔抗争。他在《"孤岛"中的何老师》一文中，曾回忆："1939 年我已 7 岁，祖父因在厦门的金铺被日寇抢劫一空，将剩余的资金转到上海与同乡合资经营，全家也移居到上海的外国租界。"父亲十几岁时患了肺结核，他因此在上海的教会医院治疗。但这场病之后，父亲的身体就变得羸弱。中华人民共和国成立前夕他曾担任中共泉州地下党领导下的团市委委员，而这一身份，也是今年初在他病重之际母亲打电话给五叔时才得知。据五叔说，因父亲当时在上海病休了 5 年，后来回到泉州工作，再到福州灯泡厂成为工会干部直到退休，几十年里都没有去证实"委员"身份，这也就成为父亲一生的遗憾。

父亲一生动过三次大手术，一次胆结石，一次肾结石，第三次就是肠癌。前两次手术是什么情形，我不太知晓，只是小时候看到他左右腰部各有一道因手术留下的长疤痕。父亲是1983年50岁时查出的直肠癌，并在福建省协和医院动手术，我是全程都知情的。犹记得，父亲在协和医院动手术住院期间，我的大姑和四婶从泉州来福州帮忙照料；我当时正在读初三，母亲怕影响我学习，在父亲出院后，立即请了个老保姆来家里照料，而她日常则忙于福州市文化局的工作。

在抗癌的5年里，父亲进行过三次化疗。在每个疗程的时间段里，被化疗药物杀伤的父亲是脆弱的、无助的，精神状态很差，时常坐在床边犯困，他的左手也因化疗后遗症开始有点发抖；后来，经高人指点，父亲学会了一套气功，每天早起在家附近的西洋路池塘边来回走、打太极拳，以增强体魄，与病魔抗争。在此后的几年中，父亲停止化疗，逐渐恢复气力，而与他同病房的病友都相继离世，父亲活过关键的5年，成为抗癌明星！

父亲是2017年8月中风的，从他中风到今年去世，前后6年多时间，他都在与病魔不断抗争！父亲身患直肠癌后就病休在家直到60岁正式退休。除了上述三次手术，常年要服用治疗高血压、糖尿病的药，到了老年还有前列腺的问题。母亲曾开玩笑地说："你老爸这一生，除了'神经病'没得，其他病都得过了……"虽是一句玩笑话，但却能概括父亲的身体状况。

可以说，"百病缠身"这个词用在父亲身上是再贴切不过了。但他却始终坚定地对我们说，他会活到90岁！尽管每天要吃一大把药，从早晨醒来到晚上入睡前，父亲在每个固定的时间段都要服用各种药，可以说他的血液里都流淌着药物的成分。父亲自从中风后进过七八次ICU，每一次他都能坚强地挺过来，尤其是2022年12月底，全国新冠病毒最严重时，他不但没"阳"，也没有给我们子女增添更多的麻烦，而是静静地在 ICU 里待了 40 多天。他顽强不屈的精神，连主治医生、护士和护工都非常佩服，都夸他是病房的楷模，也是我们全家的榜样！

与文史结缘成为专家

从 20 世纪 50 年代中期到福州工作后，父亲曾经在福建机器厂工会任职，后随厂长、书记到上海接回并协助安置灯泡行业工人。福州灯泡厂成立后，他担任工会秘书直至退休。父亲一生热爱宣传报道工作，更是对文史研究孜孜不倦；他生前系中国通俗文艺研究会原常务理事、福建省戏剧家协会会员、福州市作家协会原常务理事、郁达夫研究会特约研究员、福州乌山社区《乌山简讯》老编辑。他曾是《工人日报》《福州晚报》和新加坡《联合早报》等报刊特约通讯员，并在革命烈士、著名诗人蒲风和中国现代作家、革命烈士郁达夫的研究方面颇有贡献和建树，是研究郁达夫的专家。

最近我托朋友通过大数据收集了父亲曾在《福州晚报》上发表的所有文章，才发现父亲从 1982 年《福州晚报》创刊起，就已经是晚报的通讯员了！《蒲风为诗友取名》一文，发表在 1982 年 2 月 20 日《福州晚报》第 3 版，是父亲发表在晚报的首篇文章。文中主要描述我的外公、著名革命诗人蒲风为友人取名的趣事。蒲风为高中女同学、新诗作者谢培贞（之后成为我的外婆）取笔名"天贞"和"白鸽"；为广州诗友黄炳辉取笔名"宁婴"，对方长期使用，后来成为华南著名的现代诗人，曾任广东省作协副主席；广东省出版局原副局长兼广东人民出版社社长马冰山原名马义进，"冰山"这个名字也是蒲风替他取的。

父母结婚后，父亲在收集整理外公蒲风遗作和日记等资料过程中，发现蒲风与郁达夫、杨骚、楼适夷、李青鸟等人有很深的交往，以及在蒲风日记中记载了 1932 年 9 月在"左联"领导下，蒲风和穆木天、任钧、杨骚等发起成立中国诗歌会，是他们经过一段时间酝酿，终于得以实现的多年夙愿；而这些珍贵的史料挖掘，都被父亲一一印证并刊登在《福州晚报》的《兰花圃》《闽海神州》上。从 1982 年 4 月至 2012 年 8 月，父亲在《福州晚报》上刊登的关于郁达夫的研究文章达 52 篇，内容包括新发现的郁达夫佚诗、佚文、书信、书简，郁达夫与徐悲鸿、刘海粟、许广平的交往，郁达夫赞福州西湖，郁达夫在福州青年会，以及父亲与郁达夫子女、孙辈的经年交往、深厚友谊等。父亲用 30 年时间对郁达夫进行了广泛而深入的研究，虽然他只是高中毕业，但他却通过自己的不懈努力，成为福建省唯一获聘郁达夫研究会的特约研究员，更成为研究郁达夫的专家。福州本土学者只要遇到与郁达夫研究相关的问题，必来向父亲讨教一二。

善良耿直的父亲曾为保护福州文史及文化设施鼓与呼。在 2003 年发表的《想为纪念胡也频做什么》一文中，父亲曾经为胡也频故居需要翻新呐喊，同时建议福州有关部门为胡也频出版一部全集；2005 年发表的《设"郁达夫史迹专线游"如何》，建议"在明年（2006 年）郁达夫诞辰 110 周年，也是他到福州从事抗日救亡活动 70 周年，如果我们现在就着手策划，设立这条旅游专线是有现实意义的"，他认为"设立这条旅游专线，不仅可以欣赏榕城的自然风光，也可以看到改革开放以来这些景区的变化"。

交友不多却极为珍贵

父亲交往的朋友不多，例如既会摄影也能写文章的作家唐希、《福州晚报》资深编辑危砖黄、陈志平，还有灯泡厂的老同事张鸣、吴子耀等，另有几个极具代表性的文友值得一提。

2006 年发表的《信秤记友情》一文，记载了父亲 1984 年与日本友人铃木正夫先生的交往过程。"这把信秤有其来历。1984 年春，日本横滨大学铃木正夫教授来福州搜集郁达夫资料，我们很愉快地认识了。此后，双方的信件往来、学术交流从未间断，会面时也是礼尚往来，互赠礼品……1988 年，铃木正夫为编写《郁达夫资料总目录附年谱》再度来中国。由于行程匆促，他到上海后，托华东师范大学一位老师代为转寄来一盒文具和一把日本制造的信秤相赠。我从读过的鲁迅、郁达夫书信中得知，日本文化人士素来有把文化用品作为礼物送人的习惯，所以十分珍视。因此，把这盒文具转赠要去广州上大学的儿子，这把信秤就留在书房里用。"在我的印象里，父亲经常向文友介绍这把信秤，十分珍爱。他每次在邮寄信件及投稿前，都要用这把信秤称一下，认为这样做的好处是"我在家里就能掌握每封邮件需贴多少邮票，可以投入附近的邮筒，不必经常上邮局过秤，也可避免因邮件贴的邮票不足而被退回"。

父亲的文友中，有一位来自新加坡的朋友，他因此常在新加坡《联合早报》上发表文章并成为通讯员。每次发表后，父亲都很得意地对我和弟弟说："新加坡那边给的稿费可是新加坡币哦！"对于多病且低收入的父亲来说，外币稿费可是一笔不菲的收入，他格外珍惜！在 1991 年发表的为《福州晚报》创刊 10 年而作的《花香传友情》文章中，父亲特别写道："值得一提的是，1985 年春，我在《兰花圃》上评介了新加坡新出版的《郁达夫佚文集》，引起了有关方面的关注，著名的新马文学史家方修先生在他的《关于〈郁达夫佚文集〉》一文中，还引用了拙文的一段话。从此，我又和新加坡学者开始了友好交流。前年仲秋，新加坡作家、《联合早报》的连奇先生夫妇也来访了。"连奇夫妇来福州后，父母热情地接待了他们，我是有印象的。此后父亲与连奇先生的书信及学术交往，都被他记载在所发表的《郁达夫的一副佚联》《新加坡的〈郁达夫佚文集〉》等文章中。

父亲的文友中，还有一个很特别的卖花作家，叫张端彬。父亲在 1995 年发表的《"卖花作家"张端彬》中，曾详细地描述了他们从

1988年秋后开始交往的过程。"那时,我因准备参加'郑振铎学术研讨会'的论文,需到长乐首占去查访郑振铎的踪迹。市文联一位领导建议我请张端彬协助。要找端彬并不难,他就在长乐城关摆摊卖花,个子瘦小,头发蓬松,面孔苍白,双目却炯炯有神,穿着灰色的中山装。我们一见如故……他的书房不足9平方米,陈设简单:单人床、书橱、写字桌,这就是他日常业余攻读、辛勤笔耕之处。他告诉我,他除了文学创作之外,还致力于研究宋玉。我们三访郑振铎故里,此后,每年至少会面一次,音讯常通,友谊日增。我对他也有更多的了解。"文末,父亲赞扬张端彬是"新时代的'孔乙己',是卖花郎,又是作家、诗人",这是父亲一生里极少的对一位文友给予的肯定与评价。

视福州为第二故乡

父亲与《兰花圃》结下的不解之缘,延续了30多年,他在《花香传友情》中曾这样记述:"我感谢《福州晚报》编者曾给予的关怀和激励,使我在长期疗养中感受到:笔耕之中还有以文会友之乐。"从他在《兰花圃》上发表的文章数量和持续的时间,就能反映出只要身体条件允许,父亲就会开始创作与进行文史研究,且见报数量非常多,达到百来篇。他对文学创作、文史研究的热爱,是深入骨子里的;他对文史研究进行了拓展和延伸,旁征博引、注重史实、严谨细致,给我们留下了珍贵的史料价值。

父亲在福州生活了70年,他早已把福州视为第二故乡。在1998年5月发表的《福州,我的第二故乡》一文中,父亲因自己身患癌症后,福州灯泡厂生产第一线的老师傅利用工休时间轮流去看护他,备受感动,他说:"许多福州师傅助人为乐、纯挚友爱的精神长期温暖了我的心。"而身患癌症让他结识中外闻名的肿瘤专家潘明继后,又使他跻身于"抗癌明星"之列。父亲见福州人民为陈文龙、戚继光建庙修祠,而他俩虽不是福州人却被福州人民敬仰，因而发出感叹："可见福州人自古就有爱国家、敬英烈、重气节、不分籍的美德！这也给我有益的启示，增加了对福州的感情，永远把福州作为我的第二故乡！"

父亲是一个纯粹的人，内心没有一丝杂念，一生不追求名利。他生活十分简朴，有限的零花钱都用在购买书籍上。在 1995 年发表的《秋日购书杂忆》中，父亲提到因看到新上市的一套《世界反法西斯文学书系》，估算书系 50 多集至少需要 1500 多元，非他经济能力所能承受，就想着去抄一下出版社地址，看能不能单独买"中国诗歌"那一集。结果，他刚翻开版权页准备抄地址就被书店工作人员斥责，年逾耳顺的父亲"好像受到侮辱一样，心情极为不快"。回家之后，父亲心情仍不平静，以往出入书店的情景，又一幕一幕地重新在脑海里涌现。中华人民共和国成立初期，"我在故乡鲤城中学读书。课余常到书店去看书。那时新华书店的工作人员都穿着灰色的制服。我因为身边钱不多，一本书一定要翻阅多次，看准了是好书而且急需才买。我有时就站在那边看书，或者是背靠着柱子捧着书看，偶尔也摘抄些名言、警句。有的工作人员发现我久站看书，满头都是汗，甚至到里面去端凳子出来，要我坐着看。书店的工作人员和读者之间，是同志，像朋友，他们从不禁止读者看书或摘录几句。"在文中，父亲还列举了鲤城新华书店工作人员服务周到的例子："有一次，正逢炎夏，我不知是中暑还是什么原因，眼前一阵黑竟晕倒了。这时，来了一位壮实的工作人员把我扶到他们办公室去休息，并给我喝茶水。后来，我才知道他姓王，同事都叫他'老王'。啊！要说那样的书店，可称得上是'读者之家'。"由此可见，在父亲心中书店就是读者的家，应该让人感到温暖，而不是一个冰冷的场所，让人心寒！

父亲年轻时拥有一副好身板，身高 1.78 米，十分英俊帅气。但因为常年病休在家，他的活动空间很有限，每次出门开学术研讨会或参加活动，都会把自己收拾得干净得体，所以即使"身缠百病"，他身上却透着儒雅之气，是个谦谦君子。他不抽烟不喝酒，最大的爱好就是读书看报，阅读量之大，超出我的想象。众所周知，福州的夏天极为炎热，父亲平时在家经常穿破破烂烂的 T 恤，我们看不过去就劝他丢了，可他总是说"这样有洞穿着更凉快"。但他一旦看到心仪的书籍，只要认为值得拥有就会不惜代价购买。通过长期的读书积累，他从与蒲风交往的名人中，能够旁征博引，挖掘出更多史料进行佐证，丰富自己，充实病体，让我对父亲的内心世界有了更多的敬仰。

身体孱弱的父亲拥有一颗坚定而安静的内心。即使在中风病倒后艰难的几年，他无论是坐在轮椅上，还是躺在医院的病床上，都要求我们一定要给他读书看报。他每天在固定时间收看新闻联播，了解国家大事，一生从不间断。他一生恪守自己做人的原则，与人为善，温文尔雅，是个百分百的书生，也是个循规蹈矩的人，生活作息极其有规律，对我和弟弟要求很严格，教育我们要正直做人。

我永远怀念我的父亲！我们一家都很怀念他！

被罢相之后

万小英

　　最近读书，看到唐宋期间两位被罢免的宰相，来到地处东南一隅的福州终老。一个是唐朝的常衮，一个是两宋的李纲。面对人生轨迹的骤变，他们会如何自处，如何应对？

　　常衮729年出生于陕西西安。一直在京城做官的他，怎么会从西北来到东南呢？经历还有些奇特。常衮27岁科举中状元，一路做官，49岁达到政治生涯最顶峰，当上了宰相。他性情比较狷洁，不妄交游，也敢于直谏。他奏贬一位官员，触怒了皇帝，不仅被罢去相位，还让他与对方的职务对调，先为河南少尹，后又贬为潮州刺史。后来，常衮的好友杨炎当上了宰相，才使得他的政治命运发生了转折，让他来到福州，担任福建观察使。这一年他52岁。

　　没有想到第二年，杨炎就被罢相，并且被杀害。可见那个时候的宰相还真不好当。也因为这样，常衮失去了离开福州、重返京城的机会。55岁"积劳身故于任所"，常衮病卒于福州任上。

　　被罢相，被贬谪，救顾自己的当权好友又遭横祸，任谁都无法坦然以对。常衮很痛苦，但最终决定"誓将没齿，效职南荒"，他找到了生命的支点，致力于福建文化教育水平的提高。

　　当时福建文教不振，从706年出现第一位进士之后，直到常衮任职此地，70多年都未再出现进士。常衮在这里最重视的一项工作就是抓教育。他兴办学校，营造向学上进的读书氛围；另外就是编识字歌。歌谣押韵顺口，通俗易懂，便于记忆，妇孺皆唱，是很好的启蒙途径。

福州有首传诵千年的民谣《月光光》："月光光，照池塘，骑竹马，过洪塘。洪塘水深不得渡，娘子撑船来接郎。问郎长，问郎短，问郎此去何时返。"《闽都别记》中记载是常衮所作，其实这种说法不够准确。《月光光》是当时流传在民间的歌谣，在词韵上可能不够雅正规范，常衮的贡献在于把民间口头文学作品，润色整理成文，并倡导民众唱歌识字。据说常衮编了上百首这种启蒙识字歌。

《月光光》的民谣很多地方都有，中国的广东、江西、广西台湾，甚至马来西亚、印尼等地都有。但是它们出现的年代并不久远。福州的《月光光》有1000多年历史，有人认为它在流传过程中，随着背井离乡的华侨而传遍世界，各地根据当地的特点加工创作，仿制形成自己的《月光光》。

常衮让这首《月光光》非常耐人寻味。有点像童谣，又有情歌色彩，但又很有哲理。月光光，照池塘。月与水的印照是永恒的自然现象，让人感觉很美，也让人生出时间的无情之感。千年前月光照池塘，现在的夜晚依然还是月光照池塘，不会有什么改变。但是看似无情的时光里，有一件事很美好，那就是人是有情的。洪塘水深不得渡，娘子撑船来接郎———一片浓浓的深情。洪塘位于闽江下游，后来成为重要码头。

"问郎长，问郎短，问郎此去何时返？"帮你渡过洪塘，将你送到对岸的时候，是不是你就走掉了，不再回来，不再回望呢。这不仅只是在说撑船渡江，也是在讲在人生遇到的很多困难，有人帮你渡过后，你所采取的态度。所以，幼儿时，念诵着这首歌谣会觉得朗朗上口，开心过瘾；年岁长了，念诵着也会生出新的人生滋味，值得咀嚼回味。

常衮的兴学活动得到了继任者及闽人的响应，"由是俗一变"，考上进士的人数也逐渐增加，为宋代福建文化的全面繁荣奠定了基础。

李纲是两宋之际的名臣,历史上最为显著的事迹有两件,一是北宋末年的东京保卫战。东京汴梁第一次被围,李纲主导守城,并且守住了;二是他在南宋之初(1127)做过75天的宰相。他试图重整朝纲,可惜反对力量大,他被罢相,贬出京城。

李纲祖籍为福建邵武,后来迁居江苏无锡。罢相之后,李纲一度隐居福建。1131年,他携家人来到福州居住。从这一年到1140年,李纲一生的最后10年,除了中间两次短暂外任,大部分时间都在福州。

中国文人一向是"以儒治世,以佛修心",入世儒家,出世佛家。宋代福州"城里三山千簇寺,夜间七塔万枝灯",李纲先是寄居安国寺,后又移居天宁寺。由于天宁寺在烟台山的北坡,南风吹不到,因而酷暑难耐,"如坐甑中"。李纲第二年便在方丈室的东边,打开短墙,开一个对外的通道,使之"与山巅平",开辟出一个通风清凉的处所来。这里青松千株,风过其间,因此命名为"松风堂"。他在这里写出许多诗篇。

福州也称榕城,榕树多。李纲在这里写出名篇《榕木赋》,以新的角度阐释榕树精神。他说,榕树看起来是"无用"的,不好当柴烧,也打不成家具,但正因为不被人用,反而成就了它的叶茂枝繁,从而"垂一方之美荫,来万里之清风",给行人在酷暑里撑起一片荫凉。由此李纲感叹:"处夫材与不材之间,殆未易议其优劣也。"这句话的深层意思是,树木尚且难说有用还是无用,何况人呢。他可能在自况,忠心为国却遭抛弃,但真的能说是"无用"吗?

这年冬天,李纲到雪峰山下泡温泉,留下《温泉》两首绝句。第一首很直白地称赞温泉:"玉池金屋浴兰芳,千古华清第一汤。何似此泉浇病叟,不妨更入荔枝乡。"福州有1700多年的温泉史,"温泉在城中,城在温泉中",历史上很多文人对之赞不绝口。这里也是荔枝之乡。所以李纲诗中才说温泉可与杨贵妃爱泡的华清池有一比,且有杨贵妃爱吃的荔枝。

那个时候，李纲将疲惫的身心泡在一汪温泉中，是纯粹的惬意，让他感受到一种特别的幸福吧。

　　第二首绝句诗意更为深刻，流传更广。"温冷泉源各自流，天教施浴雪峰陬。众生尘垢何时尽，日月人间几度秋。"诗中提到的地名雪峰陬，陬是山脚的意思，雪峰陬就是雪峰山下。

　　福州雪峰山下，有千年古寺雪峰崇圣禅寺，创建于870年，开山祖师是唐代高僧义存禅师。雪峰寺素有"江南第一丛林"之称，是禅宗云门、法眼二派的发源地。李纲到雪峰山，肯定不只是泡温泉，更重要的可能是参禅拜佛，求取内心的清静。

　　"温冷泉源各自流，天教施浴雪峰陬"，看起来是说雪峰山下的汤院有温泉、冷泉，温泉种类多，但细细品味，可能也在说该如何看待人间冷暖。冷也好，温也好，天教施浴，老天就是要让我们来经历这些，这是众生在人间的生活。"众生尘垢何时尽，日月人间几度秋"，表面是说希望温泉洗去身体上的污垢，也从深层上表达众生何时才能除去尘世之垢，干净地在人间度日月春秋呢。

　　这个时候的李纲，经历过官场的大起大落，看过人世万象，对世间的尘垢体悟必然更深，他对众生带有深深的悲悯之情。

雪 落 北 苑

魏 冶

忽然就落了雪。在南国极难得的雪。

春雪来得这样突然，整个闽北没有准备，整座北苑没有准备。

雪轻轻地旋转着，沙沙地纷扬着。作为这块土地的稀客，它怀揣着天赐的热情，不分厚薄地降临在闽北的山山水水间。落在桐木关大峡谷的岩顶，落在和平古镇的谯楼檐角，落在闽江的波涛浪尖，当然，也大片大片地落在了北苑御茶园的春芽上。

宋朝一定也有这样的雪。

知晓闽北的人，一定听说过闽北的茶。但他们知道更多的，是武夷山下的大红袍、桐木关里的金骏眉。对相距不过数十里的建瓯北苑贡茶，却了解不多。更令他们意想不到的是，这一片北苑贡茶，曾在中华茶叶史上占尽四五百年的风流。有时不得不感慨老天对闽北的厚爱，它任性到荒唐地把茶叶史上耀眼的明珠大把大把地撒在闽北的群山沟壑之间。

不着急，在领略北苑贡茶的辉煌之前，不妨先举目四望这片茶园，用眼睛的诚实来验证我们的猜想。和武夷岩茶重坑涧之间的岩韵花香、桐木红茶生于云雾缭绕的大峡谷不同，北苑御茶园的中心凤凰山，是一片平旷的小丘，茶树无边无际地向四面八方蔓延，目之所及翠绿之深令人眼睛发疼。和高山深涧的武夷岩茶相比，北苑贡茶别具性格，高远向阳处发芽早，茶芽肥润，是一块极富阳刚之美、涵有浩瀚之气的山场。

此时，雪又大了，逍遥舞，轻轻落，覆在茶树上，将天地变得一色洁白，只剩下北苑贡茶古道如一条湿黑的亮带蜿蜒其间，残破的山门戴雪矗立，默默无语。

恍惚间，不觉时空倒错。

闽北是一个特别的地方。五千年的历史中，不乏汉唐的衣冠威仪，明清的风云流霞，但是吹拂的、流动着、微醺着，多是宋朝的风、宋朝的风流。从宋街到北苑、从朱熹到柳永、从茶叶到建盏，山水、人物、珍品齐造出一个梦境，硬生生把闽北留在了宋朝。

北苑就这样在雪中回到了宋朝，北苑贡茶的风流变得触手可及。

当时定有不止一场春雪，山脚两侧的焙茶房里冒着热气，一行马队喷着响鼻，顺着古道消失在山岗上，他们的目的地，是遥远的东京——开封。

明明在南国，为什么叫北苑？实因建瓯北苑五代十国时为闽国的北境，这一大片茶园由原主人张廷晖送给闽王王审知，闽王大悦，赐名北苑。自然不是张廷晖甘心送出，而是建安茶早已闻名天下，让闽王垂涎。匹夫怀璧，其可乎？由此，茶香袅袅里，北苑贡茶打开四五百年的光辉册页，张廷晖则摇身一变享受香火、祭祀，成为独一无二将庙宇建入皇家禁苑的茶神。

张廷晖留下的，绝不仅是缥缈的信仰，还有实在的技艺。他在茶叶制作从蒸青碎末茶向研膏茶转变上，做出许多贡献。所谓研膏茶，就是将蒸青茶叶研末和膏，压成茶饼。当技艺传承下去，茶饼以银模压制出精美、丝丝入扣的图案，就成为名动天下的龙凤团茶。

研膏茶的技艺有着无穷的上升空间，它可以朝着优里选优、细中再细、精之再精发展，甚至可以超越人想象的极限。

而这，唯在宋朝可以实现。

不去说宋朝皇帝爱茶甚于军国大事，乃至于亲自下场写起了《大观茶论》，开头就是"本朝之兴，岁修建溪之贡，龙团凤饼，名冠天下"；也不去说宋朝仅为建州茶写诗赞咏的，就有欧阳修、苏轼、陆游、蔡襄……随意拈出几位，都是文学大家，这些都太耳熟能详了，不必说。单说史册无名的宋朝百姓有多爱茶。老百姓把素菜馆叫作"素分茶"，将小费称为"茶汤钱"，管日常饮食叫"茶饭"，拂晓时的早市上，都有边喝茶边做买卖的茶坊，民间弥散着点茶斗茶的风气。在举国上下喜饮茶的风气下，北苑贡茶走向巅峰。

北苑贡茶的代表作——龙凤团茶的技艺能有多复杂？

宋代有个人叫宋子安，写了一篇《东溪试茶录》，专门叙述了制作龙凤团茶的技艺。其中涉及7道工序，每道工序又有各种细致的要求，仅举出一些细节就令人惊叹。就拿采茶来说，必须在日出之前那段时间采摘，因为太阳一出来，"则芽之膏腴立耗于内，及受水而不鲜明"。准时赶到山场，茶也不能随便采，必须用指甲迅速夹断，而不能用手指扯断，因为手指有温度，容易损失茶叶的风味，接着还有选择茶芽、保留茶梗长度的细致规定。仅在采集原料上就繁复如此，其后的制作过程更不必说了。

荟万千精华于一团饼，北苑贡茶成本极高，仅是一斤茶就需要600多个茶工，难怪黄庭坚用"北苑春风，方圭圆璧"来形容。

如此精妙的绝品，岂能潦草饮用？于是点茶、茶百戏、斗茶各种饮茶法，建盏等饮茶器具蔚然成风，虽然起初只是作为北苑贡茶的衍生品，但它们自身经历漫长发展，也成为各种登峰造极的艺术，并传至日本，成就了岛国的茶道。北苑贡茶之盛也如此。

然而物极必反，北苑贡茶发展到后期，已经逐渐脱离了茶叶本身的饮用功能，变成一种奢侈品。宋徽宗所喜爱的龙团胜雪，需要选银线水芽，采择新茶枝上的嫩尖芽，蒸后除去外叶，留芽芯一缕像银线般晶莹的部分制成，只能以奢靡二字来形容。只有深得皇帝宠信的大臣，才有机会分得一饼中的一小部分，自然是不敢饮用的，要作为皇恩浩荡的象征。当茶叶脱离本性，成为一种身份地位的象征，这条路还走得下去吗？更不用说，这"金可有而茶不可得"身份象征的背后，这"建安三千里，京师三月尝新茶"漫漫驿路的背后，还隐藏着无数的民怨沸腾。

在御茶园被行政命令废止之前，北苑贡茶已走向了一条自我没落的道路。在茶叶研末和膏时，为提高香气与滋味，不少制茶者将龙脑等香料混入茶中，使品茶者明显感到不同于其他茶的味觉，失其味之本；北苑贡茶素有"一朝团焙成，价与黄金逞"的说法，天生地长的灵芽，是无数百姓汗水汇聚制成的珍品，却因价比黄金与百姓无缘，失其物之本；贡茶制度使各级官吏对茶农茶工的剥削愈演愈烈，百姓被压迫得苦不堪言，失其民之本。三本一失，贡茶的无法维持，实为意料中事。

朱元璋为它画上了休止符。这位出身寒微、备受疾苦的平民皇帝，见到贡茶的时候，共情的恐怕不是皇室权贵的色香之享，而是劳苦大众的汗流浃背，勾起"取草之可茹者杂米以炊"的酸楚回忆。由他来发布这道命令，实为合情合理。一声令下，北苑御茶园撤销，同时改团茶为散茶，引领简易喝茶的新潮流，附身于团茶的斗茶、点茶、建盏风潮也由此衰歇。

朱元璋下这道命令的时候，北苑应该也下了一场大雪吧，那场雪应该比今天这场更大，纷扬的雪花把一切都掩盖住了，包括湿漉漉黑亮亮的古道，它一点一点消弭在周围的白色中，从若隐若现，到没入虚无，因为它知道自己要安静很久、很久。

雪落之后不是终结，雪落之后是新生。

一杯茶总会端到喜爱它的人那里。团茶饮法的废止，贡茶体系的萎缩，反使民间大兴饮团茶之道。"一枝一叶总关情"的郑板桥先生，受赠名贵的"建溪茶"，高兴地赋诗一首："头纲八饼建溪茶，万里山东道路赊。此是蔡丁天上贡，何期分赐野人家。"一杯茶，无论是装在曜变建盏里，还是山野粗碗中，始终是一杯茶。

所以，和许多人对北苑贡茶尚无法重现往日辉煌的遗憾不同，我认为北苑贡茶，或者说北苑茶，恰恰到了它最好的时代。现代的科技和考古，已将埋没在山水之间数百年的茶艺和茶器一一复原，甚至在技艺上犹有胜之。愿意食不厌精、脍不厌细的，可以依照古法制茶、品茶，甚至制作自己的"御焙"，却别想占这些天地灵芽为己有；愿意随心赏味，可以用亲民的价格入手、简易的方法饮用，哪怕只是拿一片新芽在嘴里嚼嚼呢，照样能感受清风朗月不用一钱买的快乐。天地之精华，只有复归于普罗大众，才能实现它的全部价值。但前提是，北苑贡茶得是北苑贡茶，它要坚持自己的独特，不能因为名声的一时回落，便自觉不自觉地与其他"名茶"的制作技艺混用，因被同化而失其本味。

春雪很快消失了：茶丛一点一点矮下去，道路一点一点宽起来。雪水汩汩地汇入山脚，毕竟是南国，只消一天，雪的最后一点痕迹就彻底消失了，茶园如洗，这场雪像是不曾来过，就像宋朝的风不曾吹拂在这片大地上。

朋友说，要不是经历过，谁知道这里下了一场雪呀。

我抚弄着雪后的茶丛，说，它们知道。

那就赶紧饮上一杯北苑的茶吧，或者是矮脚乌龙，或者是水仙，或者是白茶，或者什么都可以。落雪之后的北苑茶，风味更独特，如果用心体会，就能从茶汤中寻到那场春雪的韵味，甚至是700年前的那场雪，1000年前的那场雪。一切旧的传奇都不会消失，终将在有心人的唇齿间重新开启。

蔓草与星辰

曾建梅

　　福州的山玲珑秀气又与人亲近，城市东西南北中几乎都与山相依。离我家不远的高盖山，骑车十几分钟就能到达，山上平缓的步道与繁茂的花树让人流连。以往每逢周末总会和家人去山上游玩放松心情，但从去年9月份台风"海葵"来袭之后，高盖山公园就一直关门谢客，这半年间去了好几次都见闸门紧闭，屡屡失望而返。直到前两日见一住在附近的友人所发的照片才知重新开放了，赶紧泡了一壶茶水，出门爬山去。

　　久别重逢啊，兴奋地冲进公园大门，却见主步道左侧靠近山体的部分仍然用绿色隔离板围挡着，透过隔离板可以看到去年台风所造成的严重的山体滑坡，不由得感叹，难怪会关闭这么长时间，只有真正目睹了这惨烈的伤痕才会相信，台风威力巨大啊！

　　这样大范围的山体滑坡几乎将整座山开膛破肚了。滑坡面积大，山势又陡峭，工具车都无法开上去，让人不知道如何施工了。

　　一边走一边感慨，自然真的无情，人类花了那么多的精力建立起来的文明，一场天灾就可能全部毁于一旦。

　　顺着半开放的登山道蜿蜒上行，不时望见被台风撕开了表皮的黄土，尽管在这些"伤口"的外围都象征性地放置了围栏，并写着"不得靠近"的警示标语，但是围栏内的巨大的创伤一般的山体就那么裸露着，一些树木也被连根拔起，横在那山体中间，触目惊心。

原先的木栈道也被泥石流冲毁了，有些路段的金属护栏完全变形，看那扭曲的样子就能想象当时是如何被一股巨大的力量撕扯扭动。

路边几名工人正在一点一点地用水泥修补步道边沿的空洞处。如果从空中俯瞰，偌大的山体，几个小黑点蹲在步道边，一小铲一小铲地用水泥将那塌陷的路面填平，会觉得这工作漫无尽头，何时才能修复完成啊！简直如同愚公移山一般令人绝望。

是的，一个懦弱、容易放弃的人在这样的灾害面前总是会说一些气馁的话。可是，看到不停地有工人骑着三轮车上上下下运送材料，甚至有个子小小的中年女性也戴着那草帽在一旁做着小工，又觉得或许这对他们来说是有意义的。

接着往上走，几株山茶花热烈开着，在一整片深绿的树林映衬下红得格外娇艳。矮矮的杜鹃花也大片大片地盛开了，似乎没有受到这台风的影响。一种在清明时节才盛开的像桐花但又小一些的野花布满了整个山坡，还有鬼针草一蓬一蓬地开出小白花，又让人忍不住凑近去看，觉得生命自有其力量，哪怕经历一次次的灭顶之灾，但是这些微小的生命总还是能找到缝隙长出来，春风一吹，那些嫩芽就开始自顾自地往外冒，再大的灾难也挡不住。

直至走到山顶的观景台，一路上看到登山的人也并没有比台风前少，大家居然对这座山这么依恋。那些在游乐场里尽情玩耍的孩子，丝毫没有因为围挡或者被毁的一些设施而影响他们的欢乐，阳光打在热扑扑的小脸上，都是汗珠子，妈妈们也陪在一旁，时不时地用小毛巾帮着擦擦汗。

想到之前最爱去的那一小片寂静的阳桃树林，我想看看是否也受伤了。可能因为山巅相对平坦的原因，这里倒是没有受到什么影响。被黄绿色块涂满的阳桃树林依偎在一个高山湖旁，那湖水被风吹起荡漾的波纹，不停地有鸟鸣声传来，令空山更空。坐在这一小片果园里，一边用手机录下轻快的鸟鸣声发给朋友们听，一边想着可以尽情地享受这半日的闲暇真是太幸福了。

继续走，路上仍旧可以见到一小片一小片尚未被修复的台风破坏的痕迹，但是心情却已经变得很好。步道两旁不同的树抽出新芽：榔榆、樟树、刺桐花、金合欢、九里香、银杏、小叶榄仁等等，全都洋溢着新鲜的生命，假以时日，这些蔓草和花树终会将伤痕覆盖。

不知不觉在山上待到了暮色将至，于是从最为陡峭的那条古道下山，虽然路口被铁皮拦起来，但是不停有人从这条古道迎面上山，我想应该是可以通行的，于是抱着侥幸的冒险心态跨过去。行到一半处果然有三四块石阶被泥石流冲毁了，但是登山的游客自行挪动那些被毁坏的石条，搭建起了一条临时的通道。在我前面还有一个小年轻正轻捷得像只小鹿似的跳跃着往山下走。他听到我的脚步声，回头看了一眼，在傍晚时分的夕晖中模糊地露出一个微笑，那是对依赖着这片山林的人们的一种默契。

进山时还在想，虽然公园对外开放了，但是看这伤痕累累的样子，一时半会儿也不会再来，但是一旦真正进入山林的怀抱，整个人就像重新被唤醒了似的，眼睛更明亮，耳朵也更灵敏了，可以发现树尖的新叶那么绿，落在地上的花瓣也那么艳，还有低伏下来像云朵一样围绕你的树荫有那么好看的线条。在它们面前真的心无挂碍，自在极了。唉！我们如何离得开山林自然呢？哪怕不时有毁灭性的灾难到来，哪怕不时有狂风暴雨，哪怕脚下的路并没有修整得那般规整，但你仍还想进入自然的怀抱啊。

出公园大门，再回首，一颗白白亮亮的圆月在东，沉静淡然；一轮红气球般的落日在西，正亲吻着暗沉而浩荡的山影，一两颗若隐若现的星子升腾起来，我忍不住又拿出手机记录下这一刻：这微小如蚁的一天又过去了，可是内心被一种豪情、一种欣喜充溢着——活着的每一刻、自由自在的每一刻都值得庆祝并珍惜啊。

爷爷的下酒菜（外一篇）

慕　榕

　　小时候，爷爷爱喝两口，奶奶从不阻拦，只是嘴上嘟囔着："天天喝，一天不喝就难受，没见过你这样的。"嘴上虽然这么说，可奶奶并未停下手中的动作，抠抠搜搜地为爷爷斟酒，恨不得把酒杯放到秤上称一称。爷爷见了，便呵呵笑道："小气，小气啊！"

　　酒倒好了，爷爷便用筷子蘸上几滴，小心翼翼地放到我的嘴里。那时候，我才五六岁的模样，出于对酒的好奇，便使劲地吮吸着筷子。那是农家自酿的客家米酒，味甜，不烈，可是后劲很强。见状，奶奶总会一把拍掉爷爷手中的筷子，捂住我的嘴巴道："乖娃儿，别吃，咱不学爷爷，不当酒醉子！"

　　有一次，爷爷一边哈哈大笑，一边调侃道："没办法，没有下酒菜，只能逗娃玩儿喽！"我这才知道，原来喝酒是要配下酒菜的。用爷爷的话说，下酒菜可奢可俭，"奢"就是荤菜，"俭"就是素菜，没有下酒菜那可就太寒酸啦！

　　随着年龄的增长，我便有了给爷爷弄下酒菜的想法。可我身无分文，花钱去村里的小卖部买些瓜子、花生给爷爷当下酒菜，是断不可能的，只能自力更生，另想办法。

　　对于山里人来说，要想吃上不花钱的荤菜，除了上山打"野味"之外，就是下河钓鱼了。我偷来一根母亲的缝衣针，烧红了做成钓钩，又从墙角挖来蚯蚓，然后呼朋引伴去小河边钓鱼。河里虽然鱼多，可它们并不傻，那特制的鱼钩刚一下水，就迫不及待地露出了张牙舞爪的"獠牙"。鱼儿们总是精准地一口啄走蚯蚓，在河面上给我留下一圈圈"空城计"一般的涟漪。于是，我便常常一无所获，只能垂头丧气地空手而归。

那年头，村里还有不少人生产玉扣纸。玉扣纸是竹纸，需要用石灰腌制原材料——竹麻。待竹麻腌制完成后，石灰水便直接排入小河。造纸厂排放石灰水的时候，鱼儿们便遭了殃，而孩子们却像过年过节一样兴高采烈，纷纷挎着畚箕下河捞鱼。我虽然不谙水性，但是小河水浅，鱼儿们又像醉酒的懒汉一样横冲直撞，有些甚至直接翻起了白肚皮，因此，我多少是有些收获的。那样的夜晚，爷爷便会央求奶奶多给他倒上一杯，然后夹起他的乖孙子捞来的小鱼，把嘴巴抿得震天响。在我听来，那声音简直动听极了。

我至今仍清晰地记得，我们村东头有一个大鱼塘，里面养了很多草鱼，还有黄鳝、泥鳅等。鱼塘是村集体的财产，每年秋收后，村支书便指挥大伙儿放水捞鱼，卖得的钱按户分发。草鱼一条不剩，都捞了个干净，黄鳝、泥鳅却总有不少"漏网之鱼"。村支书说了，村里捞完之后，大伙儿就可以下去抓了，谁抓到就算谁的。

黄鳝、泥鳅长得跟蛇一样，赤条条的怪吓人。而且它们浑身像打了油，滑溜溜的，根本就抓不住。那年我刚上二年级，凛冽的秋风中，站在鱼塘边上的我，眼睁睁地看着小伙伴们一边抓黄鳝、泥鳅，一边嬉戏打闹，心里痒痒的。我想，要是能抓上几条黄鳝、泥鳅给爷爷当下酒菜，那他该多高兴啊！于是，我一咬牙，一跺脚，迅速卷起裤腿，战战兢兢地下了鱼塘。所幸的是，鱼塘给我带来的快乐，很快就掩盖了我内心的恐惧。黄昏时分，我的小水桶便装满了吐着泡泡的黄鳝、泥鳅。那天晚上，爷爷高兴极了，连喝了八九杯，直喝得红光满面，酒气冲天。他还粗着嗓子对奶奶说："你看，孙子长大了，我有口福了吧！哈哈哈……"第二天早上，奶奶红着眼睛怪罪爷爷："瞧你那没出息的样儿，吃上两口孙子给你抓的下酒菜，就不知道自己姓什么了，打了一晚上的呼噜，说了一晚上的梦话，害得我一夜没睡……"爷爷闻言，笑得前仰后合。

还有一年秋天，我跟小伙伴们一起上山放牛。到了山上，缰绳一松，牛们便撒了欢地到处溜达，放牛娃们也一样，漫山遍野地摘野果子吃。自己吃饱了肚子，我还不忘给爷爷奶奶带点"零嘴"回家。年头多了，我已记不得当初带回家的是什么野果，只知道爷爷用那些野果下酒，结果当天晚上就上吐下泻，还发起了高烧。父亲吓坏了，连忙背起爷爷往乡卫生院跑，路上还跑丢了一只鞋子。医生说，爷爷是食物中毒，再晚一些送来就危险了。

事后，父亲把我狠狠地揍了一顿，还警告我说不许再给爷爷弄那些"乱七八糟"的下酒菜。从此，我的心里有了阴影，再也不敢私自给爷爷弄下酒菜了。爷爷倒是风轻云淡，一笑而过，还总在人前夸我懂事、孝顺。奶奶也心疼我，把我搂在怀里安慰道："娃儿，没事儿，那些东西都不好吃。嘿嘿，等你长大了，会赚钱了，咱去百货大楼买灵芝、人参、鹿茸回来泡酒，让老头子喝个够……"我听了，竟再也抑制不住内心的悲伤，"哇"的一下哭了出来，哭得惊天动地。

可是，就在我刚上大学那年冬天，爷爷就一病不起，撒手人寰。如今，20年过去了，每次回老家，我都要带上一瓶好酒、几个下酒菜，到爷爷的坟头静静地坐上半天，陪他老人家好好地说会儿话，好好地喝上几杯。

奶奶的千年矮

隐约记得，在我上小学三年级那年秋天，邻居叔公要举家搬到县城去。县城没有田地，没有山林，家里的农具自然派不上用场了。于是，叔公便让左邻右舍们去他家挑一些，奶奶也步履蹒跚地去了。

不过，奶奶并没有要那些紧俏的斗笠、蓑衣，也没有要柴刀、锄头，而是挑了叔公家后院里的一株约半米高的千年矮。奶奶说："这株千年矮我稀罕了很久，就送给我吧！"叔公听了，颔首点头，还一个劲儿地夸奶奶好眼力，识货。

左邻右舍们可不这么认为，他们说奶奶"傻"，一株千年矮不当吃不当喝的，要来有什么用？奶奶反驳道："这你们就不知道了吧，'家中有黄杨，世代出栋梁'，这千年矮可不得了！你们想，不就是因为有了这株千年矮，博宏（叔公的名字）家才出了个大学生，他们老两口才能进城享清福吗？"叔公闻言，更是哈哈大笑。

不管怎么说，奶奶只要一株千年矮的举动，还是成了村里人茶余饭后的谈资。又因为奶奶身材矮小，面容沧桑，右手还曾因重伤落下了残疾，导致她始终佝偻着背，干不了重体力活，所以奶奶得了个外号——"千年矮"，且被大伙儿一叫就是几十年。可是，奶奶好像并不计较，反而十分乐于接受。

千年矮，又名黄杨，黄杨科，黄杨属，是一种常绿灌木或小乔木，高1—6米，又称小叶黄杨、豆瓣黄杨、瓜子黄杨等。由于黄杨生长速度缓慢，"一年仅长一寸"，据说要是遇上闰年，反而还会缩减一寸，难成大料，故被人们称为"千年矮"。也就是说，千年矮是一种极不起眼的植物。同时，也正是因为生长速度缓慢，所以千年矮木质坚硬细密，是上等的艺术雕刻材料，常与红木等搭配，镶嵌或加工成极精细精巧的雕刻作品，有"家有黄杨一方，胜似黄金一箱"的说法，故千年矮又有了个"木中君子"的雅称。此外，千年矮树干多呈灰白色，枝为四棱形，枝条细密，树叶紧凑，树形美观，且耐修剪，能抗污染，特别适宜制作盆景、绿篱等。

庄子《人间世》曰："无用之用，方为大用。"我想，奶奶稀罕的正是千年矮的这一点吧！

自从那株千年矮被移植到我家屋前的空地之后，我并未见奶奶多么偏爱它，它反而常常被奶奶的猪草、干树枝、竹篾等淹没，毫无存在感。我打趣道："奶奶，当初您像宝贝一样从叔公家要来，如今为什么又把人家丢在一旁，正眼都不瞧一下呢？"奶奶说："千年矮又不是牡丹花，没那么娇贵，不用那么小心呵护。"

事实的确如此，奶奶不仅没正眼瞧过那株千年矮，甚至从来没有给它浇过水，更没有给它套过御寒薄膜。在我的童年记忆中，有好几年不是夏天特别炎热少雨，就是冬天特别寒冷干燥，可那株千年矮却始终郁郁葱葱，叶子绿得发亮，一副精神抖擞的模样。

奶奶常以千年矮自况，说："奶奶这辈子没少受人白眼。我人长得矮，还有残疾，也难怪人家看不起。可是奶奶不服输啊，别人半天能干好的活儿，我就花上一天，花上两天，总是能干好的嘛！就像这株千年矮一样，只要自己瞧得起自己，即便长得再慢，也终有长大的一天嘛！"

是的，奶奶这辈子的确吃了太多的苦，有物质上的苦，更多的是精神上的苦。可奶奶从来不说，也从来不怨天尤人，她用自己瘦弱的肩膀，扛起了生活压给她的所有重担。多年以后，人们虽然还称她"千年矮"，但语气里更多的是褒扬，是羡慕。奶奶养育了两个健健康康的儿女，还在村里率先盖起了砖混结构的新房子，她养的猪是全村最肥最大的，她种的地瓜是全村产量最高的……

奶奶还说："奶奶这辈子不求别的，只求儿孙走正途，清清白白做人；只求一家人和和睦睦，家和万事兴。就像这株千年矮一样，堂堂正正地生，干干净净地长，终有一天也能做成价值连城的雕件。"

奶奶总说自己长得不起眼，新衣新鞋穿着别扭，所以她平日里穿的全是旧衣服旧鞋子。衣柜里倒是压着两套新衣服，一套秋装，出门做客时穿的；一套冬装，大年三十吃年夜饭时穿的。奶奶对自己从不讲究，却把儿孙们打扮得清清爽爽，我们兄弟几个虽然没有什么高档衣服，但身上从来都是干干净净的。奶奶家教极严，见不得家人邋里邋遢的样子，她常把这句话挂在嘴边："没个好精神头，说什么、做什么都不像样。"

其实，奶奶没有什么文化，连小学都才断断续续地念了两年，可是她对生活的理解比许多喝饱了"墨水"的人要深刻得多，她的话也总是饱含生活的哲理。她和她心仪的那株千年矮一样，修的是内心。

十几年后，我和哥哥、弟弟均已参加工作，那株千年矮渐渐淡出了我们的记忆。前些年，父亲说要把老房子拆掉，盖新房。我和兄弟们相约回家，这才发现那株野蛮生长的千年矮竟也蹿了个子，高约1.2米，树冠直径约0.9米，长成了十里八乡千年矮中的"参天大树"。见了我们兄弟三个，奶奶很高兴，领着我们绕着那株千年矮转悠，还一遍又一遍地叮嘱道："拆房子时，你们可得小心着点，别伤着我的千年矮，它可是咱们家的一分子哟！"

今天，年事已高的奶奶只能借助轮椅行走了。但是，只要天气晴好，奶奶便一定会让父亲推着她，去看她的那株千年矮。千年矮无言，奶奶就自说自话，说说岁月静好，说说人世沧桑，说说儿孙满堂，说说家国永昌，直至在轮椅上沉沉睡去……

没有花的花巷

丁彬媛

乍听花巷这个巷名时，我满心以为这该是一条百花齐放、竞相争艳的浪漫之巷。

但到了巷内，从巷头走到巷尾，只见着几棵香樟树和几盆袖珍椰子，竟一朵花也寻不见。又想着，现在是夏日，是不是过了百花盛开的季节，但一两盆应季的花总该有吧，我狐疑着，又从巷尾走到巷头，依然无果，瞬间觉得此巷取名为花巷有点名不符实。

翻阅史料才解了疑惑。原来巷名由来有两种说法，一种是源于《闽都记》，"名使旌坊，巷以宋李院任漳州郡守，乡人荣之，故名。"这段记载了宋朝时该巷内一李姓大宅出了一个漳州郡守，荣耀乡里，故由使旌坊巷更名为花巷，在古文里，"花"通"华"，有荣华之意。

还有一种说法是从清代叶观国的《榕城杂咏》中《花巷》一文中推敲而来，"百花务名种种强，不知茉莉十分香。梭篮满贮楼前过，尽上奁台助晚妆。"宋朝末期巷内设"百花务"（收税署地），宋朝的税收称"务"，如"酒务""盐务"等，花巷原名蔡奇巷，后更名花巷，以示征收百花税的机构所在。两种解释都表明了花巷并非"植花之巷"或"卖花之巷"。

花巷东西走向，西起八一七北路，东至石井巷，除了无花，还极短。巷内的公示牌上写着，道路全长 500 米，但根据实际体验，感觉也就100多米，慢悠悠徒步行走两三分钟足以走透，巷尾往北是厂巷，往南是横锦巷。

花巷南面是大洋百货，沿街一排空地摆起了地摊，叫卖声此起彼伏，一般会卖些食品饮料、手工作品、首饰、香水等等，就是没看到卖花。虽然花巷不是因"花"而得名，但在巷内搞点花的元素，布置些花花草草，设置些卖花摊位，也无妨吧。

花巷北面的粉色教堂倒是下意识地融入了"花"的概念，设计感十足，建筑造型如同绽放在闹市中的一朵花。2015年，身为福州女婿的德国大师德克·乌维蒙许承接了新教堂的建造工作，他的设计显然照顾了巷名中的"花"，以柔和又浪漫的粉色为主色调，搭配高级灰，同时融合了不远处三坊七巷古建筑群的马鞍墙造型，加以改良后，最终呈现出这座既传统又现代的地标建筑。地面上看不清全貌，要从远处的高楼远眺，新教堂屋顶用优美的线条勾勒出花朵怒放的魅力时刻，花瓣的位置是阶梯，四周有粉色栏杆包围，展现出花朵柔美的形态，楚楚动人。这里是很好的露天聚会的场所。

新教堂的粉是那种淡淡的低调的浅粉色，在摄影师的镜头下，加了滤镜，它的粉色更深了，显得更加鲜艳和妖媚，以至于我在参观完教堂后，再去欣赏拍摄新教堂的摄影作品时，竟差点没认出来。而事实上，它颇具现代化的颜色和造型一点也不张扬，与旁边有着80多年历史的花巷基督教堂遥相呼应，并不突兀，也没有违和感。

花巷教堂所在地原为清末任琉球册封使赵新的府第，有左、中、右三座各三进，共九落。1911年，辛亥革命光复福州战役时，福建革命军总指挥部（闽省总司令部）在此设立，后来这座清代建筑于1992年被公布为市级文物保护单位"辛亥革命福建革命军总指挥部旧址"；1915年，卫理公会的前身美以美会，买下这处建筑，将中座第一进改建为教会，取名"尚友堂"。700多平方米的"尚友堂"为哥特式建筑，曾经堂内还有花厅、鱼池，气派典雅。当时教堂内还办有进德学校，大力从事近代文化教育，作为鹤岭英华书院的预备班，该校后又改为进德女中，并设立幼儿园，后因抗日战争停止办学；到抗日初期，"尚友堂"经扩建后，成了福州老城区唯一一座可容纳近千人聚会的石厝花岗岩墙体基督教堂；到了20世纪80年代，"尚友堂"改名"花巷教堂"；2015年，紧邻旧教堂的7500平方米粉色新教堂开建。

新教堂和旧教堂并排而立，仿佛可以捕捉到新旧时代交替的横截面，这两座教堂与花巷隔墙而居，宗教信仰与人间烟火互融的生命之气在这里进涌。我并不是一个基督徒，但也喜欢伴着清风走进旧教堂，总感觉有一种魔力，将纷杂的时光锁住，光线从四周的精美琉璃窗透进来，浸入内心深处，静静地坐在有着年代印记的黑色木椅上，拿出椅背后放置的《圣经》，捧读一番，重温圣经中智慧的语言和故事，像喝一壶老茶，越品越香。

教堂院落靠南的墙边有一棵大榕树，不知道历经多久的光景，树冠舒展，枝繁叶茂，一半以上的枝干纷纷往墙外伸展，为花巷遮挡住夏日的暑气。榕树的根须从墙内蔓延到墙外，像是踟蹰地从墙内递出来的绳索，细细缠绕，慢慢积累花巷的年轮。

花巷的原始面貌也随着原住民的搬迁而被人渐渐遗忘，曾经这里四通八达、人流密集，而如今巷子拓宽，整洁美观，但热闹不及当年，这是花巷肉松老字号"品日有"店主郑礼水的感受，他从小在花巷长大，对花巷有很深的感情，他的父亲郑本秋于1932年在花巷开办肉松铺子，铺子旧址就在现在大洋百货路面停车场入口岗亭的位置，后来花巷改造拆迁后，铺子就近选址于石井巷，紧靠现在的花巷，他也卖了拆迁房，买了花巷附近的房子，希望能住得离花巷近一点。

郑礼水至今还能清楚地记着花巷旧时的格局。早年，巷子很窄，不像现在这样可以允许一辆汽车通过，当时的宽度可能2米不到，仅能容一辆脚踏三轮车通过。从花巷巷口牌坊的位置往东，在如今的大洋百货一侧，原有16个门牌号，大多是前店后坊式经营的民居，依次有光饼店、品兰香肉松店、布鞋店、花生糕店、裁缝店、钟表店、理发店、鼎日友肉松店等，还有肥皂厂，后来转为油墨厂；在花巷北侧，从巷口开始依次是新华书店、教堂、花巷幼儿园、邮电大楼等。当年，花巷的肉松和花生糕都是非常有名的，福州的民谣里就提到"鼎日友肉松拉拉酥""花巷的花生糕，吃了还会找"。只可惜花生糕店已经销声匿迹了，听说其后人放弃了这个行当另谋他路。

郑礼水和家族传承的肉松店继续坚守在花巷。他们家的肉松铺子是花巷第一家，深受街坊邻居的喜爱，名声也越传越远，后来效仿者接踵而来，越来越多的肉松店开在巷内，花巷在拆迁前仅16户，就有5户是经营肉松店的。肉松的制作工坊就在店后的厨房，肉松的香气飘溢在巷子里，被风传送得老远了，让人闻着口水直流，总要去买上一点。

拆迁后，郑礼水的祖传肉松店从花巷搬进石井巷，其他4家也都搬迁或关店。郑礼水的肉松店由"鼎日友"更名为"品日有"，后又分出了"立日有"。还有其他品牌的肉松也纷纷在石井巷出现，现在巷内包括"品日有"在内的肉松店，共有4家，不同品牌肉松的味道各有千秋、各有侧重，想要偏咸、偏甜口味，任君选择。花巷肉松也慢慢在全国走俏，甚至远销国外，郑礼水前两日还接到了泰国、马来西亚等国家的单子，远在海外的乡亲，思念着地方风味。现在的石井巷更像是"肉松一条巷"，延续了花巷肉松的记忆。

花巷没有花，也没有花香，但花巷的肉松香，成为福州一代人的回忆。花巷没有花，但就是这么短短一条小巷，包罗着网红教堂、遗迹旧址、民间风味的花样年华。花巷没有花，在这条朴素小巷宁谧的画面里，阳光舒缓，虫鸣温驯，巷子就似一朵木槿花，悄悄开放，自成风景。

风吹过，把花巷的风华叩击得叮当作响，花千朵万朵，不在花巷里，花巷用另一种花开的姿势在坊巷里突围，游人络绎于途，来者如春兰，去者似秋菊。心若素简，花开自在，又何必去在意有没有花呢？

轩窗放入闽江来

远　野

　　自我选中闽江边的小区，就对面江的客厅寄予厚望。它的窗口，斜对江上游，可以纵览十余里江面，及数十公里内的重峦叠嶂。为了尽收江景，装修窗户的时候，特意选择了十余平方米的落地大窗户。

　　对江河的钟情，自小有之。昔时读到"君到姑苏见，人家尽枕河""要看银山拍天浪，开窗放入大江来"等亲水画面感饱满的诗句，总是无比羡慕，心驰神往。终于，自己也面江而居了，也可以把大江放入窗里来，也可以放牧它四季的景致，真幸福！

　　我"放"的江，是闽江，且是她的中下游段。到此地，她已冲破群山万壑的挽留，却未够及汪洋恣肆的海域；前方不远正被水口大坝拥抱了一番，接着再往"有福之州"迤逦奔赴。现在则恰到好处地与我相遇。这是何其独特气质的一段江呀！其实整个闽江都深具独特气质。先说她的芳名吧：她与所在省份福建（简称"闽"）同姓，名字就简朴至极地叫"江"，能与省同姓，这已很不寻常了，肯定是省域最大的一条水流，年流量可是黄河的 10 倍呢。其丰盈磅礴，自成壮观。一如所有的大江大河，她也是古老文明的摇篮。上游三明地区的万寿岩，下游闽侯域内的昙石山，皆深藏着辉煌的新石器文明。她还是省会城市——福州的母亲河，在此倾注了无比丰厚的自然人文历史底蕴，成为一方百姓喜之、亲之、饮之、赖之、歌之、仰之的血脉。但这些都非我所能"放"及，我的眼界只在此江此段。

　　小区位于闽清县梅溪镇的上埔村。闽粤方言里，"埔"泛指平坦的地方，包含着由水流冲刷堆积的洲地之意，常用作滨水区域的地名。这样的地方，潮及潮往，风来风去，往往肥厚湿润，多水又害水，亲水又患水。我们的"浦"，前头是梅溪与闽江的交汇口溪口，下头是梅谷溪与闽江的交汇口渡口，竟像一个为三条水流环抱、贴着闽江的半岛。早前此地是果园，常遭水淹，后来河道下切，洲地成了陆地，又筑了防洪堤，现被辟为闽清城关新区，才有了我那"江景第一线"的小区。我家轩窗，与江面高差40米，横向距离20米，便于把"半岛"内外的景致尽收眼底，真正的"闽江边口是我家"了。如此游目骋怀之放，朝夕光阴之放，四季景致之放，皆收入窗内，便捷到位。

　　最受我瞩目的是江面。一川来水，近千米宽，十余里长，以一个优美的弧形向"半岛"贴过来，靠得很近了，又矜持地拐个弯，钻过下游老石桥的孔洞，潇洒地涌流而去，同样铺开十余里的江面，然后闪身隐没于青山之间，像极一双壮实的臂膀，近乎半圆地把对岸的青山搂个结实，我们称这为闽江第一湾。更为丰富多变的则是江里的流水，朝晖夕阴、晴雨明暗下的光影变幻自不用说，光它的水量，就极具弹性。东海的潮水，最多影响它下游的竹歧，离我们尚有20多公里，但水口电站日常的蓄放水，则给我们更为亲近的"闽江潮"。大坝蓄水了，坝下的水流就渐渐流空，河床里相对高一点的滩丘就大面积地露了来，只有主航线一侧依然水流丰沛；大坝一放水，河床甚至岸脚两侧的绿色小湿地便全还给了河面，一时水面回归壮阔。这样的潮生潮落，成为这段闽江的独有风景。

　　水色变幻是闽江的另一份精彩。来水在水口库区停留、沉淀，再下泻时，就清澈了许多。如此，主流的河水干净、蔚蓝、文静，但自南侧"插队"而来的梅溪水，则以最原始的状态骤然加入，自带乡下"土气"，黄浊粗俗。两股水流邂逅，一时来不及适应融合，便呈现出了半江清碧半江微黄的泾渭分明画面。据说闽清立县之初，水口还没有大坝，原生态的江水平铺直叙，甚为浑浊，而梅溪则干净许多，合流处是"闽水浊、梅水清"，故时人取县名为"闽清"。风水轮流转，千年后却是另外一个样子。

"闽江潮"也有不受水口大坝节制的时候，那便是"汛潮"。梅雨时节，流域里降水丰沛，尤其是暴雨天，库区便要泄洪，上游的江水畅通无阻，滚滚洪流，滔滔黄浪，盈满整个江面，甚至把防洪堤的下段都收纳到水面之中，显得无比的雄浑壮观。这份夏季特有的景象，总给我奔放的感觉，这才是大江本来的样子，能澎湃我的血脉。

闽江还有更"暴烈"的血性。她的夏日风雨时常狂躁。我的轩窗与闽江近在咫尺，不免"近水楼台先得雨"。骤变的天气里，"一线"的体验很盛大。其云也浓重，如巨墨成幢，缀满江天，不论是从下游往上推挤，还是自上游堆压而下，都雄浑厚重，再携着金龙银蛇，雷霆喧嚣，尽显夏怒之威。其风也骄狂，江面是狂飙长驱的天然通廊，它们吹起一江波浪，逆流成潮，顺带把两岸的绿树摧得发狂乱舞，间而在高楼之间呼啸管涌，如千军万马奔腾来去。其雨多急骤。风雷激荡，云雨交织，动态猛烈。先是远山漠漠，继而水汽如纱，忽而江头喧哗，甫见闪亮的雨珠喷洒而来，幕天幕地的雨帘随之广阔铺陈。时而被乱风卷成无序翻滚的水雾，如一股股水龙奔袭；时而被吹斜，飘刷而来，撞在钢化玻璃上潸然成泪，或生成临时"瀑布"跌落而去。一窗之隔，我静静地领略着、欣赏着、感叹着、庆幸着，原来江的变幻可以这样刚勇激烈，人与气候可以这样贴近交融！一窗江开，一川烟雨，万千气象。

我同样喜欢闽江的温婉。这几乎是她在夏季之外所有时间里的样子。江流和缓，梅溪也不再冲刷，二者与高广的蓝天和谐地融到一起，并与两岸的青绿过渡成柔婉又绚丽的生命之廊。水面静若镜湖碧玉，动似蓝裙微澜。总让我不禁默念："日出江花红胜火，春来江水绿如蓝。"更加诗意灵动的则是轻舟和飞鸟。渔夫们或驾一条窄舟，或直接站在一个大轮胎加装成的浮盆里，在江面迤逦拉网，再拿长竿在水面敲打一气，而后从容收网。慢悠悠的动作和神态，似乎是在扯着时间的线头，不急不躁地整理人生。当然，他们扯着的还有一江轻波和结在网点里的渔获。收工的时候，就快速离开，舟楫便在江面上划出一道渐远渐宽的巨型 wifi 状尾波。这是清晨、中午和黄昏常有的画面。

自然界的"渔夫"更为优雅。白鹭最为常见，它们一身雪白，身姿修长，像小鹤一样，或在水面打着弧线滑翔，或在浅水处戳戳探探地散步，或干脆群聚于沙洲，点缀出大面积的花白。圆脑袋扁嘴绿翅膀的雁鸭也是常客，它们在某个季节飞来育雏。突然江面上多出一群顺水浮动的绒球，便是它们的新生代。眼瞅着它们漂呀漂，突然就在水面上飞逐嬉戏，发出与形象不太相符的呷呷声。极为偶然地，还望见一只在江边绿草地徘徊着的仙鹤。我长期对当地"白鹤汀"地名的质疑，一时就释然了。本以为这些鸟，都带着不食人间烟火的仙性，直到在望远镜里发现它们的犀利。一群优雅的白鹭在"退潮"后的水洼里徜徉，呈现在镜头里却是用细长的脚"踹"着水草，随后长嘴闪电般一伸，就夹出了一条鱼儿来，再仰仰脖子吞下去，真是"快准狠"啊！

窗口还"播放"过人鸟"相谐"的场景。江鸟常是怕人的，每当有人接近，总是迅速被发现就飞离。有个玩航拍的朋友，为了摄取一段雁鸭的近景，花了大量的时间，频繁地用无人机抵近"骚扰"，直至对方免疫，才录到理想的近距离画面。但我却看到一群白鹭追逐着一只渔舟的景象，还录下这"神奇"的一幕并发到"朋友圈"。知情人留言说：这是非法"电"鱼，白鹭们在拣或抢渔夫来不及捞走的晕鱼。原来他们是合伙的"强盗"，无差别地共猎可怜的鱼儿。表象的美，有时会掩盖"现实如实"的沉重，风景底下也有不堪。从此我就不再喜欢这个画面了。

与闽江一道，被我"放"进轩窗的，还有她两侧的景观——近岸的公园和彼岸的橄榄山。小区与闽江之间，是一个带状的健身公园，一条沥青跑道和一条塑胶自行车道，夹着两排黄山栾树平行延伸，间杂几个口袋广场。它们组成一条精致多彩的项链，一直延伸到溪口大桥，并在视觉中与桥另外一头翡翠吊坠一般的台山连成浪漫的一体。栾树是季节分明的植物，夏青绿、秋炫黄、冬凋落，其间三度分别用落花、落果、落叶铺满路面，让你精准地踩在季节里。徜徉于公园的人们，才是最绚丽的花朵，不论是缤纷的四季服饰，还是晴雨天中的朵朵伞花，抑或散步聊天时的盈盈笑颜，汗津津健步的身姿，都给人满满的和气、生气。

　　彼岸，主要是拿来"望"的。正对面是老铁路上侧的小区，日日有货列和绿皮火车鸣叫着从她脚下呼啸而过。一丛高楼南面瞰江，常阳光闪闪；又置身于青山之间，得着清幽。它背后曾是茂密的松树岗，我曾在夏天里去过，耳畔全是鸣蝉的群奏，现在变成了鲜食甜橄榄树林。这些绵延万亩的果林，很让我们自豪，它缔造了全国橄榄第一村、第一镇、第一县的荣耀，还大大地提升了当地农民的自豪感，他们常把乡村振兴的骄傲写在脸上！我常欣赏那漫山的绿浪，特别是雨天前后，林间雾气袅袅，映着江面清波，如水墨画，总将我置入妙景与仙幻的陶醉之中；也如山水共奏的筝乐，鸣响着"浩浩汤汤"的不尽之曲。

　　安家闽江边，时时在流连，我总是很享受。"轩窗放闽江，山水诗无限。踯躅不肯离，终日收画卷"，是我心中常响的一支歌呢！

龙鸟飞来

张　茜

　　一只龙鸟，振翅跃过 1.5 亿年光阴，朝我们翩跹飞来。头戴赤橙红绿青蓝紫的彩虹顶冠，强健双足攫着一条魂飞魄散的离龙，亮相在福州开往政和的普速列车上，亮相在政和大溪村那个林海相围的侏罗纪山坡上。

　　普速列车温柔前行，紧绷的身心逐渐放下，捡回久违的慢与舒适。久久凝望眼前车厢内壁上的龙鸟，它虽踩着那条四脚朝天的离龙，却丝毫不显凶神恶煞。表情憨萌，装扮一如舞台上的霸王项羽，双翼旋张携带爪钩，尾翼张扬突起。即使鸟嘴大张，拉着涎丝，但明澈眸子传递给人的仍是敦厚。唯有它脚下即将丧命的离龙，才提醒人们龙鸟曾是地球霸主。

　　我与龙鸟似乎有着亲缘关系，想象着它翩跹飞来，就心跳加速，血液沸腾。双臂在心里，在情感里欢呼张开，想将它紧紧抱住。有着咸液流淌的眼鼻喉，牵扯翻滚，直至胸腔，我忍住了热泪。想起那些幼小的男孩几乎个个狂热地喜欢恐龙，本能地亲近，述说着遥不可及的缘由。柔嫩的小手指指着图片，霸王龙、奔龙、翼龙、剑龙、窃蛋龙……如数家珍，脱口而出。将一个个聚酯恐龙模型排成兵阵，夜里搂着恐龙玩偶香甜入眠。这些"小动物"似的孩子，有着天眼，看得见万物的生命起源与彼此间的纽带。

白日黑夜，黑夜白日，轮回往复，龙鸟的先祖、伙伴，更是人类先知。

这些曾经活跃于早期生物链的古生物，在创造了它们也是它们赖以生存的地球的"骨骼"运动中，借消亡之力而永驻岩石之上，任时间将自己镂刻成一本袖珍史书，等待亿万年后的人们前来阅读。娓娓讲述它们所生活的世界的喧闹繁荣，诠释沧海桑田的变化规律。科学家曾这样比喻：假设将漫长地球史浓缩至 1 小时，动物直到最后 15 分钟才出现，而陆生动物则是在倒数 6 分钟时现身。那人类呢？尽管人类在地球上出现的时间如此之晚，却幸运地拥有世界上最精密的仪器——大脑，因此我们不负韶华，从未收回探询过去的目光。那一块块古老化石，在科学家手中宛若时光倒流的水晶球，展现出漫长而曲折的生命进化历程。

1859 年达尔文的《物种起源》在千万道探寻的视线中横空出世，敏锐书商蜂拥而至，抢购一空。之后出现反论，达尔文也叹息：目前的化石记录并不是那么完美无缺。

也许亘古地层听到了达尔文的深深叹息，仅仅两年后，始祖鸟在德国冲破万重黑暗来到人间，这只美丽绝伦的鸟儿彼时生活在距今 1.55 亿～1.5 亿年前的侏罗纪晚期。它夯实了达尔文的生物进化理论，从此成为恐龙与鸟类之间的过渡性演化的重要证据。它非常可爱，有着鸟类和恐龙的特征，科学家认为其可能是第一种由陆地生物转变成鸟类的生物，它就是达尔文描述的那种动物。达尔文这时舒了一口长气，欣慰地表示：始祖鸟化石对我来说是个重大事件。

之后我国鸟翼类化石在辽西突醒，中华龙鸟、圣贤孔子鸟等相继问世，恐龙生物群现身多省，而福建的静悄悄引起古生物学家思索：闽地的恐龙去哪儿了？20 世纪 70 年代，福建地质研究专家跋涉八闽山野，一次次探寻，觅得零星古脊椎动物化石，接收到发自神秘宇宙的条条信息。这些信息如同密码，似乎将要催开一朵惊天之花。时光河流，缓缓奔腾，2022年到来。中国科学院古脊椎动物与古人类研究所与福建省地质调查研究院组成联合科研团队，携带有效研究数据，再一次起航，于闽地展开古生物化石调查。检索海量资料，神探般千万次分析，最终锁定适合恐龙生存的中生代火山沉积盆地——政和大溪村。

大溪村地属杨源乡，建村500多年，起初坐落于洋田，洋田即是沼泽田。一条大溪沿村而过，成为村名——大溪。2024年初夏我追随龙鸟乘坐普速绿皮列车抵达政和，换乘小车前往。平展乡道拨开油画般的田野，水稻在扬花，玉米在拔节，烟叶子肥硕得宛若一只只大象耳朵，摇曳在香甜的和风里。车子飞驰23公里，意犹未尽，仿佛从纪录片《故乡的风景》中回过神来。这项重要研究成果于北京时间9月6日23时在国际权威学术期刊《自然》（Nature）线上发表。

置身滚滚绿海，显露的侏罗石与地层，都呈现出层叠状，伸手一触就扑簌簌掉落，坚硬与厚实此时竟如此松脆，不堪一击。初夏阳光在绿海波涛里，转成迷人柠檬色。溪流欢快歌唱，丹红杜鹃花点缀碧野，格外夺目。在流水的歌声中，周遭更加旷远静谧。

2022年10月16日，专家科研联合团队来到这儿——福建政和大溪盆地，在手中地质剖面图指引下，圈定一处化石点位置——我所驻足处。小溪喧闹，守候在不远处，专家们发掘4天，鱼、植物化石跳脱出来，恐龙和鸟类化石依然不见踪影。第5天清晨，队员们被一声声惊恐绝望的鸡叫声吵醒，有人起床前去查看，发现村民的一只野宿母鸡，挣扎在捕鼠夹上，连忙将其解救下来。母鸡一瘸一拐，并不回家，反而走向黎明的山野。灌木花草，身染黛色，浸润在潮气里。更远的山那边，朝阳正在升起，柔和明丽的橘色映红天际。母鸡一瘸一拐，旁若无人地走着，队员与其保持一米距离，轻轻跟着。眼前莫名幻化出他们苦苦找寻的鸟翼类恐龙，模样像鸡，个头也这般大小。一面思忖，一面跟着，直到母鸡停下脚步，呆呆站立在一处向阳山坡上。这是一个踯躅的真实故事。那日天光大亮后，专家们来到这个山坡，遥望远方山顶的古火山口，恍若看见烧红的岩浆倾泻而下，烟灰弥漫至高空，遮天蔽日。队长手指一处低洼，果断掘开第一铲。此时一段文字浮现脑海，"生物学家林奈设立'鸟纲'时，认为鸟的最显著特征是长有羽毛，但如今中国科学家发现了长羽毛的恐龙，这一特征就不能用来定义鸟类了。我认为应撤销鸟纲，把恐龙与鸟类合并在一起，设立恐龙纲。如这观点成立，那么可以这么说，恐龙并没有灭绝，家里的鸡、水里的鸭、天上飞的大雁都是恐龙的后代"。这是我在一篇研究恐龙的科学论文中看到的。

一周后的 23 日下午，一个沉浸在发掘里的野外联合团队队员，突然发出一声低叫。一双沾满炭黑的手，微微颤抖，小心地捧着一块凝灰岩化石。大家围拢过来，几双火炭似的目光聚焦在这块灰黄包浆的黑色化石上。仔仔细细审视，一只鸟儿，对，就是一只鸟儿的骨骼完整地镶嵌在化石上。队员说："真的，那一刻，头脑嗡地一下，空了，似乎整个世界都不存在了，只有这只众里寻他千百度的鸟儿和我们在一起。"汗水，干裂的嘴唇，黑红橙白的花脸，汇成喜悦的海。

这块记录着地球亿万年脚步的鸟类化石，款款进入修复和分析阶段。时针嘀嗒，一年仿佛走过一个世纪，结果出来了：这块化石，是一件保存得近乎完整的恐龙骨骼化石，是福建省内首次发现的恐龙化石。这一新物种属于鸟翼类，前肢颇像始祖鸟，腰带的耻骨、坐骨分别具有伤齿龙类和近鸟龙的典型特征，后肢如不同的恐龙积木拼凑而成，奇异绝妙，因此得名"奇异福建龙"。经过古地理位置复原，进一步确定奇异福建龙为世界上目前已知地理位置最南的侏罗纪晚期鸟翼类，别称龙鸟。

奇异福建龙，也就是福建大溪龙鸟，在体型空间上介于恐龙和鸟类之间，填补了鸟类演化史的时间、空间、习性三大空白，这个空白从侏罗纪到白垩纪早期，约 3000 万年。

那日我追随龙鸟，聆听母鸡的故事，驻足其发掘地。浅浅的盘形掘坑，周边堆起的岩石砾包约3米高。是的，轰动世界的它就隐蔽在地下3米，这源于大溪盆地一亿多年的不断抬升。我仿佛被磁石吸住般痴痴凝视，两棵巨大树木横躺在龙鸟身边，外皮不见，状如松糕，漆黑似墨。侏罗岩页片片散落，色彩斑斓，有的印着树枝，有的印着水藻、苔藓，有的印着蕨叶，还有珍藏在展示柜里的离龙、龟鳖、鱼类化石，以及我想象的那巨大眼窝般闪着翠亮的湖泊，组成生命源头的绝美伊甸园，令人心驰神往。

坪溪上的一座村庄

陈其彬

　　一条蜿蜒的乡村公路，把我们带进大山深处的坪街村。这里是位于闽清县塔庄镇东南部的一个小山村，背靠七都架山脚，面临坪溪。是古时闽清县母亲河——梅溪上游南部的最后一个船坞码头。自唐宋元明清至民国时期，因水上运输而兴，人来舟往，生意兴隆。被列入梅邑（闽清古称）廿一条古街而闻名于众。

　　翻开坪街的发展历史，可以追溯到唐代。据说，当时虎丘黄氏始祖黄墩迁居坪溪，水运兴旺，兴建码头，货畅物流，逐渐成街。至唐末宋初，吸引俞氏、陈氏、许氏等6大姓氏家族安居坪街，发家兴业，繁衍生息。因此，才有现在的"三坊六巷七家墩堡"之说，七都乡约所之设，八角楼香亭之旺，薪火相传。

　　站在坪街，环视四周，"青山看不厌，流水趣更长"。当我再次踏进这个千年古村，便有一股浓厚的历史文化气息扑面而来。站在村口，久久凝视着那块镌刻"革命老区坪街村"7个金光闪闪大字的青石碑，赫然入目，让人回想起当年老区人民，在中国共产党的领导下，前仆后继、英勇奋斗的革命历史。

　　听土生土长的坪街村党支部书记黄家斌介绍。1947年至1949年解放战争期间，坪街村是福建省委闽（清）永（泰）边区的革命据点的一个组成部分。当时在中国共产党福州闽中地委的领导下，村里12位革命者带领群众建立农会，发动群众抗丁抗粮，组织武装斗争，打击土匪恶霸。为解放闽清做出重大贡献。2014 年，坪街村被闽清县人民政府认定为革命老区村。为了弘扬红色文化，传承老区精神，坪街村便在村里的广场修建了以闽清革命历史为题材的红色记忆走廊，绘制了一幅幅革命主题的壁画，生动形象地创造了浓厚的红色氛围，激励人们讴歌革命先贤，开展爱国主义教育。

如今，行走在坪街村路上，白墙灰瓦，庭院新居与传统古宅相融，花香与果香遥相呼应，远处的袅袅炊烟，让雨后的坪街像是一幅水墨山间图画，让人眼前一亮。

听村里干部陈平泰说："几年前的村庄完全不是这样，那时，村民违章搭建很多，水沟发臭，垃圾乱扔，村里人居环境确实不好。"

坪街的变化，源于 2015 年的春天。当年，坪街村被列入福州市美丽乡村建设名单。为了"建设美丽乡村"，镇里请来福州大学土木专家对坪街村进行整体统筹规划，逐步形成"以农业生产为主导，以生态文明为底线，大力发展旅游为目标的特色乡村"。美丽的远景，让坪街村民深受鼓舞，干群同心，其利断金，村容村貌发生了翻天覆地的变化。

村里铺设了水泥路，修建了河堤驳岸，整治了黑臭水沟，新建垃圾岗亭……让美丽落地坪街。

坑坑洼洼的泥巴路消失了，划着红黄蓝三色线的"闽清大通道"穿村而过，村内道路四通八达，道路两旁种上绿树，一盏盏路灯犹如一颗颗明珠映亮坪街美丽的夜晚。

公共服务设施也焕然一新。村里建起了黄连溪公园，增辟休闲广场，配以健身器材，供村民休闲锻炼，还有村民文化活动中心，儿童游乐园……让村民尽情享受新时代的幸福生活。

处处有历史，步步皆文化。历史文化底蕴深厚的坪街，潜藏着丰富的旅游资源。随着农村人居环境日渐改善，许多原本灰头土脸的古代建筑相继被激活，饱经沧桑的坪街旧码头、旧驿站以及"三坊六巷七家墩堡"被挖掘，吸引不少游人前来探访、拍摄和作画写生。

随着"闽清大通道"开通后，坪街至县城只要20分钟，比原来节省了五六十分钟。而福州到达坪街也只需一个小时。快速的路网，让游客出行更为便捷。加上毗邻的"闽清县七叠温泉"，游人络绎不绝，让坪街逐步成为闽清南部片区的旅游集散中心。

村里抓住时机，借用老区资金，在路口建设了一个停车场，配有8台充电桩和一座公厕，还有休息亭、小卖部，基本上满足游客出门必须的需求。现在村里引进两家文化传播公司，一家开发黄氏冬畴寨外星农旅小镇，一家开发三访六巷古代文化。还有不少村民利用自己的闲置房屋，自行办起茶馆民宿等农家乐，逐步形成"吃喝玩乐"一条龙服务，每年游人可达三四万人次。让不少村民端起"旅游碗"，吃上"生态饭"，将人气转化为"财气"。

坐落在小山坡上的山水农庄装饰一新，红情绿意。两只大红灯笼高高挂在大门口，喜迎天下八方宾客。几名女工正在洗菜杀鸡和宰鸭。既是农庄主，又是厨师的黄灵展一边切肉，一边笑哈哈地对我们说："自从大通道开通后，来这里旅游的人很多，每天要接待好几批客人，从早到晚，忙得不亦乐乎！"现在，黄灵展年收入十几万不成问题，另外几家茶馆民宿也收入不菲。

到了坪街，定要走一圈坪街溪滨古栈道，才算过把瘾。

这条栈道起于坪街古码头，终于夫人宫，长1000米。栈道边建有初心园、芳草庭、白鹭园以及廉礼台、喷泉、观景台等配套设施，并栽植200棵樱花、桂花和茶花，完善了夜景灯光、茅草长廊、草坪……十个景点，各有千秋。

漫步在繁花似锦的栈道上，古色古香古韵悠悠，一路上，三三两两的游人有说有笑，好不惬意。

栈道的第一处景点，是一座精致漂亮的码头小茶馆，客人三人一桌，五人一群，品茗论道，笑声朗朗，心情舒畅。

移步百米，还有那栽有百花、藏苗于园的万花园艺和万芳园艺，百花盛开，散发出阵阵清香，令人如痴如醉。

最为热闹的莫过于第8个景点，码头鼠船，用竹篱笆扎口的一口山塘，波光粼粼，碧波荡漾。3艘古代鼠船激起水花飞溅，正进行着一场你追我赶的精彩划船比赛，博得众人阵阵喝彩。

最迷人的还是那廉政台的荷花园。一条两三百米长的双人栈道呈几字形，把坪街的八角楼和七家墩堡联结起来。尤其是小栈道下的那十几亩荷花，白的如玉，紫的如兰，粉的如黛，雅致清香。在秋风轻轻吹拂下，水面泛起微微涟漪，荷花朵朵，杨柳依依，接天荷叶满塘芳。

走着走着，走得累了，眼看乏了，便坐在廊亭上小憩片刻，风送荷香入鼻，鸟声啾啾柳荫间。这时，慢慢闭上双眼，心无旁骛地享受着凉亭典雅与荷风清韵，是我游走荷田最大的乐趣。

带着荷花的高尚品质，走进"初心园"。"不忘初心，牢记使命"是此园主题。每逢党日或党课活动日，"初心园"里就站满党员，面对鲜红的党旗，个个握拳重温入党誓词，表示"要听党话，跟党走，全心全意为人民服务，为共产主义事业奋斗终身!"铿锵的誓言，在游人心中久久回荡。共产党员的党性和铁骨铮铮，大义凛然的大无畏革命精神，像荷花一样"出淤泥而不染"。

小桥、流水、人家……这个秋天，我在坪街村看见石磴桥下流水潺潺赏心悦目，清爽的山风沁人心脾，绿色的大地，露出迷人的神采，塑造出一幅人文与自然和谐相处的优美田园画。坪街!红色老区!一个让我流连忘返的美丽乡村。

闽江畔，一座石碑在诉说……

卢琪峰

前　言

在福州闽江公园望龙园"明月清风"景观旁，立着一座石碑，碑身已经有些磨损，但碑上的文字依旧清晰可辨："榕之南有村曰新道村，村有烈女周梅皋，年二十一岁。本年四月倭寇陷榕，遭兽兵所迫，抗节投江，贞烈殉难，视死如归，诚千古艰难之事也。邑人王浩等爱碑其事，永志不忘。中华民国三十年十二月吉日立……"

碑文的底座，刻有一段由我亲笔起草的文字，记载了这块石碑走过的80多年风风雨雨。作为周梅皋后人，我为能参与"榕有烈女周梅皋"系列报道，并促成福州市文物局在望龙台公园重立这块气节碑而倍感欣慰。

一

20世纪40年代，在闽江堤坝外的新道自然村，即今闽江公园望龙园畔，居住着周梅皋一家人。梅皋父亲早逝，哥哥外出谋生，家中仅留下她和母亲以及年幼的弟弟一起生活。梅皋姑娘芳龄二十一岁，一头乌黑的长发，扎成两条又黑又粗的辫子，时常穿一件月白色的衣服，浑身上下散发着梅花般清逸淡雅的芳香，乡邻们都亲昵地称她梅姑娘。由于母亲体弱多病，身为长女的梅姑娘便早早地承担起家庭的重任，起早贪黑地在江边茉莉花地里劳作。

虽然家境贫寒，但梅姑娘清雅高洁、任劳任怨的品行打动了隔堤相望的闽江堤坝内祥坂村的曾家二少爷曾道棋。他们早早就订下婚事，准备择吉日成婚。曾家是大户人家，在村里开酒窖，还在闹市拥有商铺，家境殷实。然而，1941年，福州遭日军侵略，第一次沦陷。日寇的枪炮击碎了福州百姓恬淡和平的生活，也摧毁了曾家的产业。村民们纷纷背井离乡，四处逃难。曾道棋本想带着梅姑娘一起逃荒，但是梅姑娘较为传统，由于还未成婚，更挂念着体弱多病的母亲，不愿成行。

1941年农历四月十六日午后，梅姑娘安顿好病榻上的母亲，想到未婚夫道棋临行前扛来的一袋米已经所剩无几了，就到江边茉莉花地里采摘花蕾好换些大米。闽江北岸水土丰美，日照充足，盛产的"上埔"茉莉花远近闻名，是制作福州特产茉莉花茶的上好原料。时值兵荒马乱，仍有胆大的商家前来收购。

前些日子，梅姑娘收到曾家二少爷辗转传来的一封家书，获悉他已经在族人的帮助下，凭借一手好厨艺在上海法国领事馆谋得厨师的生计，待局势平稳后回榕完婚。想到日夜挂念的未婚夫安然无恙，自己的婚事也有着落了，梅姑娘的脸上不由流露出一丝羞涩。然而，她不知道，此刻，危险正一步一步向她逼近。

2时许，6个荷枪实弹的日本兵逡巡到堤坝外，闻到茉莉花香，透过绿叶掩映的甘蔗林，瞥见年轻貌美的梅姑娘，顿生淫心，悄悄地向她逼近，形成一个包围圈。还沉浸在对幸福憧憬中的梅姑娘这才发觉自己已经身处绝境，只见她甩开辫子，不顾一切地往江边跑去。

前方是滔滔江水，身后是穷追不舍的淫邪的日本兵。眼看就要被追上了，梅姑娘急中生智，抓起地上的土块朝跑在最前面的日本兵脸上砸去。鬼子放缓脚步停了下来，揉着眼睛"哇啦哇啦"地叫着。趁这当口，梅姑娘拉开和鬼子的距离。

"嗖——"几发子弹从耳际掠过，梅姑娘头也不回地继续朝江边跑去。突然，一发子弹击中梅姑娘的后背。殷红的鲜血渗了出来，如泣血的梅花染红了那件月白色的衣裳。梅姑娘踉踉跄跄地跑着，脑子里只有一个信念：死也不能落入日本鬼子的魔爪。恍惚间，她的脑海中浮现出曾家二少爷的影子：道棋，生不能与你常相厮守，死也要为你守身如玉。梅姑娘努力保持着身体的平衡，用尽最后的气力纵身一跃，跳入滚滚闽江，瞬间被江水吞噬。

鲜血染红了江面，粲然成一朵朵圣洁的梅花。滔滔闽江水见证了梅姑娘的坚贞不屈。

日本兵悻悻而退。附近村民目睹了这悲壮的一幕，自发地沿着闽江下游找寻梅姑娘。时值汛期，江水暴涨，把梅姑娘冲得无影无踪……

梅姑娘跳江殉节的事迹很快传遍了十里八乡。日军撤退后，村里人感慨于梅姑娘视死如归的英烈节操，在乡村学堂校长的提议下，为她立下气节碑。时任国民党福建省政府主席刘建绪专门给梅皋家送来一块牌匾，上书"贞烈可封"4个大字。

当远在上海法国领事馆的曾道棋辗转闻此噩耗时，已是岁末严冬时节。悲痛欲绝的他来到梅姑娘生前最喜爱的梅花树下，遥寄哀思。泪水从他坚毅的脸庞滑落，滴入脚下的梅花瓣中。片片花瓣随风飘零，仿佛也在寄托对梅姑娘的思念。

道棋擦干眼泪，带着对日本鬼子的血海深仇和对梅姑娘的无尽思念，踏上革命生涯。中华人民共和国成立后，曾道棋成为原福州军区副司令皮定均身边的工作人员。

二

半个世纪后的 1990 年，我与妻子完婚。岳父和伯父曾道棋领我们瞻仰了立在祥坂村村口祠堂边的这块石碑，但见碑上有一道清晰可见的裂纹。岳父告诉我，那是"文革"期间，被"除四旧"的红卫兵砸断所致。

岳父告诉我们，由于伯父曾道棋在皮副司令身边工作繁忙，难以抽身。当年为保存石碑，在一个月黑风高之夜，他冒着生命危险，将已被造反派砸断的遗弃在村口乱石堆中的石碑悄悄埋入土中。直至"文革"后，这块石碑才重见天日，重新立于村口的祠堂旁。

1996 年，在方兴未艾的福州旧城改造的浪潮中，祥坂村也将拆迁，该如何保存这块石碑成了摆在曾家人面前的一道难题。由于伯父曾道棋年事已高，岳父决定将这块石碑迁往梅姑娘祖居地，即殉节之地新道自然村。历史的年轮驶进 21 世纪，因兴建、扩建闽江北江滨公园，新道自然村整体搬迁，这块石碑最终浮出历史的尘埃，走进公众的视野。

2001 年 4 月 9 日，我作为《海峡都市报》特约通讯员，和该报记者一起做了"榕有烈女周梅皋"的系列报道，得到社会各界广泛关注。时任福州市文物局局长王培伦亲临北江滨施工现场考察，做出保留这块气节碑的决定。2001 年 5 月 1 日，一座石碑重新屹立于闽江公园望龙园。

80 多年来，这座气节碑几经沧桑沉浮，终屹立不倒，于无声处诉说着那段不堪回首的屈辱历史，警醒后人勿忘国耻、珍爱和平、同心同德、自强不息，在维护和平、建设家园的道路上戮力前行。

后　　记

　　一座石碑，历经岁月的磨砺，因其背后故事被挖掘而引发各方关注，终得以完好地保存下来。我亲历这座石碑的挖掘、保护全过程，意识到文物保护的重要性，并引发了思考：当今城市建设中，对于这片土地上曾经闪烁过的往事，该怎样呈现给当代？当今人居现状与历史人文该如何和谐共处？

　　每一件文物都是"活化石"，是历史的叙述者，记载着一段或悲或喜、或爱或恨、或浓烈或平淡、值得回味的故事。每一件文物都是文化遗产，对于城市记忆、历史传承具有重要的意义。

　　希望有更多人意识到城市现代化进程中文物保护的重要性和紧迫性，加入文物保护志愿服务队伍，挖掘文物的内涵，讲好其蕴含的人文故事，让每一件文物都"活"起来，更有温度地传承下去。

散文

我的卡夫卡沙发

曾于佳

题记：风吹经幡的地方，在远方。而风行经过的地方，在眼前。

"卡夫卡"来自希伯来语，意为穴鸟，即长期生活在自己的洞穴中的鸟。"卡夫卡"也成为当今生活的一种符号，一种理想状态。是日常，也是独美。

素喜与现世持有恰好的距离。新鲜生动的时光花苞微微含羞的模样极为动人。花苞无论瘦骨抑或饱满。每个刹那，皆可生香。疏离的边界，刚刚巧。是独独蒲扇半遮面的曼妙、是误入藕花深处，心甘止步，远观静赏满池荷花硕硕之姿的踏实。

而我与沙发之间的关联之美，是一场与卡夫卡清扬张狂的热烈对话。

当世间万物，坠入孤绝暗夜。草木渐深，阵阵马嘶，声声犬吠。万灵生，一夜间，忽然而已。我安卧沙发，小憩。随心脏的跳动，一吸一呼，起伏规律，沉沉入眠。世界似也尾随我的梦境，步入澄净而纹丝不动的静态。

我素来欢喜卡夫卡的自由风韵。奔命于莽莽尘世，为何不与自然对碰，心野阔远？

何处？随处！闲情漫步城市街头；穿梭市井小巷里；与窗对视，

见雨听风一整个日头；沙发里蜷缩起所有的倦怠，在一个午后。

不觉时光竟从我身上爬过。光亮由强渐弱，世界请附耳过来：一同赏暮色滑落的稠密雨声。街面上颠簸来来去去的车铃声、喇叭声，簌簌复又簌簌。密集的雨声，隐约且清晰，恰似大珠小珠落玉盘。

捻灯，迷迭香薰蜡烛燃起，摇上一杯与空气对碰的布赫拉迪星图威士忌。长吁短叹又何妨，毛毯罩住脑袋，缄默凝思；撕肝裂胆抽泣；抑或盘腿端坐，倚沙发。手边刘亮程的《本巴》还停留在 102 页。索性风吹哪页，读哪页吧。青绿毛毯上的半边身子紧贴沙发，半边自由落体般垂落地面。开启黑胶唱片，"想起你轻柔的话语，曾打湿我眼眶，我们曾在田野里歌唱……"

墙面的时钟被拆解成时针分针秒针。而自我也可被解构再重塑再出发。那些温润的枯竭与生命相连，松下明月多少年？往前走，不疾不徐，不悲不喜，天真烂漫，沙发承接我的小缄默、小冥思。

《梅谱》里早就记录着二十六宜：淡云、晓日、薄寒、细雨、轻烟、佳月、夕阳、微雪、晚霞、珍禽、孤鹤、清溪、小桥、竹边、松下、明窗、疏篱、苍崖、绿苔、铜瓶、纸帐、林间吹笛、膝下横琴、石枰下棋、扫雪煎茶，美人淡妆簪戴。遂心感知，默然相欢，与孤独打成一片。心照不宣让潜意识与意识对话交谈，漫长且自得仿若口含薄荷糖，渐入心扉。清凉升起，齿间留芳，樱桃红、芭蕉绿的记忆仿佛都被复活。

生活的细节须尽欢啊。凭空起念，前往武汉，独行也要前行。纯粹简单、桀骜野性。出发是迈腿，时间是此刻。

长江边上。翻滚的浪花，层叠交错，拍打着岸边的植被，浸湿或逼近或无声。垂钓的人群自觉排成一队，聆江海之音，候愿者上钩的鱼群。

在"参差"书店，饮着热拿铁。同老友相聊两刻钟，心已缓缓澄澈。走出书店，风伴雨，暮色里的雨水也变换色泽：时而藏青蓝、时而浅暖橘、时而深绿灰。

满城的桂花香，频频顺着微风，袭到我的感官上来。我，一个起劲跳跃起身，指尖触及高处的桂花。踉踉跄跄抖落的桂花星星点点停落在我的肩、我的发梢、我的眉眼。来不及接住这澄黄澄黄的桂花，俯身拾起趴在地面朵朵饱满温润的小黄花。一手肆意摊开，贪心得一抓一大把。拽紧了花香，趁四下无人，窃喜不已。指缝里逃离的花瓣，尽可能封锁。猛地一吮吸，鼻腔内钻入不间断的浓淡不一的清甜，眩晕、汹涌。桂花香窜入心肺，五脏六腑乱了方寸，荡气回肠只剩迷人心窍的香气！

"为何香甜之感不一？"我惊诧。

"你拾起的新鲜桂花夹杂着前几日掉落，早已失去水分的桂花。"老友轻描淡写。

逛得疲乏。携泅湿的桂花，放置窗台。窗户微关，开条缝，任风来。

不贸然与人语，不探闻窗外事，心安即是自在。

酒店沙发正背对着窗台，我贪这薄凉的清风，索性全部敞开一面窗。斜风细雨，闯进我的房间，窗子的玻璃蒙上了圆乎乎的向下滚落的雨珠。珠成线，线成面。武汉 10 摄氏度的温度，将我从福建 30 几摄氏度的高温里毫无防备地瞬间拉进凉飕飕之地，凉意啊！终于顶不住下丘脑的冲动，张大嘴，大口喝，丰盛的风。顾及了自娱，照顾了内在的孤独。时间的分秒有了分量，似金黄的秋，金属的重量。将头朝向窗台，脑袋下方垫起两个枕头，身子陷入柔软的皮质沙发里，被耽溺被宠爱。孤寂被承载，几斤几两？我知它知。

夜来了，秋风也来了。韵脚分明的风，一阵又一阵，饮马渡秋水，且饮深秋茶。举杯邀清风，换盏几回合。

时间的线头倒退回 4 年前。我独自走在甘肃瓜州的戈壁沙漠上，在荒芜喑哑的沙漠大地上。四面风之舞，冷不丁席卷沙尘，裹着大地，轻移步伐。也可逆风大步流星——不带节奏，笃定、任性、张扬，禁忌、束缚被挣脱的美感，跃然眼前。凄且美，恰如棕黄泼墨大写意，几个旋转轮回。兜兜绕绕，在眼前又落心尖。握不住的肺腑，脑袋、腰肢、手臂的摆动、空然的目光，寻找一片栖息地倚靠。一位大地上的"巨婴"，全然趴着。眯着眼，饱满的苹果肌，笑容上扬。酣然、绵软、自在。赶忙张开双臂拥抱他，闭眼，与他同在，天地之间，独独安然、妥帖、安宁。

大漠沙丘层次明朗，丘脊线条鲜明光滑。"大漠沙如雪，燕山月似钩""大漠孤烟直，长河落日圆"——描绘大漠之景通常宏而阔，又饱蘸款款深情，接纳万象之物。天与地交融相接，仅有天地，仅剩天地。辽远宽茫，当落日的光辉毫无遮掩地释放所有可能性，世间的绝美之处，在于触可得，又触不可得。此地、此物、此景，沙漠的每分钟都注入生活的诗行里。

三毛曾心甘情愿地将自己的"乡愁"和情丝全然托付给大漠戈壁——全部的自己，自己的全部，毫无保留。在棕黄氛围里赤子之心填抹出弯曲柔软苍青的弧度。三毛清脆的嗓音呼唤"荷西"，经年以后，被遗忘的名字，被遗忘的生活重量，终将在沙漠里温存，惦念。

浩博的孤寂里遗存着不可估量的自由与发现。行在沙漠里，无垠无形、无边也无际。眼前的沙漠千年有余，开天辟地之时，它是乾坤的舞者。历史的舞台，从古至今，枯荣不败的荒漠里，埋藏了多少荒芜的英魂。曾见证着万千新与旧交叠的魂魄，呼啸与磅礴与起伏。它已然站成了自己的一种姿态：傲骨与风骨同在。

我渺小如蜉蝣的生命，竟容藏着那不可名状的具体与孤独。仰面，沙砾里携着风，条件反射闭紧眼，心底却升起绵软："每想你一次，天上飘落一粒沙，从此形成了撒哈拉。"脚下飞沙走石，沙漠似一尊屹立庄严的神像，风雨同舟，同甘共苦。

沙漠里物品的所有使用权，归天地；沙漠是绵柔的大沙发，归天地。皲裂的大地上，若有一滴水，那些怯生生藏匿在沙漠底下的小小生命就开始蠕动。蝎子草、仙人掌、千岁兰等植被原始的能量会启动。片片，面面，直至覆盖大漠。植被尊贵，当之无愧。眼眸里的大漠，似但丁笔下的姑娘，险阻与自由共存——"我，专心致志地向她凝望，险些儿把我的生命失去。"

孤寂，生命赠予的礼物，被内在的信仰支撑，遂换得深情的日常。恰如从少年行路至古稀之年的齐白石，一生韶光，与虾为友、为伴。信仰于心，"余画虾数十年始得其神！"赏虾、观虾、画虾，与虾对话，虾身几节，长臂钳几节，闭目细数，手指比画。虾之触须舞动，一颦一笑，一探头二回眸，他知它知。心已自燃，陷入"沙发"之窝。迎风摇曳，当岁月篡改年岁，他自得。莫过于人生得意醉意，独喜鱼虾，日常鲜动，活脱闲适交织。

同天真勾搭，留片刻任性归还自己。醒着好，眠着妙。时光之外，皆来自身后沙发的一场自救。每个人的旅行，背道而驰抑或相向而行，终究踏上共同的命运之旅：自我的卡夫卡，自我沙发，自省自渡。

舷窗内外

唐　辉

一

旅途遥遥，飞行无期。

从市区出发，赶到长乐海滨机场的时候，时间尚早。站在候机厅巨幅的玻璃幕墙前，心情敞亮。眼前，从航站楼伸出的一条条管状通道，像大章鱼的触手，连接着一架架飞机。流线型状似海豚的头部，锃亮的机身闪动着光芒，仿佛充满激情。机翼下方安装着鼓胀的引擎，像巨大的秤砣，待它们聒噪地旋转起来，奋力扇动翅膀，就会带着我们轻盈地飞越云层星海——梦随风万里。

到如今，民航飞机的发展已经走过百年历程。我们早已离不开飞行。1919 年，第一次世界大战结束了，许多战机解甲归田，它们卸下了机枪等武器装备，经简陋改装之后，开始运用于生产作业——运输邮件、货物和旅客。据说，德国的鸽式战斗机被改装成世界上第一驾民航客机，当时仅能载客两人。1933 年，第一架现代客机——波音 247闪亮登场，流线型外观，单机翼结构，可收放的起落架，速度更快，航程更远。波音 247 可载客 10 人，装载 181 公斤邮件，还配有一名空姐。2005 年，世界上最大的客机空客 A380 在法国图卢兹公开亮相——

长 73 米，翼展 79.8 米，高 24.1 米，可以载客 861 人。从波音 247 到空客 A380，飞机升级了多少代？如同一只小麻雀飞上天空，飞着飞着，变成一只天鹅。

视线的远处，跑道上一架飞机正不断加速，然后昂首振翅，赴了云天之约，去践行它的诺言——"天空没有留下翅膀的痕迹，但我已经飞过"。

二

在候机厅偶尔会遇见空姐。有一回，我看见她们款款而来，时值冬季，她们身着深蓝色长呢大衣，一只手握着拉杆箱柄，另一只手臂自然地甩动着，一路走去，踏上了杜甫的诗句——"一行白鹭上青天"……

"女士们，先生们，欢迎乘坐本次航班。""我们的飞机马上就要起飞了，请再次确认您的安全带是否系好。""先生，请问喝点什么？""请收起小桌板……"窄小的机舱总是充满温情。多年前的一个春天，我背着相机，提着行李，携着几分寒意，登上了一架南方航空的飞机。一位空姐微笑着迎上前来，看过登机牌，便轻盈地引我到了座位。待我坐下，她指着我座位旁边的门叮嘱道："先生，这里是紧急通道口，没有遇到紧急情况，您千万、千万不要拉动门上的拉手。"她特地在"千万、千万"的字眼上放慢了语速，温婉、轻柔，像带着朱砂梅的清香。然后，她转身，踏云而去。

她们五官精致，身材窈窕，步履娉婷；她们的微笑也只是浅浅的，却像发自内心，更像是一种朦胧的虚幻；她们只要轻轻一跃，便可袅袅娜娜地奔向明月。衬衣、马甲、筒裙，再配上一条色彩鲜艳的方巾，在领口处轻轻地打上一个结，便系上了"风采"二字。近些年来，一些航空公司对服饰进行革新。我看到，西藏航空公司的服饰加入了藏民族的元素和色彩，斜条纹的衣领，斜条纹的裙子，带着鲜亮的橙黄橘绿，令人耳目一新。

空中旅客，萍水相逢。我们仿佛几朵云彩，不经意间飘在一起，稍做停留又各自飘去。

有一回从银川飞乌鲁木齐，这一程飞跃两座山脉。身旁的旅客介绍说，这是贺兰山，这是祁连山。我大略知道贺兰山位于宁夏与内蒙古的交界处，是农耕区与游牧区的分界线。眼前的贺兰山通体暗红、外观粗粝，想起岳飞《满江红》中的诗句"驾长车，踏破贺兰山缺"，我有些兴奋，取出照相机连拍数张。祁连山，波澜壮阔，绵延千里。"明月出天山，苍茫云海间"，李白所指的天山正是祁连山。当年，明月长风，关山万里，戍边将士思乡念人时所在的祁连山，如今已经建起了国家公园，地理、气候的多样性造就了祁连山生态的多样性，真想找个时间去看看。许多年来，从空中飞过多少座山无从知晓，唯有这两座山，因邻座朋友的指认，书本上的山与现实的山有了对应。

还有一回从成都回福州，当我迈进机舱，缓缓前移，快到自己座位时，一位大姐用福州话冲着我大声说："哇！这么高的个子。"原来，这位大大咧咧的同乡大姐是我的邻座。她的口气带着玩笑，也带着些许嫌弃。我自忖，一米八五的个头，再背着4个包（两个摄影包，一个无人机包，还有一个装杂物的背包），在窄小的机舱中的确显得突兀。我回她："个子大占地方啊。"她不好意思起来，我们便熟络了。飞机起飞后，她把分得的一包花生米分给我吃，说这回出来玩的几个景点，说她是长乐人，说她在琅岐圈一块带池塘的地养鸭，有空可到鸭场来玩……大姐赶鸭，也被生活驱赶，累了的时候就到有风景的地方透透气。我也无非如此。

三

飞机跃上高空，无拘无束。航道宽敞无边，令人感觉不到飞行的速度，"晴空一鹤排云上"……飞机就像一只孤鹤踽踽而行。真想在此时遇到飞行中的同类，但飞机只有在机场的停机坪上才会欢聚一堂，一旦跃上高空便分道扬镳。但还真有一回，我的眼神中掠过了惊喜，在视线下方的遥远处，一道银色的微弱的身影，正缥缥缈缈地逆向而去。一片云烟中，这一道飞行的影子令我陡然间精神振奋，我在心里对着它喊："喂，你好啊！你从何方来，将到何方去？"很快，它便消失在视线之中，消失在茫茫的天际。窗外，白云扎堆，阳光刺眼。那些平日里总被诗化的云彩，此刻枯燥乏味，毫无生气，即便近在咫尺，我也不愿伸出手，采上一朵两朵。而穿梭于走廊上的空姐，也退回到属于自己的空间，拉上了帘幕。

空中的风景大抵只能出现在清晨或黄昏。

坐着飞机看日出，是十分难得的机会。有一回，从成都飞林芝，我坐的是早晨7点钟的班机。头一回飞抵青藏高原，机翼下是一片莽莽苍苍的雪山，望不见尽头。可当我抵达林芝，才知道比我们更早一班的班机在一片星光中起飞，当抵达高空的时候，正好迎来初升的旭日，所谓空中日照金山的盛景，就这样与我失之交臂。

相对来说，在高空中守候一段黄昏容易一些，这个时段的班机很多。一个春夏之交的傍晚，我乘坐的飞机，再次划过蓝天。那天，天上的云彩来了灵感，像一群顽皮的孩子，或簇拥成一片，虚张声势地狂舞；或变化着队形，让金黄色的光亮和色彩在队伍间流动、穿梭。后来，飞机竟然闯进上下两片云海的夹缝中，飞行了很长一段时间，才脱离上方的云层，而下方依然是漫无边际的云海……另一个空中的黄昏如约而至，透过舷窗，我看到太阳挂在老远的西方，像被云彩簇拥着的明星，缓缓地退场，若无其事地离去。天空变得黯淡而深邃，机翼下是连绵不尽的云海，它们黑压压地拥挤着、翻滚着，正孕育着一股强大的力量。此时，暗蓝色的天边出现一条绵长的橘黄色彩带，像一线醒目的希望，飞机便沿着彩带一路飞去。最后，彩带消尽，天空变得混沌一片。飞机颠簸着，如同孤独的海燕掠过黑幕下巨浪滔天的大海，沾湿了飞翔的翅膀。此刻，座位上方的电视屏幕显示道：飞行高度7500米，飞行速度每小时745公里，机外温度-20℃。机舱内安静极了，我莫名慌乱的心，紧紧依傍着颤抖的舷窗。

四

影片《中国机长》再现了一段劫后余生的空中险情，再现了四川航空3U8633航班上，全体机组人员搏击长空的故事。

该片剧情简单，但看点颇多。空姐都是美人胚子，空少都是小鲜肉，重要的是他们金玉其外，金玉其中，让人喜欢，让人敬佩。张涵予饰演的英雄机长刘长健，在驾驶舱的玻璃突然破裂后，瞬间就做出正确的判断——返航。他紧紧握住操纵杆，目光紧锁航道，一脸冷峻。让人相信他的目光可以穿越层层迷雾，穿越重重困难。这神情和他饰演《智取威虎山》中的杨子荣时很相似，他和他都是在命悬一线，在极其艰难的情况下，凭着智、勇、信完成了神圣的使命。刘长健说："当你认为没有错的时候，错一定来找你。"他又说："一定要挺住，冲过去。"他还说："敬畏生命、敬畏规章、敬畏职责……"这样的机长令人敬佩。袁泉饰演乘务长毕男，体贴温婉，尽心尽力地为旅客提供周到的服务，就连那些刻意刁难的举动，她都能一笑化解，令人折服。当剧烈的颠簸一阵阵袭来，整个机舱内的乘客慌乱不堪、情绪失控的时候，她瘦弱单薄的身躯却有着千钧的定力，用一番坚定的言语抚慰了躁动不安的乘客，让一颗颗颤抖的心灵平静下来。除了男女主角，其他演员在影片中同样表现不俗。值得一提的，还有影片逼真的特效，博纳影业斥资3000万制作了一比一的模型飞机，请来了好莱坞的特效制作团队，让飞机身临其境般飞抵高原，穿过千山万壑，明晃晃的雪峰触手可及。

人生路漫漫，白鹭常相伴。当飞机再次稳稳当当地在跑道上降落、滑行，最后在机场跑道上停稳，我起身取了行李，打开手机，站在入口处，轻松愉悦的氛围蔓延在舷窗内外……

一瓶蟛蜞酱

——外婆的乡愁

黄雨青

周末逛菜市场，意外发现了一个卖蟛蜞酱的摊点。摊主是个中年男人，一只眼睛老是眯着，许是眼神不太好。他淡漠地坐在小板凳上任几个操着福州口音的大妈围着叽里呱啦。面前摆着五六个桶，桶里装的是老福州最熟悉的"土苗""虾鲜""红糟蟛蜞""醉泥螺"。边上还有几罐蟛蜞酱。土苗虾鲜要多少，自己动手随便舀，扁担上架着两个收款码的牌子。这么佛系的卖家可真少见。10块钱一罐的蟛蜞酱很是实惠，我好不容易遇上了，自然不能错过。

乐滋滋地回到家，我家先生却对我的口味嗤之以鼻，他觉得这种自制且来路不明的产品不该进家门上餐桌。他根本无法理解在一个福州人味蕾中蟛蜞酱的灵魂主导的地位。餐桌上的那一碟蟛蜞酱，蘸芋头、蘸海蜇，蘸油炸花生米、蘸白灼五花肉……宇宙万物，统统可蘸！那滋味如同锦上添花，将平凡的食物演绎出多种层次的滋味。

其实我不算纯粹的福州人。我的血液里只有四分之一的福州血统。因为从小随着外婆长大，口味及诸多的生活习惯都随了她。外婆的娘家介于台江与仓山之间，应该是解放大桥周边到上渡一带。当年日本鬼子攻占福州，城市沦陷。战乱之中外婆与家人失散，一路逃难，流落到了闽清乡下，嫁给了大她9岁的外公。外婆是个勤劳豁达聪慧的女人。她待人宽容，苦难的童年造就了她的韧性。外婆不识字，但她和外公一起，硬是靠锄头养大了6个儿女。饥荒年代，不少人家为省口饭把女婴溺死，把养不活的孩子送人换一口吃食。能把6个儿女健健康康地抚养长大成人，是外婆一生的骄傲。

听我母亲说，在粮食匮乏的年代，一家人能活下来，离不开外婆的苦心经营与操持。外婆认识一种叫葛根藤的植物，夜里她偷偷带着孩子们上山挖回来，洗净捣碎，加工成饼状再蒸熟。她靠这制作手法略精细的食物悄悄卖点钱，哪怕是一点点，也能多换点粮食。外公善于培植各种菜苗。我印象最深的是茄子苗。培植出来的茄子苗挖起来，带点土，用纸包裹住根部，码在箩筐里。天不亮外婆就挑着箩筐上路了，她十里八乡地兜售，用脚步丈量了周围的乡镇，最远都走到尤溪县了。小时候总是听说外婆到尤溪卖茄子苗。尤溪有多远呢，通了高速后，我才知道尤溪距离闽清最近的地方也得有几十公里的山路啊。外婆挑着箩筐，一去就是好几天，不卖完茄子苗是不会回来的，每次回来的时候足底都磨出了泡，她小腿上有很多深色像蚯蚓似的静脉曲张，那该有多疼啊。小时候外公在我调皮的时候恐吓我：不听话，就把你卖到尤溪去。所以我从小对尤溪这地方有一种天然的恐惧。

外婆的聪明不光体现在她的生存能力强，她还敢于挑战。那年月粮食匮乏，农村人家一年养一只猪就很了不起了，一只猪都得集全家人之力，挖猪草、割地瓜叶、到各处食堂收集潲水才能养大。而我的外婆不呢，她养的是老母猪，用来下崽子。每当老母猪下崽子的时候，我和调皮的小舅舅是要被关在屋里不许出来的，也不许发出大响动。屋外灯火通宵亮着，外公外婆一宿没睡，忙着给老母猪接生。天亮了，我们数一数老母猪身下的小猪崽，呀！有十几只呀！养小猪崽的头两个月，不断地有农民挑着箩筐布袋买走了小猪崽。最后一只小猪崽被买走的时候，我听见外婆弱弱地跟外公商量："给我点钱，我想回福州看我阿妈。"

成年以后的外婆凭着儿时的一点一滴记忆，不止一次回到福州寻找她的父母，无果。她不甘心，几年后生了长女也就是我母亲之后，她又一次踏上了返乡寻亲之路，这一次的寻找终于有了结果。遗憾的是她的父亲已经不在了，家里留下了母亲和两个弟弟。这两个弟弟跟我母亲年岁相差无几。每次看到电视里的寻亲节目，我都会想起外婆的寻亲之路。在没有 DNA 检测、没有任何通信设施的落后年代，外婆凭着记忆，硬是从闽清山区一步一步翻山越岭走到福州，100 多公里，她用脚一步步走，一路打听。这一路上她历经了多少的艰辛、苦难，一路流下多少的汗水、泪水，我已经无从知晓。外婆性格中的坚韧执着，实在令人佩服。

　　后来，山路通车了，交通发达了，舅舅们长大成人了。每年外婆都要回福州看她的阿妈。城里的舅公也时常来乡下看姐姐。外婆每次回福州看老阿妈，返程的时候要先经过我们家。我们姐妹围着外婆，看她如数家珍般一样一样地从手拎包往外掏出各种福州美食：肉燕皮、鱼丸、肉丸……

　　外婆做事麻利，家里家外料理得清清楚楚。年轻时，外婆常常被附近单位食堂请去做饭。每逢附近的供销社、学校、乡镇府要开大会办集体伙食的时候，总会把我外婆叫去帮厨。大家都说她炒菜好吃。

　　她会做多少好吃的东西呀！家里不富有，但她能把食物做得很精致：她把蒜头捣碎，加上白糖，封在坛子里叫"溜溜哒"；把嫩姜制成泡姜，把地瓜晒成地瓜干。一碗最普通的粉干，只用虾油、青红酒和葱头，却能煮出我最爱的味道。哪怕是一锅稀饭，外婆也能鼓捣出几碟小菜，碟子的边缘永远干干净净，亮洁如新。

　　供销社里有时会卖一种活的小螃蟹，大人都叫它蟛蜞。闽清人不太吃这种东西，外婆却很喜欢。她拿个铁桶把这些到处乱爬的小玩意弄回家，递给我一双特别长的筷子，让我把杂草捡干净。然后她开始往桶里撒盐，往里填红米糟。几天以后，小蟛蜞们迷醉在酒糟之中不再动弹，外婆就开始刷洗石磨要磨蟛蜞酱了。五舅和小舅轮流推磨，我站在石磨边，看外婆舀一勺裹着红米糟的蟛蜞送入石磨面上的口中。石磨嘎吱嘎吱响着，红色的液体汩汩地流到石槽下面的一个小坛子里。随后小坛子会被封起来，放置到楼顶高处。一个多月后，蟛蜞和酒糟充分发酵融合，就可以分享美味了。外婆小心翼翼地取下坛子，桌上摆开一排刷洗干净的瓶子。外婆开始了她爱的分享：这是大女儿的，这是二女儿的……

成年以后，我还时常能吃到外婆亲手制作的蟛蜞酱。我女儿喜欢太外婆的味道，连远在海外的侄儿也惦记着。

16岁的我就离开家乡到福州求学，后来又在福州工作安家。我发现自己对福州饮食适应得特别快。有时候经过上渡一带，我就会想起，这是外婆生活过的地方。每逢假日回家，有机会我总要给外婆带上她爱吃的那些福州特有的美食：同利肉燕皮、萝卜糕、肉丸、鱼丸……

从福州到闽清池园，从城市到乡村，外婆的迁徙促成了食物的相逢，食物的离合见证了外婆的乡愁，外婆的乡愁里承载着家族关于味道的记忆。外婆在93岁的时候离开了我们，她的乡愁封存在那一罐罐的蟛蜞酱中，今又见蟛蜞酱，忍不住又想起外婆。

锦 绣 坊 巷

林丽钦

一

晨曦微光初现于东方，轻启迷蒙的晨昏之幕。立于三坊七巷的主轴——南后街中间的那棵枝干粗壮、姿容雍雅的百年古榕，衬着天空的流云渐渐清晰明朗，舒展开来。古厝坊巷如画铺展，与周围密密层层的高楼在晨风轻拂中一起苏醒过来。

南后街上的早餐铺也热闹起来了。

热气腾腾、醇香四溢的美食让人食指大动。白胖圆弹的鱼丸，因为象征着丰润完整、团团圆圆而被称为福丸。以鳗鱼、鲨鱼或淡水鱼剁茸，加甘薯粉搅拌，再包以猪瘦肉或虾等馅料制成的鱼丸脆弹鲜美，汤汁醇香。肉燕被郁达夫称为"福州独有的特产"。状似纸片的燕皮由瘦猪肉经"千锤百打"，再撒上木薯粉，经过拍、擀、碾、压等十几道工序制成。它状似"皮包肉"的馄饨，却是名副其实的"肉包肉"，饱含城市最古早的热气腾腾的记忆。一卷卷浓厚醇香、雪白伶俐的锅边，配上热乎乎刚炸出来的油饼虾酥、三角糕或修长蓬松的油条，也是许多福州人的最爱。红彤彤的灶火将鼎中用蚬子肉或水鸭母熬制的汤底煮热，锅边半熟的米浆被铲进正在熬煮的汤中，虾米、"熟鱼"、干贝边、小肠的浓香混着虾油味在鼎中翻滚。

而中午和晚上适合品尝精致细腻的闽菜。用鲍鱼、瑶柱、海参、猪蹄、鱼胶、花菇等30多种食材，配以番鸭、土鸡、筒骨、肋排、蹄髈等熬成汤底的佛跳墙，需文火慢煨，小小一盅便要耗时数十小时。还有外酥内嫩的荔枝肉，酱香浓郁的南煎肝，酸甜爽脆的爆炒酸脆，油而不腻的醉排骨，软糯绵密的夕时芋泥，甜蜜清香的桂花酒酿小丸子，入口难忘，回味无穷。

二

沿着南北贯通的南后街左右排开200多座明清古建筑。它们在时间的风霜里风餐露宿，九死一生。现在，正瓦并着瓦，墙搭着墙，整齐而安静地排列出鱼骨状的长坊短巷。坊坊相连，巷巷互通。西向三条称坊，分别是衣锦坊、文儒坊和光禄坊；东向七条称巷，分别是杨桥巷、郎官巷、塔巷、黄巷、安民巷、宫巷、吉庇巷。有人说，从高处俯瞰，三坊七巷是一片叶脉分明的菩提叶，落在福州灵秀的山水间。而接近它，会看见更细的筋脉弱小而顽韧地通往城市遥远的昨天。而今天，每条脉络里涌动着熙熙攘攘的游客和充满活力的商店。街头表演者、非遗传承人、美食工匠和当地艺术家都在其间尽情展示他们的创意和才华。

三坊七巷已经脱胎换骨，但坊巷排列的格局，还保留着唐朝末年的影子。通往小巷深处的小径两旁，依然伫立着久远年代遗留下来的印迹。可能是一处物是人非的名人故居，一颗独守方寸之地的百年老树，又或是形貌卑微的祠堂残壁，自顾自立在人迹纷沓的场景里。

漫步在青石板路上，古老建筑的高大白墙肃立两旁，它们随着时间的流逝而风化磨损，又几经修缮。墙体随着木屋架的起伏呈现流水般的曲线，雕刻繁复、绘彩艳丽的翘角伸出宅外，形状类似马鞍。不少墙体上攀爬着绿意盎然的藤蔓，金色的炮仗花或紫红的三角梅朵瓣灼灼、悬挂其间，坦然绽放在天光下，像精致华丽的斗篷紧紧贴在墙面上。

一扇红漆剥落的大门内，有一种古老的寂静从沧桑的门缝中透出来，时间在里面缓慢地走来走去。天光稍微暗淡，又在天井上方透亮起来。落在古厝内部空间的光线在虚实之间切换，呈现出与大街上的喧嚣截然不同的静默。横梁和墙柱多用生长在福建北部的大杉木加工而成，经受岁月的冲刷有了沧桑的纹理，像时光游荡的皱纹，但依然经久不腐。那些精雕细刻的木石构件、别具神韵的艺术曲线，都回荡着悠长岁月的喃喃低语。

池塘精巧、花木扶疏的水榭戏台，还遗留着大户望族的风范。太湖石砌成的假山，用糯米和三合土塑起的雪洞，恰到好处拱绕着精心营造的私家戏园。庭院里的花木，经过不知多少次的生生灭灭，依然散发着天然清雅的香气，保存着旁逸斜出的情态。月上中天，闭门掌灯，戏台上灯笼柔黄的光彩，映照着一池清澈，张灯生辉，妙趣横生。闽剧演员在台上水袖舞动，唱腔柔婉。主人与客人、女眷们隔着水池坐在台下，在热闹惬意中端一盏茉莉花茶，一边海阔天空闲聊，一边任茶叶在杯中上下浮沉。如今，水榭戏台仍在，当年的把盏低语早已沉入时光深处。

三

1000 多年前，一支躲避战乱的中原大族，沿着蜿蜒的山水停留在这里。像飘行千万里的南迁种子，在这生根发芽，贴地铺展。循着时间的线索，黄巢的军队举着明亮的火炬穿行在漆黑的夜晚，经过黄巷时却谦卑地熄灭炬火，以表示对巷中一位硕学通儒的敬意……近代，历史的探照灯将数百位名人的身影送上历史舞台，林则徐、沈葆桢、严复、林觉民、冰心……千年以来，无数先辈在这块占地40多公顷的土地上纷纷扰扰，经纬交错，仿佛在三坊七巷的根脉上开枝散叶，热烈生长，又凋零飘落，更替新生。那些消失的身影和故事又变成三坊七巷的一部分，在福州历史的天河中熠熠生光。

然而，随着时间的推移，不少名人故居面临着倒塌或者损毁的危机。幸运的是，经历繁盛、衰败与重生的循环，三坊七巷依然在时间中轮回，像安泰河的流水，在古老的石桥下潺湲，映照着风中摇曳的烟柳翠树，默默向前流去，从未停息。十番伬的音乐和评话正在某处上演，与纷沓而至的人声掺杂在一起。华美的阳光照射在青瓦白墙的古厝上，穿过茂密的翠树绿枝，散发出金色的光芒。你抬头，看见的那是沐浴百年风雨，迎向时光的榕树叶子，沧桑而生动。

徜徉在古老又年轻的街巷中，处处有岁月的惊奇和喜悦。过去和现在正在以一种神奇的方式融合在一起。于是，你忍不住继续探寻迂曲的小巷，聆听古老的建筑和百年的古树低语着未知的故事。聆听这些故事，仿佛有一条大河从身后流过，而我们也将汇入支流继续向前。那些掩盖在新装修和无数游客中的古老传说和名人都没有消失，它像一件温暖绚丽的织锦，装饰着福州的美丽，也提醒我们，每个人都只是历史宏伟的织锦中一个小小的部分。

逃离与回归之旅

蔡立敏

一

一个初冬的周末，傍晚5时许，带着刚上完画画课的女儿，应同事之约，驱车30多公里山路，前往一个名为"慢谷竹三里"的小山村，暂时逃离都市的喧嚣，来一回民宿体验之旅。

天很快暗了下来，车子沿着蜿蜒的山路盘旋而上，两旁树木高高低低、影影绰绰，前方层层叠叠绵延不断的群山宛若沉入梦乡，偶尔有一两声不知名的鸟鸣传来，更显得静谧极了。降下车窗，徐徐山风拂面而来，十分清凉，令人身心舒畅。刚才还在叽叽喳喳的女儿，很快发出微微的鼾声，大概是因为下午4个钟头的画画课，她已经累了。不时响起的导航提示音，提醒着我在弯弯绕绕的山路上谨慎驾驶，否则，我也要沉醉在这深山的富氧离子中了。

不知绕过几重山之后，山路开始盘旋向下。不多时，就见到了散落在山谷里星星点点的灯火，导航提示，目的地到了。此时已过6时，天显得特别黑，仿佛是一团稠得难以开化的浓墨重重地泼洒在茫茫大地上，大地益发静寂，周遭环境益发清幽。每年回老家过年，就感觉农村的天地也是这般的黑、这般的静、这般的清幽，大抵山里的天地和农村的天地是一样的吧。从灯火辉煌的不夜城来到这黑黝黝的山野深谷，我不但没有半点不习惯，反而隐隐有种如遇故知，身心皆畅的窃喜。

民宿群位于半山腰。从山底下往上看，依稀可见一片建筑物依山势呈阶梯状分布，层次分明，错落有致。只是灯光昏黄，难以清晰地窥见其庐山真面目。朦朦胧胧，让人陡生一种探幽寻密的冲动。这也许是民宿设计者特地营造的迷离氛围吧。我想，待明早天亮时，撩开神秘的面纱，"慢谷竹三里"的风采一定会让我们惊艳的。

在先到达的一位同事带领下，跨过一座石拱桥，沿着碎石铺成的台阶，拾级而上，不一会儿就到达民宿群的最高处，我们预定的房间就在这里。我心中一阵欣喜，身在高处，无疑为观察这群民宿提供了最佳的视角呢。

民宿的房间比一般的宾馆大许多，宽敞舒适。灰褐色的墙体上点缀几幅田园风光油画，古朴而不乏现代感；原木地板和家具富有质感，几盆绿植苍翠逼人，平添了几分生机。整个房间总体上显得简约、素雅、质朴、大气。一向挑剔的女儿也感到很满意，说比几天前在厦门住的酒店好多了。

晚餐是地道的家常菜。食材皆来自当地山民自养自种自产，纯天然、无污染。诸如土鸭汤、炒米粉、笋干五花肉、笋丝焖芋头、干煸四季豆等，虽然不如酒家、饭店那样制作精良、令人赏心悦目，却别具一番淳朴憨厚的风味，让人想起儿时妈妈的手艺，一种别样的温暖萦绕心间，于是大家并不挑剔有些菜味道偏咸，谈笑之间，盘盘见底，有一种久违的酣畅淋漓之感。

晚餐后，孩子们开始了沙画游戏，大人则分成两组打"五十K"。"五十K"，这是学生时代常玩的一种纸牌游戏，细算起来，约莫有30年没有玩过了。一把纸牌在手，少年意气顷刻间涌上心头。激动处，我们依然会情不自禁地从椅子上站起来，把纸牌甩得震山响，一局接着一局，不知不觉间，时钟指向午夜 12 点……

德国诗人和剧作家席勒认为，游戏是人类为摆脱生活中受到的身体与精神的双重束缚而创造的一个自由的世界。在电子游戏、网络游戏、增强现实游戏等科技含量较高的游戏层出不穷、日新月异的今天，我们在这个偏僻的山野，放下所有电子产品，把一种原始、简单的纸牌游戏，玩得不亦乐乎、忘乎所以。从某种意义上，这是一种回归、一种抵达，以一种简约、自然的方式抵达身体休憩和精神满足的自由之境。

二

咕咕、叽叽、喳喳、啾啾……

第二天清晨，我在一阵群鸟的协奏曲中醒来。

推开窗，清新湿润的空气扑面而来，令人神清气爽。对面是连绵不绝的远山，一重又一重地叠在一起，难以分清界限；清一色墨绿的山，氤氲在云雾之中，如同披上了一件蝉翼般的薄纱，起起伏伏，缥缥缈缈，宛若仙境。眼前的落地窗，俨然一个画框，把一幅万马奔腾的宏阔画卷完美地定格在我的眼前。开门见山、推窗即景，令人不由得感叹设计师与建设者的匠心独运了。

久久地凝望，绵绵群山渐渐化成我儿时稚嫩的小脚跑过的、家乡的一座座灰褐色的"馒头山"。那时，在我幼小的视野里，望不断的小山似乎深藏着无尽的宝藏，山外的世界蕴含着一种神奇的魔力，孕育、滋长着一个懵懂少年无限的憧憬，萌发、催促一个激情少年向未知世界探求的步履。眼前，这层层叠叠苍翠之外的更远方，会是一番怎样的情景呢？蓦然间，我无端地想到了庄子。也许，只有借以鲲鹏般的高度与视野，才能真正洞悉天地造化留待我们去体味的无声无尽的意蕴与情怀吧。此刻，我虔诚地匍匐于大自然的脚下，内心充满了敬畏与感恩！这是我往常枯坐在城市高楼的书斋中，与窗外鳞次栉比的现代文明对话时，永远无法涉及的话题。

走出门，站在房间外走廊上，居高临下，"慢谷竹三里"民宿群的绰约风姿一览无余地展现在我的眼前——

这是一个四面环山、橄榄形的狭长山谷，小山村的大部分房屋分散在山谷底部的平坦地区。民宿群坐落在北面这座山的半山腰上，坐北朝南，东西走向，三线分布。从上往下，第一条线就是我们入住的地方，位于最高处，也最长；一条长长的碎石长廊把客房、棋牌室、书屋等建筑珍珠般串联在一起。往下七八米，是第二条线，稍短，分布着客房、会议室、俱乐部以及可供烧烤、篝火、小型演出的室外空间等。第三条线邻近山脚，最短，一座二层建筑，是接待中心和餐吧。接待中心不远处，一条小溪穿过，一座石拱桥横跨在小溪之上，连接着民宿群与外面的山路，这就是我们昨天晚上进山的地方。略微遗憾的是，现在是干旱季节，小溪已断流。如果适逢丰水期，流水潺潺、泠泠有声，撑一柄油纸伞，漫步于小桥流水间，当是别有一番情趣吧。也许，戴望舒的"雨巷"与小径，是诗人在"闹市"彷徨中萌生的一种渴盼，一个无法企及的梦幻般的"乌托邦"。而这小溪、拱桥、石径就生动地展现在眼前，在黛绿群山的环抱里，宛若一位羞答答的待嫁村姑，清纯可人，可近可亲，可结一程浪漫之旅。念及于此，尚未离去，一种雨中邂逅的期盼却在我心中油然而生。

沿着串联起三线的一条被岁月打磨得光滑锃亮的石阶，小心翼翼地往下走，在半道上遇上一位身着白衣白裤的中年男子，自称是民宿的老板，我们坐在路旁的石凳上攀谈起来。老板很健谈，谈起这群民宿，自豪之情溢于言表。他告诉我，这里属于一都镇后溪村，闻名遐迩的后溪漂流就在附近。民宿群取名"慢谷竹三里"，寄寓着一个美好的愿景："慢谷"，即回归山谷之间，放慢脚步，静享悠然闲适的慢生活；"竹三里"，指民宿位于竹林掩映之中、竹子是建筑的主要元素，与保健养生代表性穴位"足三里"谐音。"慢谷竹三里",力求契合现代都市人的需求,围绕"慢生活"这一核心理念,营造一种亲近自然、回归自然、融入自然,人与自然和谐相处的境界,为疲惫的身心提供一处静谧清幽的牧养之地。

通过老板的介绍,再次细细打量这群民宿,不难发现,这些建筑都是由破旧的古宅修葺改造而成的。古宅与青山、绿树、溪流等自然景观融为一体。这些古宅的修葺与改造过程,就是尊崇自然、顺应自然、展示自然的过程。竹、木、泥土、瓦片、石头等主要建筑材料取材于当地自然之物,最大限度地保留了古宅原始的风貌。在粗犷拙朴、饱经风霜的肌理里,岁月的风风雨雨触手可及,有着现代精致所难以抵达的原初的生命张力。碎石小径曲折婉转、大小院落错落有致,在大山的怀抱中重新焕发生机,展现出一幅人与自然相携相生、相融相长的和谐画卷。

在民宿的墙壁上、走廊的宽阔处、房前屋后的空地中,点缀或装饰着犁、耙、风车、石磨、石臼、畚箕、簸箕、米筛、马灯等古旧农具,犹如一个浓缩的农耕文化展示馆,散发着浓郁的泥土气息。触摸这些年代久远、爬满沧桑的古器物,如见故人。我们的父辈以及父辈的父辈,他们栉风沐雨、筚路蓝缕的倔强身影,不期然地穿越时空隧道,鲜活地向我们走来……

于青山绿水间,觅一处茂林,搭两间木屋,栽几畦菜蔬,白天读书、耕作,晚上数星星、品清茗,偶尔酩酊大醉一两回……日子简单、真实、散淡、自在,这难道不是我们这一代许多都市人的向往与期盼?如果能在这里长住下去,自是美事一桩啊!但这只是一种美好的愿望,我们再也找寻不到回归的路了。

三

山里的太阳醒得特别早，热闹了一宿的孩子们也早早地起床了。

也许是被城市五彩的霓虹晕眩迷幻了太久，当孩子们一脚踏上这个充满泥土腥香的山村清晨，如同一棵棵饥渴已久的幼苗突逢甘霖一般，青翠欲滴，娇嫩的身子在温润的晨曦中尽情舒展，仿佛能听见拔节生长的声音。

孩子们三三两两地，有的蹲在路边的菜地里，用小手拨弄菜叶上闪着阳光的露珠，或悄悄地采摘一片嫩叶捧在手中，轻轻地摩挲着；有的围着一群正在泥土里觅食的鸡、鸭、鹅混合编队，叽叽喳喳地谈论着，胆大的已经进入觅食领地，试图与鸡、鸭、鹅零距离亲密接触，惊得它们叽叽嘎嘎地四散逃开……

"真羡慕这两只中华田园犬，无拘无束、自由自在的样子。"女儿望着土坡下一黑一黄两只悠闲踱步的狗说。我明白女儿的言外之意，与城市里养尊处优的宠物狗相比，散养的农家狗没有锁链的羁绊，拥有更广阔的天地啊。"这不是土狗吗？怎么成了中华田园犬？"我疑问道。"老爸，您老土了吧，它们学名叫中华田园犬呀。"女儿笑着打趣。

呵呵，好个中华田园犬，再看眼前这两只——和我们童年时代朝夕相伴的农家土狗别无二致的——中华田园犬，它们似乎真的瞬间高大上起来了。

望着在"慢谷竹三里"长长的走廊上、宽阔的土地上，孩子们来回奔跑、追逐嬉戏、欢呼雀跃的身影，我仿佛望见了自己的童年。我的童年，就是在这样的环境中度过的。只是那时的农村，就是贫穷、落后、没有希望的代名词。努力读书、跳出农门、告别农村，到城市里过上幸福生活，是父辈时常挂在嘴上的循循善诱、谆谆告诫，在一定程度上，也是我们成长路上的美好憧憬和动力。可是，在成为城市人的梦想实现之后，随着时间的推移、年月的增长，我们却无奈地发现城市也有许多不尽如人意之处——城市集聚效应引发的资源短缺、环境污染、交通拥堵、人口拥挤、社会矛盾、就业压力等各种问题日益凸显。日趋严重的城市病，倒逼越来越多的城市人出逃，渴望回归农村、回归自然、回归传统。

农村，这个农村人年少时曾经通过各种途径、千方百计逃离的地方，渐渐成为来自农村的城市人渴盼企慕的回归之所。对出生地、出发地的深深眷念，也许是一种从幼年起便根植于内心深处的情愫，虽然曾经淹没于奔波劳碌和嘈杂喧嚣之中，但从未离去，如今已然衍生成剪不断理还乱的乡愁了！个中意味耐人寻味，只是此时的农村并非彼时的农村了。

人类从农耕文明走来。归根结底，我们所有人都源自农村，不论你已经离开多久。而在许多城市人渴望回归、却无法真正回归的背景下，旅游民宿应运而生，兼具精神与物质两个方面的回归意义。一方面是找寻乡音、乡情、乡愁的精神载体，寄托着原本来自农村的城市人在历经色彩斑斓的城市生活后的一种审视与反思，折射出阅尽繁华后对平淡的渴望，这是一种更高的生活理想与精神追求。从原点出发、返回原点，这难道就是生命努力趋于圆满的一种必由之路吧？另一方面更提供了一种在场，使精神、心理层面的回归有了实实在在的物质载体，哪怕只是短暂的一两天时间，便足够给人的身心以一定程度的慰藉。

在"慢谷竹三里"，我再次深切地感受到，我们的孩子对于农村、土地，有着一种天然的亲近。思及此，我仿佛又站在了乡愁之外，开始审视我们的孩子。他们在城市里出生、成长，对农村——父辈祖辈，实际上也是他们的原乡，会有一种怎样的感情呢？他们现在还小，不能意识到这个问题，我们也无从揣测，但我更相信根植于我们心灵深处的乡情、亲情是一种传承，有一条无形的情感纽带会把我们的后代和我们、我们的先辈、我们的家乡紧紧地连接在一起。

"老爸，吃早饭啦！"女儿的催促声把我从绵绵的思绪中拉回。

早饭后，我们带领孩子们到附近果林去采摘柑橘，可是这里的柑橘品相、味道等均不甚理想，权作孩子们的一次野外采摘体验吧。

吃过午饭，我们又驱车返回热闹繁华的都市中了。

海坛有尊"天神"

亦　舟

　　平潭岛，也称海坛岛，素有"海蚀地貌甲天下"之美誉。长期的地质运动与海风、海浪的冲刷侵蚀，使岛上形成了千姿百态、形神兼备的象形状物岩石。大自然的神奇力量与巧夺天工之作，令人叹为观止，每当我观览这些景观，都感到由衷的赞叹与敬畏。

　　近年来，随着平潭两座跨海大桥的陆续开通，便捷的交通让我亲近了岛上不少奇岩怪石。可是，平潭海岸线曲折绵长，小岛屿与礁岩星罗棋布。于我而言，短期内那些小离岛是走不完的，礁岩是看不尽的。我青睐的许多奇岩怪石，只好在心里与他们许下了约定。

一

　　春末夏初的清晨，平潭芬尾的码头上依然凉风习习，我同友人再次踏上"寻岩探石"的征程。

　　渡轮驶离码头，渐渐进入浩渺的大海，身后的平潭主岛轮廓越来越小。置身于宽广无垠的海面上，海风轻拂，波澜激滟，涤荡心胸，世间的喧嚣与内心的疲惫刹那间远遁……

　　突然，海上刮来一阵季风，浪花翻腾飞溅，轮船左右摇摆。虽然，我生于海岛，从小在海边摸爬滚打，喝着海水长大。然而，毕竟我久居都市，自平潭第一座跨海大桥开通后，已有十多年的时间没有乘坐渡轮了，心里骤然担忧了起来。于是，双手紧紧抓住扶手，身子随着摇摇晃晃的轮船，徐徐前行。

渡轮的马达声隆隆作响，大约经过一个小时，前方海面上，原先隐隐约约的一座扁长形的小岛屿渐渐明亮起来，而且越来越大。于是，一颗悬浮的心，渐渐地踏实了。

这就是塘屿岛，它是距离平潭主岛最远的一座有人居住的离岛，与平潭其他100多个小离岛一样，犹如一粒粒璀璨的珍珠散落在广袤的东海上。

放眼望去，氤氲的雾岚缭绕在塘屿岛上空，仿佛给塘屿岛披上神秘的面纱。

这次，我上岛探访的是仰慕已久的"海坛天神"石像。它与平潭"石牌洋"石帆，并列称为平潭岛奇石的"双绝"。

二

"海坛天神"最易远望，那一尊在海雾中若隐若现的天神，卧躺在海滩上。

天神石像是由海风和海水侵蚀的佳作，周身均为花岗岩球状风化造型，如此巨大的球状风化石，惟妙惟肖，栩栩如生，天下罕见，令人赞叹。

天神头枕金色沙滩，双手平直，双脚伸入东海，素面朝天，双目微张。他晨观旭阳出海、浪涛盈耳，暮伴孤星寒月、"蓝泪"流萤，让人着迷，引人遐思。这遐思，穿越时间与空间。不管是狂风巨浪，还是烈日骤雨，天神不曾动摇。他默默守望，阅尽了海坛沧桑而又生动的历史场面。这一个个历史场面，一桩桩生动故事，既有沉重惨烈的，也有明朗欢快的，都在这浩渺的海湾，被一片片粼粼的波光照拂，被一阵阵渺渺的涛声吟诵，在慈祥的天神眼前演绎着。

诚然，天神曾目睹上古年代先民蹈风涛越浊浪，拓荒孤岛，耕地捕鱼，薪火绵延；曾目睹倭寇袭扰，掠夺劫杀，戍边将士与民众英勇抗敌；也曾目睹海坛的沦陷与解放的艰难历程；目睹这里邻近台湾，在20世纪80年代是大陆首批的"台轮"停泊点，见证了曾经作为对台贸易先行者的荣耀与繁华……潮起汐落，风云变幻。新的时代、新的故事还在延续。此刻，但见海滩上游客熙攘，人头攒动。

伫立天神石像边，环视四周，石像的西侧和北侧，有3个碧绿的小海湾。曼妙的海湾，和煦的阳光，洁白的沙滩，令人流连忘返。岛上还有八仙围棋石、木鱼石、锣鼓石、得炉石、船帆石等海蚀造型景点，它们巧妙地组合在一起，浑然天成。来此观石、滑沙、拾贝、游泳、垂钓、看海，独有一番回归大自然的情趣。

天神卧躺于海边，守护着一方安宁。礁石间的细流潺湲，轻吟低唱。仿若天神在散发着静穆空灵的梵境禅风，洗涤尘心。

自然，慕名而来的并非都是度假的游客，探访奇岩怪石者有之，更有虔诚的求子者。海岛上地瘠田少，岛民只能向海而生。然而海风肆无忌惮，海上谋生艰辛。在岛民的心目中，再大的船也只是浩瀚大洋中的一叶浮萍，而再小的岛屿也是一片坚定不移的陆地。海岛上有句俚语："风小砧板声，风大啼哭声。"肆虐的海风，时刻威胁着渔民的安危。传说早年渔民出海之前都会到"石牌洋"或"海坛天神"前祭拜，以求风平浪静，护佑一帆风顺，满载而归。这样，夜晚海湾的石厝里渔火点点，渔家人黝黑的脸上才会闪烁着喜悦的笑颜。

当然，出海捕鱼需要强壮的男子，源于传宗接代与捕鱼需要，渔家人希望多生男孩便是天经地义的事情。而天神石像上形如男性特征的风化岩体便有了民间传说，久婚不孕的年轻女性往上一摸，即能应验得胎，因此成了渔家人传宗接代的膜拜对象。

三

惊诧于大自然造化众多"象形石"的神奇，给我的视觉与心灵带来了强烈的冲击。于是，一种莫名的欣慰或忧思油然而生。有时，不由得从中去寻觅与探究其在光阴深处的故事，并思索这些奇岩背后可能蕴含的隐忧。

此时，我不禁叩问，大自然造化出庞大的"海坛天神"，为什么天神躲开芸芸众生的熙熙攘攘，卧躺于远离喧嚣的边陲小离岛？抑或千万年前，玉皇大帝派天兵捉拿悟空，这位天兵追累了，见这片海域非常美丽，就躺下休息。后来，玉皇大帝爱惜这座海岛，刻意不再调离他，就让他留在这里守护海域？还有，"海坛天神""石牌洋"日夜默默地护佑着岛民的安宁，那世人应如何让他们也得到安宁呢？

都说爱到"天荒地老，海枯石烂"。然而，在现实生活中，自然界变化无常，海水也会枯竭，石头也会毁灭。早年因长期遭受海风海浪的冲刷风蚀，或因人为因素，造成不少优级象形奇岩怪石出现损毁的现象。进入 20 世纪以来，随着平潭岛旅游的升温，观赏例如"海坛天神"的奇岩怪石的游客日益增多，无疑会引发人们对如何守护这些大自然馈赠的瑰宝的担忧。

令人欣喜的是，当前平潭综合试验区相关主管部门高度重视自然资源和生态环境保护，许多公益社会团体与热心民众也积极参与，逐渐形成珍惜与保护平潭奇岩怪石的良好氛围。

天色向晚，我们匆匆登上轮渡返程。夕阳的余晖下，塘屿岛渐行渐远，"海坛天神"依旧默默地守护着这片浩渺的大海。

与路结缘

阮道明

　　路，弯弯的山路，把我这个山区农村的孩子送往繁华的县城。路，宽广的都市大道，又把我为生计寻出路的思想提升到为民通衢的境界。于是，我与路结缘 30 多年，走出了一条永生难忘的心路历程。

　　我与路结缘，源于大哥阮经对我的示范。可以说，他是我的引路人。"要致富，先修路"，这一道理被改革开放初期我国农村老百姓所认同，更是时任县交通局局长的大哥身体力行的"开发经"。为了给连江多修几条公路，他怀揣连江县交通规划图，三天两头往省、市交通运输部门跑，希望通过自己的努力，向上级多争取项目，多争取资金，为连江多修几条像样的公路，让乡亲们出行方便，促进改革开放，进而改善投资环境，发展县域经济。当长马、小沧、真茹、赤石、青芝、下宫、文朱诸条公路修好后，大哥带我在新修成的公路上徜徉时，他心中充满豪情，对我说："你看，车来车往，把山货运出山了，把百姓生活日用品运进来了，人们出行方便了，山区经济活了，多好啊。我要脚踏实地，再修几条高等级公路。"我从他那坚定的话语中，听出英风豪气；从他那深邃的目光里，看到执着坚定。宏图在他心中展开，路在他脚下延伸。在连江县环城路和新大桥建设中，他与民工、技术人员一同奋战在工地上，披星戴月，风餐露宿，抢工期，抗灾险。人瘦了，可是路长了，赢得了人们交口称赞。由于长期劳累，他倒在了路上。连江的乡亲们含着泪水赠给他一副"积德名声远，存仁品格高"的挽联，这是连江百姓对他的高度评价，也是他人生价值的体现。他生前所说的"修路即修德"和"用心为民修路"的话语深深印刻在我心里，时时感染着我，日日激励着我。"爱路，修路"，在我心中开始酝酿、发酵，扎根、萌芽。

1987 年，104 国道城关地段的建设在推进中，时任敖江乡副乡长的我，开始了修路的最初实践。我本着解放思想的原则，大胆实践，全力配合交通等相关部门开展闽运车站土地征迁建设和道路两侧乱占国有土地建房的清理工作，确保国道工程有序推进，为连江城关地区"三横五竖"街道交通大格局布网奠定良好基础。接着，我初试锋芒，开始协助修建城关 816 北路（公路局门口至连江县 104 国道环岛地段）拆迁拓宽工程建设，取得较好成果，同时修建了凤尾至下山公路和江南乡宽 24 米的大道。修路的初次实践使我懂得：道路与城乡现代化建设的关系密不可分，是改革开放的需要。修路对我而言，是心的投入，是情的融入。

"修桥铺路是福"，这是我大哥生前的诤言，也是我的心得体会。1990 年，我调任浦口镇政府工作，看到镇区交通基础设施严重滞后。尤其是岱江两岸的浦口、东岱，隔江相望却无桥相连，只能靠摆渡维系两岸交通，不仅给群众生产生活带来诸多不便，甚至危及群众的生命安全。1962 年夏，禅步村民往对岸浦口观看电影《孙悟空三打白骨精》时，搭乘小船渡江，因超载沉没，溺死 5 人。此事骇人听闻，我决不能让这种悲剧重演。

1992 年，由我主政的镇政府通过了"拟建浦东大桥"镇人大提案，发出了修建"浦东大桥"的强烈呼声。这个项目工程量大，投资额高，拆迁面广，征地牵涉两个乡镇。为此，我和镇干部一边聘请有关路桥专家论证、评审方案，并向上级报告进展情况，一边为实施勘探、测量等前期工作做准备，着手开山炸石、挖土、备料，建设海堤护岸与修建面宽 24 米大道为接线公路作前期施工。经过两年的艰苦奋斗，万米海堤和"大道"修建成功，为浦东大桥建设打下坚实基础。此后，浦东大桥列入了福建省交通厅制定的"八纵九横"201 主干线（宁德漳湾至漳州东山）规划并予以实施。不久，也就是 1996 年 5 月，我调任县侨办，虽然遗憾于不能继续为修桥出力，但江山代有人才出。2005 年底，长 291 米、总造价 1200 万元的浦东大桥正式通车，浦口、东岱群众从此告别摆渡过江的历史，我为之欢呼雀跃。我终于如愿站在浦东大桥上，放眼四周，看到的是一片美丽而富饶的村庄，竖起双耳，聆听桥下潮涨潮落声，忍不住心潮澎湃，双目湿润，感慨万千。此时此刻，我与大桥定格成了一道亮丽的风景。

筑路修路是大众的事业，要调动各方面的力量与积极性。1996 年，我被调往县侨办工作。侨办是联系海外侨胞的纽带，在工作中，我了解到，海外侨胞对参与家乡现代化建设的积极性很高，我便把侨胞爱国爱乡的热情引导到为家乡修"幸福路"的义举上来。听闻江南乡百姓渴望修建覆釜公路的呼声很高，1997 年，县侨办将建议修建覆釜山公路列入招商引资重点工作，1998 年 5 月 10 日，县侨办拟就《关于建议修建覆釜山公路呈阅件》，经时任连江县县长俞风云圈阅和副县长刘胜批示，要求县侨办牵头该项目并抓紧落实，随即成立修路领导班子。1999 年 8 月 22 日，首期覆釜山旅游公路——南湖公路段工程破土动工，该路段从 104 国道南宫段通往南湖太极道观即覆釜山起始公路，此举得到海外侨胞的热烈响应，旅美乡贤黄忠谋先生带头捐资，在县侨办、江南乡、财政局、交通局、化肥厂、太极观等单位和仁人志士通力协作下，耗资百万元修建覆釜山下南宫太极观的南湖公路。2000 年，全长 1.5 公里、宽 5 米的南湖公路竣工了。经过整拓路肩，绿化环境和设置险处防护栏，它以崭新面容迎接通往覆釜山风景区的游客。事后，福建省人民政府为黄忠谋先生颁发了捐资修路的荣誉证书、奖匾，连江县人民政府还专门立了《碑记》，褒扬黄先生的善举。

南湖公路的开通给开发覆釜山风景旅游区带来了机遇。此后，延伸覆釜公路又成了群众的强烈期盼。2006年春，我牵头策划和发起覆釜山公路续建工程，随后又参加了以时任县人大常委会主任林世昌为负责人的修路领导班子。同年7月12日，南宫坝顶至覆釜山巅的主干道开工。开山炸石，填沟架桥，终于把一条长5.2公里、路基宽10米、路面宽7米的水泥路修上了覆釜山。2007年5月1日，这条公路正式通车，它像一条长龙畅游在青山翠岭之中。

2006年，我退休了，然而，我与路的缘分还未终了。我的家乡长龙到浦口还没有直通公路，虽只隔一座山，但人们乘车从长龙到浦口，却要绕过洋门、祠台、东湖、城关，再转上山、下山，才能抵达浦口，这给两地的交流以及百姓的生产、生活带来极大不便，修"长浦公路"成了我心头的牵挂。于是，我力所能及地参与了长浦公路前期的立项工作，联络县有关部门把长浦公路列为民办实事、释放改革开放红利项目。接着，我又同陈高书、陈希明、陈希彬、陈玉元、陈金成、陈玉璋等修路热心人士同心协力，打响了"拦路虎"乌岩头修路开山第一炮，硬是在高山峡谷之中开辟出一条大道。全长20多公里的长浦公路，起点于长龙飞马公路马垅口三叉处，向东南延伸，终于连黄公路浦口地段，融入了连江县四通八达的现代公路大格局中，圆了乡亲多年的夙愿。

俗话说："老骥伏枥，志在千里。"老骥行千里也需要路吧？我退休了，那就尽余力修路吧。我又协助乡亲策划修建了苏山通往光化村的公路，及长龙岚下通往莲荷寺（玉佛寺）至丘祠村公路。后者涉及长龙镇、透堡镇和长龙华侨农场等三个乡镇场交界地，受益面广，乡亲们积极响应，有钱出钱，有力出力，集思广益，共克难关。2010年修成了路面宽6米、长3.36公里的莲荷水泥路，给我的路缘画上一个圆满的句号。

往事如烟，沿着一条康庄大道风驰电掣般向远方而去。如今，从县城回老家长龙，只需半小时车程。一路清风送爽，两旁青山笑迎，十分惬意。路，是乡村振兴的血脉，是人民安居乐业的纽带，也是我初心的载体，更是我国改革开放 40 年辉煌成果的重要展示。

恋恋桃花溪

赖　华

"雨里鸡鸣一两家，竹溪村路板桥斜。"沿溪的竹林青翠茂密，母鸡带着一群小鸡仔在竹林里欢快地刨食。此时若细雨蒙蒙，诗的意境恰是如此吧？藏在大山深处桃花溪畔的故乡，依山面水，阡陌交通，鸡犬相闻。我对桃花溪有一份难以割舍的情愫，每每回故里，站在飞架于溪上的石拱桥上，看村庄青瓦土墙，炊烟袅袅；望众山如黛，流水潺潺。

这里的山山水水曾是我童年的游乐场。当春风拂过溪畔，岸边枯黄的芦苇滩开始次第冒芽，芦苇丛中又有了叽叽喳喳、跳来跳去的鸟儿身影。溪边浅滩，一群鸭子埋头在鹅卵石缝里不亦乐乎地找寻着溪螺。早春时节，风还带着寒气，溪水有些发凉。我和小伙伴们却迫不及待地脱掉厚衣裳，甩掉鞋子，光着脚丫子在绿绒般的溪岸跟着溪水疯跑，脚心传来酥酥痒痒的触觉，惹得我们"咯咯"大笑。稚嫩的笑声落在桃花溪的水面上，明亮亮的，和着明媚的阳光一起晃动。

"春涨一篙添水面。芳草鹅儿，绿满微风岸。"青绿的溪岸草坪，间或冒出一小丛弱弱的、淡紫色的小花；溪里的水草似乎也长长了，随水流飘荡；一群在阳光下时不时亮一亮银白肚子的小鱼儿，在水草中穿梭；红色蜻蜓扇动着薄如蝉翼的翅膀，在水面上低低地飞着，有一下没一下地用尾巴轻点着水面；岸边的桃花悄悄地绽开，如嫣然浅笑的姑娘临水而立，面水梳妆；漂在溪水上的花瓣总能惹得鱼儿上蹿下跳，兴奋莫名。

　　跑累了，不知是谁喊了一句：我们过家家去吧。抱着小棉袄，拎着小鞋子，小伙伴们一窝蜂地朝石拱桥方向跑去。石拱桥的桥面正中间镶嵌着一块大青石，刻着"桃溪桥"3个字。早春枯水季节，在桃溪桥底下，溪面裸露出一整块大石头，最高的凸起部分如一张微型八仙桌。右边稍低点儿的位置有个石凹槽，似一口圆锅，玩过家家时，许多"美味佳肴"是从这个"锅"里出品的。离"锅"不远处有个水桶状的石槽，是"水缸"。"厨房"用具在这溪面一应俱全。

　　小伙伴们在岸边快速地采摘着各种绿色的、多汁的野菜，挖出白色带节的茅草根。捡拾岸边村民丢弃的残瓦破碗，挑些好看的当"碗"，再扯断几棵小竹枝，折出翠绿的小筷子。从溪岸到溪中间的大石头，大龄孩子只要踏着一块一块的石头跳，即可到达，年纪稍小的，只好涉水而过。大家擦桌子的擦桌子，烧菜的烧菜，摆碗筷的摆碗筷，扮新娘的扮新娘，一场"宴席"在桃花溪上热热闹闹地进行着。这块占着半个溪面的大石头，亦是村里女人浣洗衣裳之处。俏皮些的女人看到这般情景，故作大惊小怪地问：谁出嫁啦？酒席办得这么丰盛，有没有请我吃席？难得有大人这么配合我们的游戏，小伙伴们乐开了怀，七嘴八舌地回她：今天是小花出嫁，她当新娘！我们的酒席快办好了，一会儿请你吃。女人忙着洗衣服，自然是开玩笑，而我们却当真了。于是有人端着一碗"面条"拿着一双"筷子"走到她的面前，热情地请她吃。女人也很配合，接过"碗筷"，假装津津有味地吃着。吃完，抹抹嘴，摸摸肚子，直嚷嚷吃太饱了。其实是她赶着洗衣服，不想陪我们玩，要不，我们会一碗接一碗地端到她的面前，请她"吃"呢。

　　一只水鸟从溪边的芦苇丛中扑棱而起，飞向岸边的山坡上。它的出现，打断了我的思绪，视线不由地跟着它落在山坡上。入秋时节，山上很多野果子成熟了，最深受喜爱的是"米子"。尤其是火烧山过后的山坡，矮矮的灌木丛、浓绿的小叶片中，掩藏着一串串黑色的、如红豆般大小的"米子"，清甜多汁。我该怎样形容"米子"的味道呢？用一个"甜"字形容不够贴切，因为它甜而不腻。再加一个"香"字吧，可它的香味却不浓郁，只有咬在嘴里时才有淡淡的清香。"米子"好采摘，每个家背后的山坡上都有，自是村子里孩子们最爱的果子。"米子"成熟时，山坡上常能看到孩子们的身影，听到他们的欢呼声。吃饱了、闹够了，再捡一些柴火回家，就算是疯玩一整天，也不会挨家长责骂。家长们上山砍柴遇到"米子"，也会采下一大捆抱回家。

　　一阵风从溪面上吹来，带着土腥味，我的视线与思绪不由地从山坡上收回，望向桥底下的桃花溪。溪水贴着溪底的鹅卵石疲惫而无力地穿行，再也找不到曾经清澈丰盈的俏模样。溪床中堆着小土包，长着茂盛的芦苇，许是此前曾发过洪水，芦苇丛上挂着从岸上冲刷而来的垃圾。桥底的石桌、石灶、石水缸也还在，只是长满青苔，少了溪水环绕，再也找不到小时候的"海外蓬莱岛"。溪岸两边没有了草皮保护，大小石块裸露，瘦骨嶙峋。下游不远处的老榕树已老态龙钟。曾经为了跳出农门，为了摆脱世世代代面朝黄土背朝天的艰辛，村里一代代青年踏过这座石拱桥，毅然决然地选择离开桃花溪外出闯荡。离开时是少年，再回已两鬓斑白，故乡也在悄悄地变老。

　　蓦然想起前些日子无意中读到的一首唐代诗人张旭的诗——《桃花溪》："隐隐飞桥隔野烟，石矶西畔问渔船。桃花尽日随流水，洞在清溪何处边？"

　　桃花溪自同安、霞拔、东洋而来，沿着山脚，绕村而过，是整个村子的生命之水，承载着世世代代村里人的喜怒哀乐，现实也总是夹杂着欢喜与忧伤。

古厝与曾祖母

安　方

古　厝

百年的光景倏忽如白驹过隙。古厝久经风霜，颇有倒塌之势。父辈们说，其实古厝修缮不仅仅是为了保存回忆，更是因为古厝承载着先祖们的恩情，绵延着时光的痕迹。爷爷那一辈人则直白多了，说是要给祖先们一个灵魂栖息的地方，让后辈有一个念想。

那条儿时熟悉的路，弯弯绕绕，我亦边走边张望，在心里思量着儿时的风景现在剩下多少，终是一步步走向前。儿时奔跑过无数回的方向，竟然也陌生了不少。

儿时的路是热闹的，人声沸腾，烟火味十足。而今，人迹寥寥。仅容一人通过的小路，三五古厝已呈颓废之态，周边高楼林立更让这些低矮且破旧的土房子显得很有年代感。小时候，我总拿着一块小饼干，靠在土墙上，想着土墙后面有什么。更多时候，我会坐在堂屋的门前，看着对面房子屋顶上长满青苔的瓦砾和从瓦砾间冒出的一丛丛青草。古厝的窗口很小。这些窗口也开得弯弯绕绕的，连着各家各户的屋顶，根本不像是用来通风的。年少的我十分不解，问了家里长辈，才知道这些窗口在战争年代就是个宝，不仅能够望风、防土匪，还能便于逃生。

年少时，我与好几个童年玩伴爬出阁楼看窗外的风景。这个秘密被家中长辈发现后，窗口便有了一扇木板窗门。这样一来，阁楼更黑了，不过，从木板缝隙里透出的光亮让我们发现了阳光和尘埃的舞蹈。大人们钉的木板窗门隔不断我们对这个世界的好奇。很快，我们又有新发现：古厝的房顶上方总有几个窟窿眼儿。不仅我们这个古厝有，对面古厝也有。在好奇心的驱使下，我们缠着长辈们求解，才得知那是战争年代留下的印记。"这些啊，是枪口。也可以用来互相观望。这家可以望见那家，那家可以看别家，可以连成一片。"

这之间的分寸我无法掌握，近距离对视之后，选择互不打扰的静默。可偶遇住在其间的租户之后，望来的那一眼里的陌生和警惕一下子漫过了心头所有的念想。

时光终究改变了这里的人和事。陡增的思念也不过是不能再回去的奢望。古厝没变，只是老了。我在古厝里转了一圈，每个角落都仿佛生机盎然，留着过往的声息，可仔细一看，只剩下寂寥和荒凉。再抬头看看屋檐上的梁木，根根粗壮，却被时光熏得黝黑。我儿时仰望的那一方天地仿佛能禁锢时光，一点点浮出来。

岁月安然。而今，古厝松弛了，门框几乎从墙体脱落。梁木和屋檐也有了裂缝。我静默，它也静默。四下的寂寥裹挟着我，安静极了。

天井里的石头缝隙里已经冒出不少杂草，郁郁葱葱。年轻人相继搬出去，后来只剩下老人们，再后来，老人们一个个走了。如今的古厝是真的老了。恍惚间，我仿佛回到儿时。那时，古厝挤满了人，溢满了烟火气。一扇扇门，关住了古厝里各家各户的日子，炊烟袅袅，一日三餐，月月年年。

古厝正门左侧有个石凹槽，一把木柄石锤放在旁边。每当炊烟起，总有人在凹槽里锤各种东西，麦芽、豆子、花生……我最爱闻炒花生的香味，一闻就扭着小腿小脚从阁楼上晃晃悠悠地爬下来，捡石凹槽边上飞溅出来的花生渣滓，塞进嘴里，弄得满脸都是花生渣。每当此刻，大人们就一把扯开我，擦着我的鼻子和脸，笑一句："女孩子不能这么贪吃哦。"

曾祖母住过的阁楼已经破败不堪。墙壁的土坯几乎掉光，木梁已脱离墙体，勉强支撑着屋顶。我走上阁楼，木梯吱吱呀呀的，仿佛下一秒钟就会散开。我小心翼翼地走着，每踩一步，脚下就一阵轻微摇晃。墙壁已不堪重负，不时落下小块泥土。

我停了停，又继续走了几步，又有大块的泥土从墙上剥离，落在我的肩头，砸在我脚边。我的心轻轻一颤，不是害怕，是什么，却说不清楚。又或许什么都有，为记忆中的层层叠叠画面，也为在时光中永恒的点点滴滴。

光线投下，更显古厝斑驳和破旧。小小的窗照进一丝光线，儿时用来防止我们攀爬的木窗门早已不知所踪。窗外早已没有高低起伏的瓦砾屋脊，隔壁重建的高楼挡住了不少光线。摇摇晃晃的阁楼地木板迫使我停住脚步，不能向阁楼边靠得更近些。儿时，那墙角有一张木板拼凑的床铺。曾祖母闲下来时，经常坐在床前。她一身斜扣的蓝衫，双手拢在衣襟里，端坐在床沿边，用带着印尼味的方言叫着我的小名。

耳边，响起曾祖母悠长的呼唤声："命哦——"

曾 祖 母

我记事很早。记忆大都和曾祖母有关。她给我喂饭，摇晃我入睡，偷偷地留些米给我做蛋壳饭，甚至在灶间给我烤几颗小地瓜……长大后，在街边看见烤地瓜的摊子，总想起小时候曾祖母做的烤地瓜的味道，忍不住买来尝尝，却再也不是儿时的味道了。或许，味道一样，但想念已隔生死。每每思及于此，泪眼蒙眬。

曾祖母用自己的方式守护着这个家，传承着那些看似微不足道却又无比珍贵的品质与智慧。我学会了如何去面对这个世界，保持一颗善良与坚韧的心。我幼年时，她已满脸皱纹，浑浊的眼里时常含着水雾。她生于南洋，长于南洋，却因曾祖父逃离南洋。从遥远的另一片国土的某个渡口，年轻的她与自己的贴身丫鬟分别后，抱着尚且是婴儿的女儿，远渡重洋，来到这片土地。曾祖父口中的遍地是金、繁华一片的城市却是一眼望不到头的荒凉和贫穷。

少年的我曾坐在她的膝前，问她可有后悔过。她总是沉默。我也不敢再问。有时候，她心情低落时，会用悠长的带着浓重印尼味的方言，叹一句："你曾祖父天杀的哟——"她的眼里渗出一点泪花，沿着眼角的褶皱轻轻滑下。大概是怕被我看见，她迅速地抬起手，抹了抹眼角。

她不像我们怕太阳晒。我们通常躲太阳，而她却搬了张椅子，裹了蓝头巾，将双手拢在怀里，安静地坐在西斜的阳光里。或是晨间，或是午后。她毫不在意阳光在她身上热烈地游转。太阳西斜时，她的目光才会从空中的某个地方落回她的身上，黄昏的光影总将她的身影拉得很长很长，细细的，微风吹过。现在回想起来，如同一场梦影那般不真实。

我从阁楼破旧的木板缝隙望向庭院中的阳光，似乎她依旧在那。阳光下，她搬一张椅子，端坐在庭院里，呆呆的，双手叉在怀里，安静坐着。她仰起头，眯眼看着阳光，似乎什么都看，又似乎什么都没看。满院光明，满院寂静，一丝风儿从我耳边拂过，似是熟悉的尾音绵长。

"阿嬷，你想家吗？等我长大了，带你回去。"

面对我的童言稚语，她含笑不语。也许，她根本就没抱任何希望——我可以长大，她却等不了。

脚下的阁楼地板，吱吱呀呀地响着，宛如时光割下的一片空隙，我心上空了一角。在我的记忆里，她似一湾平和的春水，于乍暖还寒的岁月里涓涓而过，不喧闹不沉寂。即使前一天被琐事烦得直抹眼泪，第二天依旧温和，仿佛夜脱吸纳了她的满腹心事，而阳光将那些夜里的心事割裂个分明，见人依旧一声绵长细软的"好哦——"

阳光透过雕花木窗，洒在曾祖母那双布满皱纹却异常灵巧的手上。曾祖母正坐在老式的凳子上，或摘豆子或收拾木柴。她被曾祖父带来后，学会各种技能，唯独没有学会针线活。在我记忆里，偶尔在她晒太阳时，身边会放着蓝布料和针线盒。在她没法将线穿过针眼时，便叹一句老了，然后唤我过来帮她穿上。她的针线活实在蹩脚，总将自己的衣服缝补成一团，甚至针脚都大小不一，连她自己都不满意。她被针扎得受不了时，便赌气将针线扔回盒子里，团着衣服回屋里去。后来，我趁着她空闲晒太阳之际，问她：你的家乡是不是没有针线活？她沉默了一阵，点点头。

再后来，我随着父母搬出古厝，见她的机会少了很多。上学回来，我顺道去看她。她总是给我留一碗她最爱吃的面条。那时候年少，不懂她的心。后来，她见我不吃，也不煮了。再长大些，我提着她爱吃的零食去看她，她也总感叹我长大了，时间变慢了。

"这世道啊，变化快得让人跟不上。"曾祖母偶尔抬头，望着窗外那片生机勃勃的绿意，轻声叹息，"我老咯。你曾祖父怎么还不来接我？"

"你不恨我曾祖父啊？"

"人啊，要经得起风吹雨打，也要像这水一样，包容万物。恨什么呢，都老了。"

我不知道一生面朝黄土背朝天的曾祖母是如何得知这句话的。那时的我们也不懂这句话，又问她："曾祖父都走了，怎么来接你啊？"

"他知道我怕老鼠，还把我独自一人扔下这么久了。他没良心哦，还不来接我。"

古厝里最不缺的就是老鼠。我们不知道她在黑夜里是多么恐惧和无助，也不知道那么多的黑夜里，她是如何熬过来的。直到有一次，我们去看她。她大概知道自己时日无多，颤巍巍地将怀里揣了80多年的结婚照托付于我们。

那是她和我曾祖父的合照。年轻的他们都笑靥如花。

原来，她时常将双手叉在衣服内，只为揣着这张照片。她说，在动荡年代里，她怕照片丢了，一直贴身放着，从不离身，更不让别人知道。她将照片给我们，一遍遍交代："不要丢了哦，不要丢了哦，拿回家好好存着哦。"

站在古厝前，隔着重重的时光回望她。时光里的她，一如古厝的厚重无言。无论时光如何流转，她始终是我心中那座最坚实的依靠。每当我遇到挫折与困惑时，总会想起祖母那些朴素却深刻的教诲，它们如同灯塔一般，照亮我前行的道路。

如今，她是否在另一个世界遇到了曾祖父？有些念头无关迷信，却关乎思念。一如古厝，不仅仅是古厝，更是时光的痕迹烙印着的成长。

庭院的石缝里冒出的杂草一茬一茬的，曾经热闹的烟火气荒疏了。曾祖母一声声悠长的呼唤穿过记忆而来，似乎能将时光穿透，打开心门，寻得身心的安顿处。

"闽江之心" 之青年桥记

百　川

　　榕城两千两百岁，山海欢奏新交响。福州喜迎二十大，青春之姿焕新颜。君不见——沿江向海中轴线，两江四岸朝气见！

　　吾观夫闽江胜状，吐纳百川，白鹭蹁跹，横桥飞架，势若晴虹。而视水绕中洲，有若一"心"；江水左岸，浪拍苍霞洲，人曰"最美水岸"。最美水岸有一桥，名"青年桥"，跨江滨西大道，承青年横路，通青年广场，连青年会，北眺上下杭，南望烟台山，接历史文脉，展青春芳华，顾名思义，斯之谓也。

　　青年桥者，实乃天桥也。桥上有筑，筑起于桥，亦桥亦筑。桥是现代钢梁结构，长 91.5 米，宽 4.2 米。筑是古典中式廊桥，主体由 3 座塔楼、2 个柱式、7 孔连廊构成，借新理念、新材料、新工艺，兴传统骑楼范式。

　　既登桥，桥中有廊，廊中有展。漫步廊桥，移步换景，近代中国福州青年奋斗史如画铺展，亦可览千年古城变迁图谱，激励青年在建设现代化国际城市中再建新功。

　　时代各不相同，青春一脉相承。遥想百年前，黄乃裳先生筹建福州青年会，在此教授科学知识，传播先进思想，联络各界人士，聚改革创新之风气。陈宝琛、林纾、严复、萨镇冰、冰心、林徽因之伦聚首青年会，谋国家进步之道。五四运动及抗战期间，八方才俊相聚福州青年会，奋起抗争，救亡图存，为民族复兴存薪火也。历代青年丰功伟业若此，至今为人称道景仰。

烽火走来，乃视青年桥，意义更不凡。建党百年之时奠基建设，共青团成立百年之际落成。此乃福州城市品质提升、文脉传承之缩影，合为讴歌新青年、建功新时代而作也。江滨西大道风景如画、车流如织，夜幕降临，灯火璀璨。青年广场，极目天舒，绿草如茵，无愧"城市会客厅·最美水岸"之风姿，经游者无不心旷神怡。青年桥以红砖砌成，与百年古厝青年会色调一致，浑然一体，寓意福州青年赓续红色血脉，犹如高擎青春火炬，穿越百年风雨沧桑，照亮未来征程万里平。

欣逢盛世，其道大光。登斯桥也，十里苍霞江景如画，四季烟台浮岚暖翠，中洲、江心二岛，如巨人双足，又如爱人相伴，踔厉奋发，踏浪前行，引领有福之州迈向现代化国际城市。举目远眺，闽水滔滔，不舍昼夜；恰如青春，只争朝夕。夫我青年者，立志民族复兴，胸怀人民幸福，试看今日青春之赛道，青年唯有跑出最好之成绩，方能不负众望，不负时代，不负有福之州哉！

寥廓大地，江山跬步，一桥飞跨，联结今昔。桥既成，滨江增一景，闽江之"心"落一印，市民添一好去处，且看新时代新福州新青年奋斗之印记也。故以记之。

酌酒品茗里的诗意栖居

刘　辉

在中华悠久的历史长河中，茶与酒作为两大文化符号，不仅滋养了文人墨客的灵感，也深深融入了寻常百姓的生活。茶，那碧波荡漾的一盏，是自然与人文的和谐共舞；酒，则是豪情与柔情交织的佳酿，激发了无数才子佳人的诗情画意。

唐代白居易在《琴茶》中写道："琴里知闻唯渌水，茶中故旧是蒙山。"字里行间，仿佛能听到琴音与茶香交融，蒙山云雾间的古树名茶，成了他心中永恒的故友。清风两腋间升起的不仅是茶香，更有超凡脱俗的雅兴，引人步入物我两忘之境。让我们的笔触，轻拂过那些流传千古的茶香，从绿茶的清新到红茶的醇厚，再到铁观音的幽雅、岩茶的岩骨花香，最后沉醉于普洱茶的岁月陈韵之中。

绿茶，是春天的一抹嫩绿，轻盈地落在人间。它如同山间晨雾，带着露珠的清新与生机，每一口都是大自然最纯粹的呼吸。在那杯中，春天被永恒地锁住，饮之，仿佛漫步于云雾缭绕的茶园，心随风动，身轻如燕。

红茶，则是秋日的温暖拥抱，它经过发酵的魔法，由绿转红，如同枫叶般绚烂。它的味道，如同晚霞映照下的老树，醇厚而深邃，每一滴都是时间的佳酿，暖胃更暖心，在寒凉的日子里，给予人无尽的慰藉。

铁观音，乌龙茶中的贵族，以其独特的观音韵著称于世。它的香气，介于非全然的清新和非彻底的浓郁之间，幽远而深长，似有若无，如观音踏云而来，给人以超凡脱俗之感，讲述着山与水的对话，叶与风的缠绵。

岩茶，生于武夷山的峭壁之上，吸天地之灵气，纳岩石之骨气。其味，岩骨花香，刚中带柔，恰似隐士于深山，不问世事，却自有一番风骨。品一口岩茶，仿佛能听见山石间泉水叮咚，看见云雾缭绕中的古木参天，心神俱醉，物我两忘。

普洱茶，岁月的见证者，越陈越香，它记录着时间的流转，沉淀着历史的厚重。生普如少年，锋芒毕露，充满活力；熟普似老者，温润如玉，智慧深沉。每一次冲泡，似与历史的对话，让人在茶香中体味生命的悠长与深远。

这五彩斑斓的茶世界，是自然与人文的完美融合，每一款茶，都是一首未完的诗，等待着你我用心灵去品味，用情感去书写。在这一壶壶茶里，我们不仅能品尝四季的味道，更能感受人生的百态，以及那份跨越千年的宁静与和谐。

转观酒的世界，李白的《将进酒》振聋发聩，"君不见黄河之水天上来，奔流到海不复回"，借滔滔江水喻时光易逝，人生须尽欢。"人生得意须尽欢，莫使金樽空对月"，这是何等的豁达与豪迈，李白以酒抒怀，展现了魏晋风骨的遗韵。相比之下，张志和的《渔歌子》则以一幅宁静致远的画面，隐晦地传达了酒的意趣，"西塞山前白鹭飞，桃花流水鳜鱼肥"，在这样恬淡的景致中，一壶浊酒似乎成了最佳的伴侣，让渔人于斜风细雨中悠然自得，不问归期。

在岁月的长河里，酒，是一首未完的诗，它流淌着历史的醇厚，也映照着人间的喜怒哀乐。从茅台镇到江南水乡，每一滴佳酿都承载着故事，诉说着风土人情，见证着文化的沉淀与传承。

茅台，那酱香浓郁的液体黄金，仿佛是山川之灵，岁月之魂，它不仅仅是一种饮品，更是一种艺术，一种哲学。"诗仙若饮此中物，应笑蓬莱无此酒"。茅台，是中国人心中那不可替代的骄傲，它在历史的长河中静静流淌，直至今日，依旧让人为之倾倒，"非是凡间寻常物，茅台一滴值千金"。

五粮液，浓香典范，五谷精华的凝聚，每一口都是对大地的深情告白。它讲述的是五谷丰登的故事，是人与自然和谐共生的美好愿景。"醉卧沙场君莫笑，古来征战几人回"，这不仅仅是对英雄的颂歌，也是对五粮液背后那份家国情怀的深刻理解。

剑南春，清冽如泉，它的名字就带着一股剑气与诗意，让人想起"春风得意马蹄疾，一日看尽长安花"的畅快淋漓。它不仅仅是春天的信使，更是文人墨客心中那份不羁与自由的象征。

"杏花疏影里，吹笛到天明。汾酒香满溢，月下故人情。"汾酒，清香典范，它的纯净如同山间清泉，轻盈而不失韵味，让人在品味之间，感受到生活的悠然自得。

红酒，来自西方的浪漫使者，它用一抹深红诉说着爱情与激情，"琥珀光中忆往昔，红酒佳人两相宜"。在东西方文化的交融中，红酒成了情感交流的桥梁，每一瓶好酒背后，都藏着一个等待被倾听的故事。"葡萄美酒夜光杯，欲饮琵琶马上催"，唐代诗人王翰笔下的豪迈，虽并不是在描写现代的红酒，但已足够引人遐想，传递出边塞将士对美好生活的温情向往。

"绿蚁新醅酒，红泥小火炉"。黄酒，温润如玉，是江南水乡的温柔记忆，它不仅温暖了身体，更温暖了人心，是岁月静好的最佳诠释。那是最贴近乡土的气息，淡淡的甜，微微的醺，不仅是味蕾上的享受，更是心灵的归宿，让人在繁忙之余，找到一份宁静与安详。

在这一杯又一杯的佳酿中，我们品出了人生的酸甜苦辣，也读懂了岁月的深沉与美丽。无论是酱香、浓香、清香，还是红酒的醇厚、黄酒的温婉淳朴，它们都在用自己的方式，讲述着这个世界的多彩与繁华。

　　茶与酒，一静一动，一淡一浓，承载着中华民族独特的文化精神和生活哲学。在品茶与饮酒之间，人们品味的不仅是自然的馈赠，更是人生的百态，历史的沧桑，文化的深邃，跨越千年的时光，依旧能够触动每一颗心。

米仓与盐仓

叶　涧

　　米和盐，自古便是民生根本。古时，米和盐金贵得很，并非随处可得，需专门建米仓和盐仓，并由专有机构管理和贩运。福州的旧米仓位于鼓楼区的鼓西地区，历史悠久，可追溯至闽王王审知建立福州子城，设仓屯粮之时。据资料记载，宋代以前称这里为"西版仓"，宋时改称"都仓"。福州知州程师孟下令扩建子城，都仓才被划入城内，此地便被称为"都仓巷"。后来，这里设置了管理粮仓的行政机构——仓厅。宋高宗时期，米仓又进行升级，近 40 座米仓以《千字文》命名，颇为雅致。后来，米仓周围的走道皆被铺设上石条，即使阴雨天气，也方便车马行走，仓粮出入。

　　明代，福州的米仓陆续迁移至通湖路南段一带，此地被称为"米仓前"。"都仓巷"逐渐成为民居，并建有 3 条南北走向的小巷，但毕竟曾经为米仓集散地，人们便改称此地为"旧米仓"。民国时期，这三条小巷分别被称为"旧米仓一排巷""旧米仓二排巷""旧米仓三排巷"。

　　福州米仓为木质结构，四周高筑厚土墙，有专人巡逻把守。各县缴纳的粮米沿闽江船运而来，浩浩荡荡，蔚为壮观。行至码头，再辗转用板车运至米仓，清点、登记入库。为防止中间有私藏、贪污等行为，特设督粮道以监督、监管。

粮食储存不易，南方更是潮湿、多雨，为防霉变，每3年便更换新的储粮。虽然库粮主要为灾荒和军需准备，但是每逢饥荒之年，让朝廷批准开仓赈粮，亦实属不易。百姓食不果腹，饿殍遍地，便会爆发民变。

清康熙二十二年（1683），施琅奉命收复台湾，所需军粮主为福建省米仓供应。当时，福州正遭遇旱灾饥荒，米价由13文涨至36文，灾民恳求开仓赈灾，官方以军粮供应不济为由，置之不理。百姓只得涌至巡抚衙门前请愿，哪知巡抚铁石心肠，反而下令镇压、驱赶，引得群情激愤，怒毁辕门。冲突中，百姓死伤众多，该官员后来亦遭革职。福州有句俗语"三十六折辕门"，讲的便是此事。

当然，我们不能因这些极端事件，而给米仓抹上污名。米仓存在的积极意义远胜于负面影响，是一个王朝，甚至一个时代的重要保障。古代，粮食产量低，储藏不易，且存量有限，开仓放粮、平溢价、解民困都是危难时期迫不得已的举措。四面八方的灾民涌至开仓点，领到的不仅是一点点粮食，还有活下去的希望。那些造成民变动荡的闭仓行为，自然会被记录于史册，遗臭万年，警醒世人。

历史变迁，如今米仓林立之地已被民居和商铺取代。曾经赈灾的稀粥已变成日常白花花、黏稠香逸的米饭，走入千家万户的厨房，以更亲近而美好的形式与民同在，讲述另一番故事。

旧米仓三排巷有座古朴老宅，是五顶峰茶庄创办人邱享甫的故居。宅子大气、通透，透露出大家风范。五顶峰茶庄开设于清末，位于达明路与渡鸡口的交汇处。茶庄主经营有方，门前摆放泡茶桶，茶香四溢，吸引八方来客。茶庄的"明前绿茉莉花茶"是招牌，选料精细，醇正细腻，享名于世。这个百年老店，虽已淡出人们视野，但是曾经的名声仍在。前几年，有人得到一盒民国时期的五顶峰茶庄出产的铁制茶叶桶，在网络上拍卖，多人围观、竞价，拍出了不错的价钱。小小的茶叶桶虽已锈迹斑斑，但其上的山水美景和古人饮茶图依然保有着风貌，也残留着茶韵。

如今，邱先生的孙辈、曾孙辈仍住在旧米仓一带。几年前，《"五顶峰"茶庄里的老寿星》一文写道：邱享甫长子的媳妇吴益馨是位百岁老人，自从茶庄中落后，依然保留着喝茶的习惯。早晨洗漱后一杯茶，午饭后一杯茶，午休后又一杯茶，甚至感冒不舒服时也斟一杯茶进行缓解。饮茶已然成为她生活的一部分。

旧米仓处飘茶香，米和茶看似不相搭，却又如此和谐地融入百姓日常，成为新时代的生活况味。

比起茶来，盐跟米的关系似乎更为密切。电影《闪闪的红星》里，少年潘冬子把走街串巷收集的食盐用水化开，倒进棉衣里，成功躲过敌人的搜索、盘查，然后把棉衣用水浸泡，将盐水煮干，重新获得食盐，帮助红军战士补充体力。这段久远的影像已深深烙在一代人的心里，盐跟粮食一样，必不可少。

福州除了米仓，也有盐仓。福州南台一带是历代盐商云集之地，官办盐务局亦设于此，故有"盐仓前"之名，与"米仓前"正好呼应。清代即有官督商办盐务的制度。经过盐道的批准，盐商方能运销盐斤。在一定程度上，也会允许盐商自行建仓，以弥补官建盐仓的不足。盐商在建仓后，会招收搬运盐斤的甲工，每个盐仓需要二三十人。这些甲工并非单纯的搬运工人，也并不是谁想做就能做的，而是需要向盐商买名额。买到名额的人，就称为名色，才能得到盐商下发的证件，获得贩运盐斤的权利。这种名色是世袭的盐甲，可以传给后代，也可以转租。出租不仅可以收取费用，且名色姓名保持不变，以便随时改租或退租。当时，很多富人专门收买名色，再转租他人，躺在家里便可以收钱。

唐代，福州被设为"盐监"，即产盐的特殊行政区域。民国初期，盐务机构由盐道变为盐政处，再改换为盐运使署后，取消商办制度，所有盐斤的运销归官营，商建盐仓也渐渐退出历史舞台。管理盐务的官员被称为"盐运使"。20 世纪 20 年代，福建的盐运使署还曾牵头在福州设立水产学校，后几经变迁合并后，成为现在的福州外国语学校。

盐仓看起来简简单单，可里面的利益纠葛却错综复杂。当年，福建省盐务管理局因战事吃紧，想调整运输路线，"盐不上桥"，改为桥下各道起卸。这一措施将把桥道变成死道，瓦解桥道盐甲的原有利益。盐甲们当然不肯就从，在有心人牵头下，分电中央财政部盐务署、福建省政府、福建省盐务管理局等部门，痛斥起卸惯例不可随便更改，否则将严重影响到盐甲工人的生活。表面上不断"上书"施压，私底下又做好了另一手准备——派工人等候在桥下各道处，准备强行搬运。为此，确实爆发了与其他道头抢夺盐斤的冲突，多方调解无效，只能请时任福州井备司令部稽查处处长何杞英出来调解。何杞英作风强硬，警告带头之人："甲道的传统习惯是认道不认人，货到哪一道就由哪一道的甲工起卸，有问题以后商议。你可告诉盐甲工人不要妄动，否则发生问题就由他们负责。"果然，带头之人不敢再造次，其他人便也偃旗息鼓。不久，官方考察利弊，最后决定仍按原有路线起卸，以"顾全盐甲工人生活"，此事才终于平息。

古时，盐税是主要的财政收入之一。盐税收入中的"税课"是把税摊入其他产品或商品交纳的盐税。比如连江县主要为渔配课，一担鱼抽取盐课 200 文。连江县下屿、北茭、黄岐等皆设有渔馆盐哨，常拦截船只让渔民重复缴纳渔配课，造成盐政混乱，渔民不堪其苦。道光年间，北茭古城门勒竖碑刻，重申不可"剥削究渔，籍（极）端勒配"。

说起福州著名的盐商，不得不提起魏杰。魏杰（1796—1876），为唐代名臣魏征后裔，先世"迁居省城东关外菜园口乡，仍以农圃业起家"。魏杰早年辍学后，便攻于盐务，并著有《闽盐论》。因其头脑精明，又肯实干，事业顺风顺水，发达后便广购田产，成为一方巨富，俗称"魏半街"。魏杰生性旷达，热心慈善，出资修复鼓山、东禅寺、地藏寺、九峰寺等地。鼓山的十八景便是他开辟的，现为公园，建有魏杰塑像，游客熙攘。

魏杰算是成功的盐商，但是并不是所有盐商都如此幸运。著名翻译家林纾便是盐商之子。林纾祖上家境贫寒，祖父每月"治艺所得钱数寥寥无几，生活拮据"，祖母、姑母还得"穷治针黹"借以度日。林纾父亲林国铨幼时，家境贫寒，每天只供得起早晚两餐稀粥。"先取其稠且厚者"给失明的曾祖母食用，然后喂食林国铨，其余人"饮其余沈而已"。

林国铨过着食不果腹的日子，十几岁时便开始从商，想改善家里的状况。后来，他跟随盐官在闽北建宁办盐务，有了些积蓄，便在福州城内玉尺山典下房屋居住，日子终于好转。可是，林纾5岁之时，林国铨租船运盐去建宁，途中船只触礁而沉，整船的盐消融于水，损失殆尽。待缴清高额盐税、赔偿租来的船只后，几乎倾家荡产。林国铨消沉过后又重整旗鼓，渡海去台湾淡水经商，从头打拼。

林纾8岁时，其弟林秉耀出生。林纾曾在《先妣事略》中记载："耀生二日，府君客游台湾。资尽，困不能归。岁大锓，澳门贼以舠艇阑入内港，聚江南桥下，谬言与南船竞铁锚，发炮互轰。纾适家横山，距江三里，飞弹蚩然，日夜从屋上过。比屋奔徙略尽，宜人以无食故，不得去。先大母方病，大姊稍省人事，键纾不令出，拥弟及妹环宜人而泣。宜人方缝旗抚慰大姊，言：'抵夜尽三旗，可得钱四百许。明日，大父母及尔兄弟当饱食。'"父亲因资尽被困台湾，回不得家；家附近又常遭盗匪侵扰，飞弹从屋檐呼啸而过，夜不能寐，无食可吃；祖母生病体弱，孩子们只会环抱住母亲大哭。坚强的母亲只得缝旗补贴家用，只希望家人们能吃顿饱饭。悲惨的童年经历，让林纾过早地体味人生疾苦，从侧面也反映出盐商之家的诸多不易。林纾16岁那年，因家贫不得不中断学业，到台湾随父经商，度过了一段难熬的青春岁月。这也造就了林纾坚韧不拔，甚至有些偏执的性格底色，在困境中想尽一切办法借书而阅，甚至学习绘画、剑术、拳击，到 20 多岁时，已熟读古籍 3000 卷，为以后的翻译生涯积累下坚实的基础。

现在的盐仓之地跟"旧米仓""米仓前"类似，经过岁月变迁已经大变样。那些故事和人生悲喜已然远去。周边的竹器店、成衣店、水果店、中药店、肉燕店、玉器店等生意红火，车水马龙，一派繁华，再没有曾经明争暗斗的紧张气氛，而散发着舒展的、灵动的生活气息。

曾经的米仓和盐仓，牵扯的不仅是一国的根本，还有很多普通人的命运，一搬一运之间，便是人生百态。在今日看来，那些高高的仓库似乎成为历史。其实不然，它们依然以另一种方式存在，在各个商场的橱柜里，换成小小的"仓"，散落地零售着。它们剥落附加的色彩，回归商品最本质的角色，继续陪伴着一代代人品味三餐的酸甜苦辣。

碧 岩 寺

半 夏

　　倘若要触及心灵深处，今年最让我久久无法释怀的一件事，莫过于来自老家碧里的一则消息：千年古刹碧岩寺的倒吊藤——千叶宝莲花陨落了。和所有与碧岩寺有过一面之缘的人们一样，我始终将这千年古藤视作一道灵光，既照亮了古刹，又悦动了人心。在刚获悉消息的那些日子里，我的心绪总是飘飘忽忽，无所适从。偶尔脑海里也会出现一些无端的怀疑，但想到古藤毕竟年岁悠长，既然万物终将契合生老病死的自然规律，那么这件事迟早会发生，而我只是不愿它发生在我能目睹或耳闻的当下。如此想来，也就渐渐卸下诸多无奈和遗憾，平添些许平静与宽慰。

　　碧岩寺，据《罗源县志》记载，始建于宋景德年间，称碧岩庵。明代重建，后改称碧岩寺。现存建筑物为清同治二年（1863）仿明制建筑，风格古朴，造型大方。我曾在一篇写碧里的散文诗中这样描述过：如果没见过碧岩寺，你就不算真的来过碧里。依此可见碧岩寺是我人生中的一大心灵坐标，但说来惭愧，身为碧里乡人，我初次拜访碧岩寺，却是在大学毕业之后。

　　记得年轻时，常常约上友人三五成群，游山玩水，总是一路嬉闹一路玩笑，不过是一种纯粹的消遣，哪有远遁闹市、寄情山水的心思。而初来乍到碧岩寺，却被眼前的山石、庭院、树木以及各色景观迷醉了心魄，但觉这座千年古刹别有洞天，异乎寻常。以致别去多年，我仍魂牵梦绕、回味无穷，每隔一年半载便不请自来，重游故地，以慰乡愁。

碧岩寺地处双贵山半山腰，其最美的景致在于一个天然洞窟，神谕一般赐予一座寺院无边的灵动。远远望去，碧岩寺仿佛镶嵌在山林之中的一颗珍珠，香火缭绕之际，有如微光弥散，让人一站在进山的路口，心灵便获得一种无由的宁静与安详。

迈上狭长的石阶小路，山风隐约夹带着淡淡的香火味，与自己的鼻息悄然相融，心间陡然生发一种轻盈、一种庄重、一种虔诚。这时，右边山体上一个大大的"佛"字，红漆轮廓清晰可见，镌刻得遒劲有力，又幻化出一丝柔情，或许来到佛家胜地，禅意总是悄无声息地在心怀舒展开来。此时再看一眼，那座山已然化作了一池清水，而"佛"字也化作了一朵素净莲花，在水面轻轻地摇曳着。

越往上走，越能察觉到山风的清新和内心的闲逸。每次拜访碧岩寺，入寺之前我都会在那块刻有回文诗的石碑前稍做停留，传说诗文是由乾隆皇帝题写的："江南滴滴云烟起，滴滴云烟起半山。烟起半山流水响，半山流水响潺潺。潺潺一树梅花发，一树梅花发碧岩。花发碧岩春讯到，碧岩春讯到江南。"而且每一回，我都要借着大声诵读这首诗，一边想象着烟雨江南的朦胧之美，一边吐纳着醒脑洗心的新鲜空气，久而久之，这首诗便成了我人生旅途中的一本心经，但凡心有郁结时，都会默念几遍，好让一切不快都随风飘逝。而我最近一次，却是从国家一级演员、中阮演奏大师冯满天嘴里听到这首诗。正值元宵前夕、春寒料峭之时，冯大师闲坐于石碑前，悠然拨弄手中的琴弦，一声一韵，如诉如慕，低回婉转。伴随着他开始吟诵第一句"江南滴滴云烟起"，我便悄悄地闭上双眼，用心倾听这曲人间妙音。那一刻，我能感到碧岩寺时而沉浸在雾霭流岚中，时而显现于春光明媚里，而空谷回音又把一座寺的千年岁月一一铺展在心田，叫人此生难忘。

继续沿着台阶拾级而上，穿过一道岩石罅隙门洞，碧岩寺的真容才得以窥见一斑，一条石板路将寺院划为上下两片，上方是洞窟供佛主殿，下方为几座庙宇与僧舍。由于地势参差错落，随时可见到访的人带着仰慕的神色悄然前行。每次，我都是从最早映入眼帘的那扇门步入寺内，门洞上方书有"碧岩禅寺"，算是一种古朴的精神指引。这扇门俨然成为俗世通往佛国之门，一旦穿过，便抖落了一身仆仆风尘，进入一个满是静谧禅意、庄严清静的忘尘世界。

在这个宽敞明亮、风过无痕的洞窟里，正中上方石壁前供奉着大慈大悲观世音菩萨，神像之上有块匾额，写着"慈航普度"四个镏金大字，在日光温暖的加持下，尤为金碧辉煌，耀眼夺目。而我开篇提及的千年古藤，曾是一道堪称奇迹的靓丽风景：古藤扎根洞窟顶上，枝叶繁茂郁勃，倒悬至佛龛前。据说，每年9月古藤会开满白色小花，在风中轻轻摇摆，像极了仙女身上披缀的飘飘衣袂。可惜的是，此情此景已不复存在，仅存留在那些有缘人的心底了。

大自然鬼斧神工般凿出一个石窟之时，除了埋下一粒千年古藤的种子外，还设下了另一道神奇，那便是罗川八景之一"碧岩飞雪"。石窟右边顶上，经年不息地滴落着晶莹剔透的水珠，微风轻拂之中，乍一看好似片片雪花飘零，故而得此"碧岩飞雪"之美名。曾有僧人称"飞雪"为"玉液"，如果抬头张嘴能接住，便会享尽延绵福运，惹得众多访客挤满了寺院。一时的喧闹，不失为一种宁静的侧写，或许在欢声笑语间，更能参透静心的本真。女儿幼时，我曾领她经历过一场"考验"，她最终接住了"玉液"，而我站在一旁，静静地看她那刻的笑脸。

碧岩飞雪，意境幽深。多年前，我曾应景作同题现代诗一首："仿佛是上天的安排／双贵山剥落出一片洞天／蛰伏几许裂缝／篡改着每一滴水的宿命／山风竟饱蘸着禅意／破解了化整为零的神机／叫人虔诚地仰望／而千年古藤俨然一盏青灯／陪慈航普度的众神／一起照看飘雪的灵魂。"字里行间，倾注了我对碧岩寺的深情眷恋与美好祈愿，却又担心词不达意，贻笑大方。无他，作诗纯属一片心意，无伤大雅便是。

身处碧岩寺，那一缕清幽气息，仿佛凝固了时间，总叫人久久盘桓、流连忘返。每次返程之际，我总要站在寺外僧塔旁的崖石上，远眺前方，沉思片刻。因为前方是一片海，是我的家乡生生不息的血脉。回想儿时这片沿海地带，人们出行完全依赖双脚翻山越岭、客船摆渡过海，想要去趟碧岩寺又谈何容易？尽管我家与碧岩寺之间只隔了两重山、四个村庄。

如今，交通便捷，南来北往，想要到达的去处，都不过是一念之间的事。碧岩寺虽然占地不大，但它联袂了山的俊秀、水的飘逸、林间的鸟鸣、日月的映照……从而沉淀出千年不息的人文气象，诸如"石壁飞泉""回仙岩"等摩崖石刻、"金鸡笼""留米石"等传说，无不在诉说着一座寺的空灵与修养，也恭候着有心人前来探听与共鸣。

打开一扇"最美的窗"

李　艳

最近，一扇"最美落地窗"的故事，让南京六朝博物馆又火了。

2024年3月5日，南京市博物总馆副馆长宋燕讲述的"最美落地窗"，让人们开始关注六朝博物馆，知道了一扇窗"带火"一座博物馆的故事。

六朝博物馆位于南京市玄武区，是在六朝建康宫考古遗址上修建而成的。其本身就很具观赏价值，是全球著名的贝氏建筑事务所的第一件"南京作品"。博物馆展厅里有一扇大大的落地窗，往内，可以看到原汁原味的建康宫城遗址，包括夯土城墙、包砖墙以及护城壕；往外，可以欣赏绝美的南京城市园林景观，四季变幻，缤纷多彩。窗内是人文历史，窗外是山水城林，古今交融，令人产生一种奇妙的时空交错感，十分震撼。于是，去年，这扇"金陵最美落地窗"登上热搜，也"带火"了六朝博物馆这一原本小众的博物馆。市民和游客朋友纷纷来到"最美落地窗"前，打卡拍照，感受历史与现代的时空交汇。

宋燕讲述的"最美落地窗"故事，引人深思。在"传统文化热"的当下，有很多博物馆与大众"双向奔赴"的美好故事，正是从打开一扇"最美的窗"开始。

喜欢博物馆文创的朋友，一定还记得那款蠢萌蠢萌的"马踏飞燕"玩偶，上市即售罄，抢都抢不到。人们由此认识了国宝级文物——东汉青铜器"马踏飞燕",争相前往甘肃省博物馆观展,饱览青铜器之美。在网络上流行的"无语菩萨",带动中国陶瓷博物馆的强势出圈,让江西景德镇成为热门旅游目的地。不少游客去了之后惊觉,"表情包"是真文物,中国陶瓷文化真是博大精深。这个春节假期刚开馆的殷墟博物馆,更因为一部"王子日记",在网上引发了关于殷商文化的讨论热,被网友们列上了打卡名单。

"王子日记",其实是殷墟博物馆新馆内的"子何人哉——殷墟花园庄东地甲骨特展"。殷墟博物馆新馆,是我国首个全景式展现商文明的专题博物馆。"王子",商王武丁与王后妇好的儿子——"子",特展通过百余片甲骨文,讲述了他的生平细节。虽然"王子"身处3000多年前的远古,但他的日记读来十分亲切接地气。"子其疫,弜往学"——"生病了,还要不要去上学?"展厅内这一编号为H3:553的刻辞卜甲,让人看完忍俊不禁。遥远殷商时代的"王子",和生病了忙着写请假条的现代人并无二致。生动鲜活的历史画面扑面而来,仿佛我们与3000多年前的古人,中间只隔着一片薄薄的甲骨。殷墟博物馆新馆内的4000件(套)青铜器、玉器、甲骨等文物,四分之三以上是首次亮相。馆藏展品可谓"豪横",但在展陈方式上,馆方很是下了一番功夫。

从"美丽的窗"到"马踏飞燕",再到"王子日记",我们真切感受到,一个具有艺术感的建筑设计、一件别出心裁的文创产品、一种独具匠心的展陈方式,就能在当下触发一场"博物热",引发一场历史文化潮流,形成大众与博物馆的"双向奔赴"。

这种"双向奔赴"有多震撼,从一组数据可以直观感受。国家文物局发布的统计数据显示,2024年春节期间(2月10日至17日),全国博物馆共接待观众7358.01万人次,同比增长98.6%(2023年同期接待观众3704.86万人次)。其中,陕西、四川、江苏、广东、山东、河南、浙江、江西8省博物馆接待游客超过300万人次。博物馆成了春节假期文旅"顶流","博物馆里过大年"成为流行的文化休闲新方式，各地博物馆"人从众"之景频现。

"人人都爱博物馆"——这是我们乐于看到的现象。或许有人会说，一扇窗、一件文创产品就能带火一个博物馆（文物），这是偶然。但是，正如所有的意外都是蓄谋已久，所有的偶然之中也隐藏着必然。博物馆受到人们的喜爱，文物受到人们的追捧，并非一时的心血来潮，而是有着传统文化热的大背景。特别是现在的年轻人，他们喜欢追国潮，喜欢逛博物馆。在他们的日常生活中，也处处可见传统文化元素的印记。

同样以龙年春节为例，今冬街头最流行的服饰，是有着1000多年历史的古典服饰马面裙。从北到南，从河南洛阳到福建泉州，大小景点、庙会夜市，都能看到穿着马面裙的美丽女性。各种搭配，各种花色，十分养眼，堪称龙年最佳"新年战袍"。在汉服生产销售基地山东曹县，今年以马面裙为主的拜年服饰销售额超过了3亿元，数字惊人。

马面裙的流行，甚至还带动了观赏博物馆藏马面裙的风潮，山东博物馆的明代蓝色缠枝四季花织金妆花锻裙、苏州丝绸博物馆里的清代黄色暗花绸绣花马面裙、清华大学艺术博物馆的清代红色暗花绸绣人物地景纹鱼鳞马面裙……都成了人们追捧的对象。在各大网络社交平台上，人们毫不吝啬各种溢美之词，惊叹古人的审美和工艺水平，将钦佩之情表达得淋漓尽致。

年轻人热爱传统文化，追捧国潮，渴望与博物馆实现"双向奔赴"。但既然是双向的奔赴，就意味着不会是单方面的热情。对于"人从众"这泼天的富贵与流量，博物馆要怎样接稳了，可是考验"真功夫"的。

于是，就有了六朝博物馆的"最美落地窗"，有了甘肃省博物馆蠢萌而畅销的"马踏飞燕"，有了殷墟博物馆别出心裁的"王子日记"。"最美落地窗"，是一座具体的窗，吸引人们走进博物馆；而文创产品和特色布展，是一扇扇无形的窗，吸引着人们去了解一件件文物、一段段历史与文化。无论具体的窗，还是无形的窗，背后蕴藏着的，都是博物馆的匠心，是在盘活文化、文物活态化方面所下的功夫。我们通过这些活态化展示的文物展品，看见中华民族深邃悠远的历史，看见灿烂的中华传统文化。

方寸之间览千年。博物馆的丰富馆藏文物，是珍品和古董，但更是历史的见证者、故事的讲述者、情节的演绎者。"让收藏在博物馆里的文物、陈列在广阔大地上的遗产、书写在古籍里的文字都活起来"，这就意味着，在"保护好"文物的基础上，还要对它们进行细致的整理与研究；"挖掘好"它们背后的故事，"阐释好"它们蕴含的历史价值、文化价值、科学价值。因为真正的活态化传承与发展，是要让博物馆的文物能够亲近民众的日常生活，在公共教育领域驱动国家文化发展，助力增强民族自信心与凝聚力。

盘活文物资源，让文物能够讲好中国故事，能够成为人们触碰历史、感受文化的美丽窗口，还需要在文物展陈的理念和方法上，运用现代科技手段。如虚拟现实、增强现实等，让文物"走"出展柜，让观众获得沉浸式体验、互动式观感。要通过新模式、新玩法、新技术，赋予古老的历史文物更多新的表达，在文物中见史、见人、见精神。中央电视台播出的纪录片《如果国宝会说话》为什么那么受欢迎？正是因为该片内容跳出了传统器物学和考古学的解读思路，通过透物见史、见人、见精神的方法，讲述了国宝背后鲜为人知的文明密码及其传奇故事。

博物馆是连接过去、现在、未来的桥梁。在传统文化热的当下，期待着有更多的博物馆，能够打开一扇扇美丽的窗。透过窗户，让人可以触碰悠久历史的奥秘，感受传统文化的魅力，找到与千年民族之魂的联结。

岭上梅花开

叶　红

　　初识梅岭，是在中学课堂里读陈毅元帅的《梅岭三章》，顿觉心潮澎湃。"断头今日意如何？创业艰难百战多。此去泉台招旧部，旌旗十万斩阎罗。"一代伟人气吞山河的铿锵诗句，似伟岸入云的山峰，屹立在我少儿如白纸一样的记忆平原上，从此久久不能忘。

　　那个落英缤纷的日子，车轮伴着不期而遇的春雨，送我们到距南雄城北30公里的梅岭关。这是此次我随福建省委党史方志办赴广东调研非常重要的一段行程。

　　3月的梅岭，随处可以感受到扑面而来的春天气息，新竹苗壮，浓翠可喜，一两簇倔强的映山红早早地破土而出，娇艳欲燃。一望无际的绵延山岭，填满我寂静空旷的情怀。雨中的梅岭更多了一份空蒙灵秀之美，引人无限遐思。

　　梅岭，处江西、广东两省交界地带，位于逶迤200多公里的群峰起伏的大庾岭中段，海拔400多米，其东有海拔1076米的油山，西也有海拔千米以上的山峰数座。梅岭与诸峰相较，其山不高，而峰独秀，堪称大庾岭波峰浪谷里的独秀峰。因山上多梅花而称作梅岭、梅山，至五代末宋初，梅山、梅岭已成为大庾岭的代称。

　　唐开元四年（716）冬，宰相张九龄奉诏在梅岭劈山开道，开通了一条宽一丈余、长30多华里的山间大道，并在山巅设置被后人称作

"岭南第一关"的关隘——"梅关"。此道后来成为南岭中最重要的一条交通道路，"商贾如云，货物如雨，万足践履，冬无寒土"，有力地推进了岭南经济和社会发展。

秀气的梅岭，也是慷慨侠气的。豪气，是梅岭历经千百年风云激荡的历史积淀。

梅岭地处要冲，自古以来为兵家必争之地，秦末百越军队、汉代汉楼船将军、陈武帝陈霸先、宋元军队、太平军、北伐军等诸多军队都曾在此血战，留下了无数惊心动魄的历史片段。土地革命战争时期，毛泽东曾三次率领中国工农红军经过粤赣交界的梅岭，进入南雄进行革命活动，为南雄人民革命史增添了浓墨重彩的一笔。南方三年游击战争时期，项英、陈毅等同志遵循党中央的指示，在梅岭和油山一带进行了艰苦卓绝的三年斗争，点燃了"梅岭星火"，那些荡气回肠的红色经典故事，至今仍被当地的百姓口口相传。

1934年10月，中央红军主力撤出根据地时，中共中央决定成立苏区中央分局和中央军区，以项英为分局书记兼军区司令员和政治委员。同时，成立以陈毅为主任的中华苏维埃共和国中央政府办事处。留在根据地的部队有红二十四师、独立团及地方游击队约1.6万余人，加上党政机关工作人员和红军伤病员，共3万余人。中共中央赋予他们的任务是掩护红军主力转移，保卫中央根据地，开展游击战争，扰乱敌人的进攻，准备将来配合红军主力，在有利的条件下进行反攻，恢复和扩大中央根据地。

红军主力长征后，国民党军队向革命根据地腹地发动进攻，妄图消灭留下来坚持斗争的红军和游击队。他们采取碉堡围困、经济封锁、保甲连坐、大肆烧杀等最残酷最毒辣的手段，实行反复"清剿"。国民党军队所到之处，血流遍地，一片废墟。

面对国民党当局采取频繁的军事"清剿"和严密的经济封锁，项英、陈毅确定了"依靠群众，坚持斗争，积蓄力量，创造条件，迎接新的革命高潮"的行动方针，开始了在赣粤边界1000多个日日夜夜的游击生活。

"天将晓，队员醒来早。露侵衣被夏犹寒，树间喞喞鸣知了。满身沾野草。天将午，饥肠响如鼓。粮食封锁已三月，囊中存米清可数。野菜和水煮……"陈毅元帅一篇《赣南游击词》，生动、形象地记录了当年红军极其恶劣的生存环境。

为粉碎敌人的"清剿"计划，项英、陈毅率领红军和游击队采取灵活机动的游击战术和巧妙的斗争策略，同敌人周旋。此外，他们还要同革命队伍内部的叛徒做坚决的斗争。他们经常出没于崇山峻岭和茅草密林之间，昼伏夜行，风餐露宿，备尝艰苦。

在这关键时刻，游击区的群众经受住了血与火的考验与洗礼，为革命胜利做出了巨大的贡献。他们没有被国民党的虚假宣传所欺骗，没有被敌人的嚣张气焰所吓倒，而是把游击队当作自己的亲人，尽力给予帮助。有的群众在临搬走时，把粮食埋在山上或房子里，留给山里的游击队；有的群众知道游击队断了粮，就利用初一、十五开禁砍柴的机会，巧妙地把粮食、食盐、药品、报纸带进山里，在深山里到处扔，让游击队去拾。靠近大山的村子，敌人来搜山搜村时，群众就在山内山外、村内村外、墙头、树梢、窗口等地方做暗号，游击队看到这些暗号就可以及时避开。游击队就在群众的鼎力支持下，以顽强的意志战胜了饥饿和严寒，平安度过"北山事件"，机智果断"偷渡梅关"，一次次身处险境，又一次次化险为夷。陈毅满怀革命激情，热烈歌颂了这骨肉情谊："靠人民，支援永不忘。他是重生亲父母，我是斗争好儿郎，革命强中强。"

1936年冬，由于陈海叛变，陈毅等人在梅岭又经历了一场生死攸关的险情。游击队被国民党四十六师围困20多天，情况十分危急。一身伤病的陈毅，自料难免牺牲，于是在这九死一生之际，写下了著名的《梅岭三章》：

一

绝命今日意若何，
创业艰难百战多。
此去泉台招旧部，
十万旌旗斩阎罗。

二

南国烽烟正十年，
此头须向国门悬。
后死诸君多努力，
捷报飞来当纸钱。

三

廿年革命即为家，
血雨腥风应有涯。
取义成仁今日事，
人间遍种革命花。

这是感天动地的灵魂之歌，它如白色电光，划破寂寞的夜空。

在陈毅光辉的一生中，有20多年的时间是在铁马金戈的枪林弹雨中度过的，而粤赣边游击区的三年游击战，正如陈毅自己说的那样，"是我在革命斗争中所经历的最艰苦最困难的阶段"，《梅岭三章》可以说是反映这一历史阶段的最具有代表性的杰作。诗人以共产党人梅花一般高洁的革命情操，青松一般无比坚强的豪迈胸怀，从容面对生死，笑谈成败，谱写下这一不朽的壮烈诗篇，实属刚健深沉的血性文章，是民族精神的脊梁。它也完整而准确地诠释了"坚持真理、坚守理想、践行初心、担当使命、不怕牺牲、英勇斗争，对党忠诚、不负人民"的伟大建党精神。

中华人民共和国成立后，陈毅对《梅岭三章》原稿个别地方进行了修改，并选入《陈毅诗词选集》正式出版。修改后的诗稿后又编入中学课文，它激励着一代又一代人为中华民族的伟大复兴艰苦创业，成了爱国主义教育和革命传统教育的生动教材。

如今，在这条闻名遐迩的广东南雄梅关古驿道的中段路旁，立着一块陈毅元帅的《梅岭三章》手迹诗碑。每年踏春赏梅季节，络绎不绝的游客会慕名而来，在此静静地驻足凝思，引无数英雄竞折腰。

元好问曾云："纵横正有凌云笔，俯仰随人亦可怜。"一般来说，民族危亡、国家多难之秋，容易激发忠贞之士的英雄主义，和平时期，人们容易耽于平和，沉于安乐。而我们这个民族是多么需要这样气冲牛斗的正气歌，需要恢宏志士之气，去书写千秋文章。优秀的文学作品总是会让人从中汲取精神力量，产生跨时空的共鸣。

下山的时候，雨渐渐停了。我不由得停下脚步，再一次深情回望"半山亭"旁的那块勒石，脑海中一遍又一遍地默念着镌刻于它上面的何香凝女士的那首《咏梅》，感觉十分的应景："南国有高枝，先开岭上梅。临风高挺立，不畏雪霜吹。"心中溢满了清新幽远的梅香。

梦一样的梅岭关啊，在大地母亲宽阔的脊梁上，历经刀光剑影，血雨腥风，仍一身傲骨，几世威名。

历史长河无声奔去，唯爱与信念永存。

莲 净 圆 清

颜 伟

上午晨跑，路过莲湖，天光正好，碧水粼粼。可能是因为南方的秋天来得更晚一些吧，虽已时过仲秋，湖边却依旧鸟啾蝉鸣，紫色的喇叭花开得正热闹，更为喜人的是，莲湖莲花依旧。

红莲、白莲，镶嵌在团团层层簇拥着的碧绿圆叶中，总显得那么夺目。虽说"一一风荷举"的盛况不再，但莲叶片大体上还是圆润的。

可时令至此，秋风带来的"季火"却还是"烤焦"了几枝花、几片叶，几簇棕褐色的莲蓬横卧在莲湖上，水面清圆，倒也并不觉得特别违和。

北宋周敦颐的《爱莲说》曾道出莲的精彩，谓之："予独爱莲之出淤泥而不染，濯清涟而不妖，中通外直，不蔓不枝，香远益清，亭亭净植，可远观而不可亵玩焉。"

莲花生子、莲子生花。"莲生"如凤凰涅槃，在夏日的烈阳下重生，在秋日的烈风中归逝。花开花落间，也曾有过"嫩荷无数青钿小""早有蜻蜓立上头"的稚嫩，也曾有过"接天莲叶无穷碧，映日荷花别样红"的繁华，纵使秋来残莲陨落，亦是生命精彩的另一种展现。

以莲观世间，生命也正是这样的吧。它不止于繁荣，更是生发荣枯的循环往复。就如莲花一般，要经历花苞绽放的痛楚，经历光彩夺目的芳华，经历枯萎老去的伤怀。

人生，也是如此，每一个经历，每一次苦难，都是一场升华，在此起彼伏的风雨兼程中，用上弧形和下弧形团起一个个圈，形成一个个圆，最终成全的，是自己的阴晴圆缺，成就的，是人生的精彩。

我的父亲是一名普通工人。小学刚毕业，12 岁的他就做起了招待所的客房服务员。15 岁，他成为一名知青，上山下乡，搬石头修马路。在渔业养殖场就业时，即便是寒冷刺骨的冬天，他也可以就着一口高度白酒，憋着气潜入深达数十米的养殖池中解开缠绕的渔网。他曾自吹自擂，年轻时能以指为刀劈开甘蔗而不皱一下眉头。

有一回，他帮所在的单位去北方追讨欠款，可费尽心思也找不到欠债那个人。颇有谋略的他到欠债人的家，忽悠欠债人家里那口子，请她到南方旅游，将其带回当地，随后一通电话过去，欠债人赶紧跑来单位把钱还上了。

每当提起这些高光时刻，父亲脸上总是含着笑，眼里带着光。最让我印象深刻的是，一个没有上过初中的人，居然登上过《福建日报》并拿到稿费。也许正是这件事影响了我，让我喜欢上了文学创作，并最终成为舞文弄墨的文学爱好者。

可他的人生也曾经历过灰暗时刻。"文革"时期，因家庭出身问题，父亲 19 岁就被打为"反革命"，进过牛棚，挨过批斗。人在异乡，在批斗台上被众人嘲讽、冷眼，在牛棚挨饿、受冻。这么年轻，就受到这么大的委屈，可他却始终没有放弃，一次一次地写情况说明上诉，一次一次地跑到革委会自证清白。在他 30 岁时，终于盼来了"文革"结束，得到平反。正是在这段艰难的时光里，他获得了爱情，组建了家庭。

受这么大的罪，一个人一生一次就够了吧。实际上，这只是父亲人生逆旅的一段插曲罢了。

当我还在幼年时，又一场磨难向他袭来。我的母亲生了重病，父亲倾尽所有，不离不弃。家庭的圆满，亲人的陪伴，让这个小家始终洋溢着温馨的味道，在父亲力所能及的操持下，我健康成长。

自打有记忆以来，我见证了父亲的自信、骄傲和倔强。他一边努力工作赚钱，争取为家庭创造更好的生活条件；一边想方设法治疗母亲的疾病，让她尽快康复。

生活就这样又过了十几个春秋。我也终于长大，开始参加工作。可是常言道："福难成双，祸不单行。"生命的桎梏，从来都是如影随形。在我工作的第一个年头，那时父亲刚刚 50 岁，他就中风了。中风导致偏瘫，半身不遂，家庭又面临着一场天塌了一般的考验。

上帝为你关闭了这扇窗，可又会帮你打开另外一扇门。奇迹般的，父亲病后，母亲的病居然意外地好起来。她坚强地站起来了，精心照顾父亲，犹如当年父亲照顾她。在母亲的看顾下，半年后，父亲的身体也渐渐康健起来。中风后遗症让父亲肢体不便，但顽强的他忍受着病肢的麻木、酸痛，咬紧牙关练习行走、自理。终于在长期的锻炼后，他可以上班并处理简单的工作。又过 10 年，父亲光荣退休。

度过大半生，临老应该可以享享清福了吧？可是人生哪有这么顺心如意。由于中风，伴随血管粥样硬化等问题，每年住院成为父亲的生活常态。老人家生存意志很强，听从医嘱，该吃药吃药，该锻炼锻炼，一晃又是 13 年。终于有一天，他走不动了。

此时的家庭舞台，轮到我上场。从小耳濡目染父亲的持家之道，感受他所坚持的家庭责任观，见贤思齐，我也像小时候他对待我们一样，陪着他，照顾他，和他共同守好这个家。

圆合圆聚，缘来缘往。光阴往逝，人生逆旅的每一时每一刻，宛如莲花般荣枯有序，仿佛莲叶圆边上的一个个缺口，对应着此时此刻，对应着辗转反侧。就像山一程、水一程的人生路，不论在哪个缺口，都要坚持顽强地走下去，因为只要走下去，就还有希望；只要走下去，就会有意想不到的奇迹、欣喜来到！

没有爷爷的小路

肖小娜

  前年难得有机会让我在故乡住了9个月，在大山里我仿佛又回到小时候。5岁的我在泥泞的小路上走，走一路停一路，看见蜻蜓就追蜻蜓，看见蚯蚓又要蹲下来打量一番，想不明白蚯蚓怎么这么丑。它拖着长长黑黑又有点恶心的肚子往前爬，头和尾巴的模样差不多。想打它，但是它太丑了，碰也不敢碰。

  在这条充满回忆的小路上，我常梦见爷爷，一位戴着黑色呢帽的老人，两手背在身后，瘦瘦高高的身影在路上孤单前行。一直走到家门前的石板桥，高高的河坝上悬空驾着百年老石桥，是由两块2米长的老石块架起来的，没有任何护栏，桥下就是急速流淌的河水。有高血压的老人走过去怕是要头晕的。爷爷晚年有哮喘病，风湿痛，病痛不少，还好没有高血压，不然回家就难了。我5岁时就跟着爷爷过石桥，在架空的石桥上心惊胆战，他就会牢牢牵着我的手走过去。

  有天一晚上，我们走在这条路上，我被爷爷责骂，一路哭着回家。傍晚5点钟吃完晚饭，我跑到小卖部看电视。20世纪90年代爷爷家还没有电视，整个村子里有电视的也不多，大家都聚集在小卖部边看电视边聊天，打发时间。我也喜欢凑热闹，往人多的地方去。电视有时会播《动物世界》。大海龟、小蚂蚁、大象，什么动物都有，看得我入迷，都不想回家了。有时还播《西游记》。孙悟空制服各种妖魔鬼怪实在振奋人心，电视里有太多神奇的世界，吸引着我每天往小店跑。这天晚上看电视太投入，忘记了时间。我的爷爷打着手电筒，突然出现在店门口，问开店的叔公说："我家阿津在吗？"我躲在人群里、蹲在地板上，不太起眼，爷爷竟然看不见我。只见叔公答道："在呀，那不是。"

爷爷虎着脸，大喝一声："阿津，回家！"

我吓得呆了，前一秒还沉浸在美猴王的美妙奇遇里，下一秒就要面对爷爷的责备。虽然不甘心，我只能跟着爷爷回家去了。一路上，爷爷数落我道："现在几点了？天这么黑，一个女孩子天黑也不懂得回家，有没有家教？"听到爷爷这么激烈的责骂，敏感的我眼泪自然少不了，马上号啕大哭。黑暗的乡村小泥路上没有路灯，爷爷打着手电筒走在身旁，他的骂声和我的哭声彼此回应，像一幕流动的广播剧，一直在小路上播放，走到哪放到哪。二流叔走过，叫住爷爷："伯，你慢走。"爷爷应了一声："嗯呀。"这个插曲过去，马上又回头骂我了。

一直走到那座石板桥，我伤心地走在前，爷爷跟在后。我第一次独自过了桥，没有爷爷的搀扶。现在过去20多年了，我也记得那晚的情景，或许是因为我第一次不靠爷爷的搀扶过了桥，还委屈得很，哭了一路，所以印象深刻，难以忘记。

被爷爷责骂过之后，我开始独自出去玩，不再缠着他要他讲故事。爷爷傍晚在院子里讲故事，大家的笑声、吆喝声我都当作没听见，在角落玩狗尾巴草。爷爷是村子出了名的"秀才"——会说故事的人。每到夜晚，十多人围着爷爷的身边，听爷爷说三国，说水浒，说牡丹亭。每次看到我的玩伴蹲在身边听爷爷说那些故事时入迷的模样，我就心想："我的爷爷会说故事，你的爷爷就不会。是我的爷爷呀！"而现在让我骄傲的爷爷成了不理解我的"老虎"了。

打破我和爷爷隔阂的是时间。我再也不敢不打招呼就出门去玩耍，也会注意时间，吃饭和休息时间一到我就回家。在成年后，我偶尔也缺乏守时意识，因迟到被上司批评过。这时，我就想到，原来在我人生路上第一个教我时间管理的是爷爷。在到处是陌生人的大都市，人来人往，却没有几个人愿意花时间"骂"你、管束你。爷爷爱我才会管教我。可惜小时候的我从来没有体会到。

爷爷其实很少骂我，记忆里最深刻的就是这次。多数时候，我都把爷爷当作最亲的亲人。童年的我每次都跟着爷爷奶奶早起，凌晨 4 点多天一亮，爷爷就会叫醒我，不让我睡懒觉。幼小的我从脸盆里捧起热水擦脸，再拿干毛巾擦干。爷爷见状，问我："津孩，你是不是在磨墨？这样洗哪里能干净。"于是，爷爷又把毛巾放入热水中洗了一遍，重重地拧干，在我的脸上反复擦了几遍。

小时候的我是出了名的爱尿床，五六岁了还会尿床。爷爷在院子里编织扫把，而 2 岁的我穿着连衣裙，摇头晃脑唱着歌。突然，我朝爷爷跑去，神情紧张，我脱下内裤说："爷爷，拉了。"爷爷帮我脱下裤子，拿热水给我洗澡。这一幕和院子那常年都在的燕子窝都印刻在我脑海中。16 岁时，哮喘的爷爷卧病在床，很少下床走动。我回到老家，那晚，生活不能自理的爷爷突然着急地呼唤在隔壁房间的我，我急忙跑过去，只见爷爷从床上拿出一个尿壶给我。我拿过爷爷的尿壶，一阵难闻的骚味迎面而来，我赶紧拿去洗手间清洗。想起小时候爷爷照顾我的点滴，我油然而生一种自豪感，终于能为爷爷做一件家务事了。谁知这是我最后一次看见爷爷，也是我为爷爷做的最后一件事情。半年后，爷爷就离开了世界。而我再见到的只是躺在棺材里冰冷的爷爷。

爷爷故去 13 年，他葬在村子外的山岗上。山路崎岖难走，送葬时爸爸没让我上山，我不知爷爷的墓地在何处，也没有扫过墓，每年都是叔叔去扫墓。我只能在熟悉的房间里，在院子里那张木椅上，在这条不变的路上，在爷爷曾经劳作过的田野上怀念他的身影。我常怀念，在这条路上，再也不会有爷爷牵着我走过的身影。

小路上有一株爷爷种的桃树，每年都结果，小时候常有调皮孩儿来偷摘桃子。果子成熟的那两天，爷爷说我们明天摘，明天桃子会更甜。可是明天一瞧，果子都被偷摘光了。爷爷懊悔地说："明年一定不摘桃子，我砍了它算了，自己一个也尝不到，都被摘没了。"还好当时没砍桃树，如今还在，长得粗壮得很，成年的我伸开手臂围抱它，也抱不全。村里的人走了，当年偷摘桃子的调皮小孩成了稳重的中年男子，每次回乡不忘带点水果看望我寡居的奶奶。

一只白狗和两只狗宝宝卧在我家桃树下，树上掉下一颗熟透的小桃子，狗宝宝抢着玩耍。我有种幻觉，爷爷也正坐在树下朝我微笑，仿佛在对我说："津孩你回来了。"无论走到何处，我知道爷爷的桃树和那条小路永远在等着我回家。

我将离开，而你葱茏一片

许文华

  毋庸置疑，我对已经过去的 35 个春秋的讲台生涯一直都是痴迷的，这种痴迷源自父辈的熏陶，源自教师宿舍楼里的成长记忆，源自幸运地遇到了那么多无愧于师者身份的好老师，也许也源于刻在我血脉里的情怀。

  我喜欢和学生在一起，他们稚嫩懵懂，青春无邪，自然也有桀骜莽撞，但如冰心所说，有了爱，就有了一切。教育是有温情和力量的，付出过，尽力过，便无愧于教师的称号，无愧于一直捧在手上的一颗师心！

  那年初上讲台，我正青春。一方黑板，三尺讲台；一片丹心，一种情怀。我是那样执着深情地喜爱着这脚下的土地，以及生长于它的一茬茬风华正茂的青春少年！

  光阴百代，我，我们，也只是漫长时光某个页面上的匆匆过客，但捧着教育者的初心，我们憔悴了青春，也以一己之努力，积淀了这方土地的内涵。一砖一瓦，建高楼大厦；一沙一石，筑就光荣的塔。我们时时辛劳，也常常自豪，因为，我们是校园的主人，我们在呵护青春！

  走过了 35 年，我已苍老憔悴。但我固执地永远素面朝天。我相信腹有诗书气自华，我相信宁静可以致远，我相信世间最美的容颜是端庄大方。灵魂如果是一片沃野，它会长出鲜花，长出五谷，也会招来蜜蜂，招来蝴蝶，在静谧又向阳的地方，它是那么丰盈，以至于让我窃窃自喜和欣慰。这是知识的底气，是师者的笃定。

要教给学生一碗水，自己首先得有一桶水。我读诸子百家读唐诗宋词，读哲学读社会学。古人的少年壮怀和中年洒脱让我热情澎湃或者云淡风轻。我喜欢这有缺点的可爱世界，也愿意以一己之微薄力量，带着学生去赞美它，或批评它；去客观立体地评价它，服务它。我不偏激，也不盲从。一路走来，撷春梅夏荷秋菊冬雪同行，一路葱茏，一路芳馨。

我始终心怀敬畏，我敬畏教师称号的神圣，敬畏三尺讲台的威仪，我敬畏学生求知的眼神，敬畏古老文字的永恒魅力。我做不到孔夫子的舌生莲花，春风化雨，但我始终是孔夫子虔诚的信徒——那么平凡，那么普通，却在几乎所有已逝去的岁月里，以师者的敬畏站在讲台旁，用真诚的双手书写前人今人的智慧，用纯净的眼去润泽每一片少年心田。

我爱我所有的学生。那个成才的有志青年，我爱；那个笨拙的普通少年，我爱；那个尊敬我的小姑娘，我爱；那个辱骂我的少年郎，我也爱。并非所有心灵里的杂草都能被我清除，但在浩瀚无边的宇宙人生里，我愿意去做那个一次次弯腰，把退潮时留在岸边的小鱼一只只扔回大海的少年——也许没有人在意他那微不足道的努力，但是他知道鱼在意，这就够了。

当35年前的学生不时连线我，和我谈谈工作家庭，分享人生感悟；当20年前的学生碰到我，还能开心地拉着我的手和我回忆当年课堂上的情形；当今年刚刚毕业的学生在深夜里发来信息，告诉我被心仪大学录取，并问我今后还能不能回到课堂听讲吗……这样的时刻，让我知道我的付出有意义，是值得的。

我也记"仇"呀，因为我不是完人，我只是一个有缺点的好老师，我也是敏感的血肉之躯，我也会疼，也不可免俗地会委屈。当那几个青春的少年，因为学业被我管得太严，而相约在贴吧里用不堪入目的语言侮辱我的人格；当个别人觉得我清高不通世故而公报私仇，以我那个学年教学成绩差为借口，在会上公然否定我的所有成绩……那时我装作坚强，心却在滴血。这35年教学时光，几乎全是快乐的，只有这两件是我心底的伤。前者是我爱的学生，在某个时刻几乎摧垮了我的教育信念；后者无视教育原点，无视教学成绩的动态对比，粗暴地妄下评论。那样的痛苦，差点让我对长期积累的教育自信产生了质疑。

好在，痛苦的经历都会过去，会消散。流血的伤口结了疤消了痕，会长出坚硬的茧。我庆幸在那样的时刻，我依然像个勇敢又优雅的战士，压抑着消极，积攒着正气。我从没因此缺课，也没因此胡言乱语，而是面带笑意，带着饱满的情绪笔直站着，认真讲课，引领我的学生们去承接智慧的滋养，去蓄积阳光普照的生命正能量。

感谢我的同事们，35年并肩作战的战友。他们中的前辈，宁静温和又饱含力量，他们以渊博的学识，丰富的经验，指点我、引领我成长。他们中的后生，初生牛犊，血气方刚，掌握着丰富的新媒体教学手段，浑身洋溢着青春的朝气，和少年学生那么投缘，那么融洽。我和我的同事们互相欣赏，取长补短，心往一处聚，力往一处使，共同创造良好的教学成绩。当一届届学生通过高考走出我们的视野，他们回头必然会望见深情目送的我们。铁打的营盘流水的兵，当雏鹰羽翼已丰，展翅高翔，我们守在古老又年轻的校园里，等待并迎接新一轮的教育使命。

而今白发染鬓。纵有千般不舍，也终要面对不久之后的与讲台告别。繁霜尽是心头血，洒向千峰秋叶丹。今天的时代也许不缺呕心沥血、蜡炬成灰，但我依然相信：落木萧萧秋色无边的季节里，曾经的绿叶枯萎、飘零，在那高高的老树枝头啊，一定会在来年春天，绽开葱茏一片！

考　试

陈　秀

　　站在讲台上往下看，学生的小动作尽收眼底。有的在窃窃私语，疑似在交换答案，有的偷偷翻开了压在试卷下的语文书。还有人的视线努力越过白色的挡板，迅速地瞟了同桌的试卷一眼。

　　把考卷收上来后，我说："刚才一些同学的小动作我都看在眼里了。看来这些同学还是没能理解考试的真正意义。关于要诚信考试的大道理平时已经是讲了又讲，你们都听烦了，现在给你们讲讲我的学生时代关于考试的故事吧。"

　　以下就是我讲的故事。

　　在小学三年级时，我也算是班上的优等生。和我同桌的是村里一个食杂店老板的儿子。他的成绩不太理想，考试的时候老爱偷瞄我的考卷。我呢，不知为什么，从小在这方面就有很强的"版权保护意识"，把考卷遮得严严实实的，常让他无机可乘。

　　估计他每次考试考不好，回家没少挨骂，所以就向我苦苦哀求，让我答应把答案给他抄。我一次次地拒绝了。

　　被拒绝多次后，他就开始"贿赂"我，毕竟他家是开食杂店的。

　　每次去他家的店里打酱油时，看到货架上摆放着的零食和玩具，我都眼馋得很。但是以我当时的家境，父母是没有能力给我零花钱的，我只能巴巴地望着。

当这个食杂店老板的儿子把那些令我眼馋的零食和玩具放在我的面前，再向我提出他的请求时，我终于没能守住自己的立场，答应了他。以后考试的时候，他想要抄我的答案时，我再没有像先前那样把考卷遮得严严实实的，还有意把考卷摊开，为他的抄袭大开绿灯。

我因此就有了不小的"收入"——有时是几粒糖果，有时是一些小玩具。印象最深的是那种带哨子的小气球。把气球吹得鼓起来，再放开，就会发出悦耳的哨声。这些零食和玩具，对没有零花钱的孩子来说，充满了怎样的诱惑力呀！

当然，我那时候也会耍些小心眼，没有源源不断地向他输送答案。当糖果吃完的时候，或者玩具玩坏的时候，我的考卷就会再次向他"封闭"，直到他再次从家里带来那些诱人的小玩意。有一次，他甚至直接给我现金——2角钱。那时候1角钱能买10粒糖果，2角钱的购买力还不小呢。

他曾告诉我，那些东西都是瞒着家人从店里偷出来的。那时的我毕竟还小，虽然模糊地知道自己的行为是不对的，但并没有多深的厌恶感，有时还为自己能利用学习上的一点优势捞点"油水"而沾沾自喜。

我小学毕业时，是1991年，那时国家还没普及九年义务教育。小学是五年制的，小学升初中，要参加选拔性的升学考试，达不到分数线的学生上不了初中，重点高中和普通高中也是按分数线录取的。小升初考试只考语文和数学两个科目，语文科满分110分，数学科满分是105分。

我们镇小升初考试的考场设在当时镇里的唯一一所初中里。那时候考场规则也不像现在这么严格，没有条件单人单桌，只要保证同桌考试的考生不是来自同一所学校就可以了。临进考场的时候，老师交代最多的就是，不要把答案给别校的考生抄。

跟我同桌的是一个男生。我依稀还记得他的容貌：个子比我高很多，长得有点黑，嘴唇厚厚的。上午考语文，答卷的铃声还没响，那个厚嘴唇的男生就小声问我："你语文好还是数学好？"我答："语文。"他说："那正好，我数学好语文不好，你上午语文给我抄，我下午数学给你抄，怎么样？"

我很干脆地拒绝了这份"口头合作协议"。那个男生就很不平，边考试边不停地小声骂道："哼，这都不行。"在两个小时的考试时间里，这骂声几乎就没停过。不过这声音好像也没影响我发挥。

下午考数学。我比较顺利地答完全卷，正在检查时，那厚嘴唇的男生突然瞟了一眼我的考卷，小声地说："你第 * 道题选错啦。"

看到他偷瞄我的试卷，我很反感地说了一声："不用你管！"

那男生于是又气鼓鼓地骂道："告诉你算我倒霉，算我倒霉……"一直骂到交卷。

不过呢，在交卷之前，我还是偷偷地验算了他提到的那道题，发现真的是我错了，我犹豫再三，没有改动答案。

后来，考试结果出来了，我两科考了186分，离重点中学的分数线还有一定的差距，但上镇里的这所中学，则绰绰有余，无论那道题我改不改，结果都是一样的。

那个厚嘴唇的男生考了多少分呢，我不得而知，不过后来在初中校园里还经常见到他，他应该是被安排在和我同年段的其他班级。

至于我们村的那个杂货店老板的儿子，终究因为成绩不理想，辍学了。

上了初中后，我的成绩也还算是在班上名列前茅，平时请求我考试时给他们看答案的同学也不少，但我都是坚决拒绝的。而且拒绝得义正词严。

直到更大的诱惑摆在我的面前。

初三上学期，半期考临近，坐在我后桌的一个同学对我说："跟你商量一件事，你考试的时候借我抄好不好？我爷爷答应我如果我这回半期考考得好，他就带我去旅游。”

“不，我不做这种事情。”我回绝道。

“如果你给我抄的话，我给你2块钱。”他说。

我犹豫了。2块钱！对我来说，这是不小的数目。当时在学校寄宿，家里一个星期只给我4块钱。米是从家里带去的，用饭盒装了，放在食堂的蒸笼里蒸。从学校到家里大约有半个小时的车程，来回车费2块钱。所以，除去车费，我一个星期实际上只花2块钱。这2块钱中大部分是用来买菜汤配白米饭的。

一份菜汤2角钱，那菜汤是名副其实的菜汤，除了菜就是汤，没见半点荤腥。当然偶尔也会有意外的"惊喜"。我曾经从那菜汤里一勺子捞起一样白色的片状物，我以为是豆腐皮，细看之下，却是一片创可贴。除此之外，还曾从中"打捞"起过两根弯弯的小铁钉。

可是就是这样一份2角钱的菜汤，我当时也买不起，只能和跟我同班的堂哥两个人一人1角钱合买一份。除去周一从家里带去的饭，我在学校一星期要吃14顿白米饭，这意味着，我要花一块四的钱用于买菜汤，剩余的6角钱，用于其他方面的花销。每周末回到家里，严厉的父亲还要查一下"账目"，看我有没有乱花钱。

所以这2块钱，对我来说可是"巨款"啊，这可是相当于我一周的生活费。在这样的诱惑面前，我稀里糊涂地就答应了他。

但是接下来的几天，我的内心承受着道德的谴责。最终理智还是占了上风，在快开考的时候，我对那个同学说："算了，你找别人吧，我不做这种事。"

那个旅游梦破灭的同学，为此用脏话咒骂了我一星期。

但我没有后悔自己的决定。因为，我抵制住了金钱的诱惑，守住了自己的立场。与小学那个为了小零食小玩具就放弃原则的自己相比，算是一种引以为傲的成长了。多年以后，我回想起自己当时的"抉择"，还会产生一种强烈的自豪感。

初中毕业时，因为升学志愿没有填报好，与理想的师范学校失之交臂，我落到了一所普通的高中。

我在高中的入学测试成绩是班级第二，班级第一的是一个回读生。所谓"山中无老虎，猴子成大王"，我在这个班还是能比较轻松地拿到班级第一的。

这个班的学习风气很不好。不爱念书的嘲笑会念书的，受嘲笑者最终加入了嘲笑者的行列，一起嘲笑为数不多的用功者。在这种环境里，是很难不随波逐流的。

应该是高二临近期中考的时候，我们的历史老师走进教室，从他每日携带的黑色提包里拿出一张考卷，边浏览那张试卷边向我们公布期中考的考试范围。然后他把那张卷子放回黑色提包，走出了教室，在教室走廊上碰到了物理老师，他们攀谈了起来。就在那一刻，我班里的一个身形粗壮的男生就从教室走出去，悄悄地走到历史老师身边，伸出两根手指把那张考卷从那个黑色的提包里夹出来，然后若无其事地回到班上。

这张考卷在班上被疯狂地传抄。

后来，半期考历史成绩出来了，不用说，很多同学都拿到了高分，为免被怀疑，他们都是很克制地避免自己得满分。

但是班上还是有人考不好。

一个是我，另一个是我堂哥（在初中时和我合买一份菜汤的那个）。我们没有去抄那张考卷，连看都没去看一眼。当其他同学沉浸在不劳而获的狂欢中时，我们翻开历史课本，艰难地梳理着内容繁多的知识点。最终，我和他都只考了 60 几分。他倒数第一，我比他多考几分，倒数第二。

你们见过因为考了全班最差而受到表扬的吗？

历史老师是当着全班同学的面表扬我们的，说我们的态度最端正，因为我们的成绩最真实。

多年以后，回想起这一次考班级倒数的经历，我依然会为之感到自豪，因为我没有随波逐流。

故事讲完了。我的这些经历，学生们都听得津津有味，时不时地发出一阵爽朗的笑声。我只希望，他们笑过之后，还能从中汲取到一些有助于他们成长的东西。

人生须经历无数场考试，每一场考试都需要我们真诚以对。高尔基说："走正直诚实的生活道路，定会有一个问心无愧的归宿。"这话我们都应铭记于心。

我的桃农父亲

朱　侗

3月桃花开，不仅是福建地区，故乡山西夏县的桃花也开得正盛。

满树芬芳间，是桃农忙碌的身影，我的父亲就是一名桃农。父亲是初中学历，文化水平不高，"面朝黄土背朝天，泥疙瘩里挖钞票"是他的口头禅。三百六十行，行行出状元，在种桃这一艰苦的行业里，父亲倾洒大半辈子心血，悉心照料黄土地上的一颗颗宝树，还做出了点小名堂。

一

在消息相对闭塞的内陆黄河流域，在群山环绕的一个小村庄生活了半辈子的父亲，身上的闪光点熠熠生辉。"桃农是一份神圣的职业，我的岗位是桃园管理者。在这个岗位上，我已工作了近30年"。从建立桃园，到整形修剪，再到管理土壤、肥料和水……这些理论知识父亲烂熟于胸。但，父亲不是一个只会埋头苦干的人，他坚持实践必须与理论相结合，理论是支撑实践的基础。

父亲喜爱看书、看电视，不是文学、历史、地理等那类的，而是关于种桃技术。

家里面积不大，我记得抽屉中放得最多的，就是父亲的书，多为

A4 纸大小，一摞摞整齐码列，有多年来他去参加各项培训交流会拿回来的，也有特意去购买的——《桃安全优质高效生产配套技术》《桃树的管理应用技术》《桃树的病虫害防治》等。书上多有他的笔记，何处需着重注意，何处尚有疑问，字迹清秀，一清二楚。父亲的字，写得比我好看。

电视是 20 世纪八九十年代背着厚重壳子的款式，父母亲朴素惯了，如今生活条件虽已渐好，却舍不得换，能看能用就行。算起来，电视的年龄恐怕比我还大许多。父亲就是从这台电视上播放的 CCTV3 农业频道、陕西农林卫视频道以及其他相关台，经年累月地学习桃树等方面的农业技术知识。一台旧电视，一支笔、一个本子，一个好学的人，脑海里农业知识翻涌。

在实践过程中，父亲结合本地气候特征，逐渐总结出一套桃树管理养护方法。

桃树每年需浇灌 4 次左右。第一次为封口水，在寒冬到来前为树根送去营养，以备过冬；第二次为花前水，在桃花盛放前浇水，为花朵全开蓄力；第三次、第四次分别是在果实的细胞快速分裂期和膨大期，均需在灌溉用水中加入水溶肥，让果实可茁壮成长。

枝条的修剪讲究"春梢长、秋梢短"。春长秋短的枝条，生长周期较长，营养积累充足，尤其是干物质，能为后期果实的生长提供充足养分。

北方地区较易遭遇寒流，一旦应对不佳，农作物遭受冻伤便产量锐减，对一个家庭将是沉重打击。农民靠天靠地靠双手，必须随时关注天气变化。寒流到来时，可通过放烟雾预防。烟雾环绕在桃林之中，形成一层天然保护罩，能够有效阻挡寒流侵袭，将其对农作物的影响降到最低，这个方法也同样适用其他农作物。

"人们食用的健康的果子，来自健康的树，健康的树来自健康的土壤，而健康的土壤来自健康的人"。有着党员身份的父亲，认为不仅群众、阶级、政党、领袖是环环相扣、不可分裂的，对于桃树的管理，也当如此。

家中的桃园，被父亲打理得井井有条。桃树贪婪地吮吸着土壤中的肥沃营养，伸展出健康美丽的枝条，养育出健康的桃果。桃果随各地收购商的大车，前往全国各地超市，进入千家万户，成为人们果盘里的美味之一。

二

父亲过硬的专业技术小有名气，除管理自家桃林以外，十里八乡的乡民朋友遇到困难也会向他请教。离得近的，前去田里"望闻问切"；离得远的，电话"开方子"直至问题解决。当然，都是义务指导，分文不取。

"书上的知识，不一定适用于本地的桃树种植和病虫防害。各地物候期不同，管理和防治方法也不同，必须因时因地制宜"。父亲的一位老同学，家在外地，有段时间他田间的桃树出现大量黄叶，开花结果一切正常，但果实个头小、口感差，卖相更是不佳。桃树生病了。

老同学四处"求方问药"，也咨询过本地农业技术指导站的专业人员。三四年后，问题仍未得到解决，其间家庭收入受此影响也大幅减少。一筹莫展之际，老同学打电话向父亲请教。说明来龙去脉后，父亲诊断病因是"黄叶病"——营养缺失、细菌侵入，导致树木根系吸收能力减弱，叶片中叶绿素含量迅速下降，光合作用减弱，进而影响到果实的成长。

对此，父亲配以独家研制的"偏方"，不必花钱、更不复杂——在病树根部，撒上草木灰，保证两年内根治。草木灰，本身是一种优质高钾肥，经与土壤、水产生生物反应，可有效提高土壤含钾量，且具有杀菌作用。两年后，黄叶彻底转绿，果实品相、口感俱佳，老同学的桃果收入回归正常水平。此后每每电话、见面，必对父亲一再道谢。

"用不花钱的土方子也能根治疑难杂症。我敢打包票能在两年内根治，是源于自己在长期实践中总结出的理论方法。"父亲脸部瘦削，额间沟壑长且深，如同田间道道分明的田垄，与同龄人相比，老态十足，一双睿智的眼睛却光亮非常。父亲没有农业专家的虚名，但在周边乡亲的心中，在桃树管理方面，父亲就是专家。

生态园，是近年来人们休闲娱乐的好去处，既可漫步赏景，也可采摘果蔬。市里在建设生态园的过程中，栽种了桃树、杏树、苹果树等多种本地特色水果，在聘任园林管理者时，相关人员也联系了父亲。但父亲放心不下家中的一棵棵"小宝"，再三思虑后，并未前去。

三

在通过网络了解各类信息的时代，父亲也不甘落伍——手机搜索"油桃的最新品种""桃树资讯"……随时掌握农业领域前沿资讯。

面对滚滚资讯潮涌，父亲取以精华收入囊中，并应用于实践。作为村中敢于"试新"的第一人，父亲隔三岔五前往外地采购新品种的枝条，先后为家中桃树嫁接过曙光、四八、世纪之星、金雷等油桃品种。"曙光油桃，外观美若红宝石，属早熟品种，5月下旬上市；四八油桃，个头大、口感好、硬度高，属中早熟品种，6月中上旬上市；世纪之星油桃，口感好、甜度大，含糖量最高达22％，属早熟品种，6月初上市；金雷油桃，含糖量在10％以上，属早熟品种，5月中下旬上市。"提起近年来嫁接的桃果品种，父亲用词专业，如数家珍。

幸运的是，父亲的每次"试新"都成功了。桃子成熟时节，各地收购商争相预定，乡亲们也观摩学习，效仿嫁接。

记忆中，在收购场所，各家各户的车排起长队，这家收罢下家登场。每每百无聊赖之际，老少爷们儿聚集一堆，闲话家常。许多次，村民喊一嗓子"咱们农业专家讲讲课吧"，父亲便应邀开讲。大家自发地围成半圆，一双双淳朴的眼睛聚焦在父亲身上，数个黝黑的脑袋上下点头，掌声参差不齐、此消彼长。"献丑了，乡亲们莫见笑。"父亲双手抱拳，咧嘴大笑，黄色牙齿肆意裸露，不好意思地拨弄一头乱发……

2019年，父亲作为夏县贫困村创业致富带头人之一，随相关县领导参加"山西省第十三期贫困村创业致富带头人种植示范培训班"，参加专家课堂，学习农业理论知识、聆听实践故事分享。回村后，他吸收培训所学，与村民交流心得，将"知识"精华洒向田野大地。

近几年，抖音成为网民分享时事、趣闻、传统文化的一大热门平台。意料之中，父亲成为"抖友"大军的一员，玩起新花样。四川、广西、贵州、辽宁……各个省份的网友进入他的直播间，"大家好，我是一名普普通通的农民，欢迎大家来到我的直播间，一起学习和分享农业知识，取长补短，共同进步"，父亲说起拗口的普通话，与全国网友线上对话，交流各类果蔬种植、修剪、防治病害等话题。

在那片热爱的黄土地上，父亲兢兢业业，挥汗洒泪，辛勤耕耘。在互联网的广袤平台上，父亲口若悬河，畅谈实践经验与理论积累。天高海阔，他如同一只自由的鸟，振翅驰骋万里。

父亲虽不是拼搏在一线的工人，也不是满载荣誉的劳动模范，但将一件平凡的小事做到极致，又何尝不是一种不平凡呢。他长年以来身体力行，为热爱倾注全部的精神，也在无形中给了我力量，指引我前行的道路。

在福州成家立业后，我鲜少再亲眼看到家乡盛放的桃花。每年3月，父亲会将满园春景拍下，给手机这头的我过眼瘾。五六月份，桃子成熟，几箱鲜果随着物流，被发往福州，来到我的果盘中……

横陂龙江　泽佑玉融

林　英

　　早就听说天宝陂被列为世界灌溉遗产，它是闽中地区现存最古老的水利工程，也是中国现存最古老的拒咸蓄淡水利工程。它位于龙江中游，地点离我家不算远，于是，一个深秋的傍晚，我和儿子决定顺五马山下，沿天宝路方向，徒步探寻天宝陂踪迹。

　　行至拐角处，见一座亭子名曰"郎简亭"，独立于道路右侧，四面开阔旷达，只占偏隅之地，却能把龙江胜景尽收眼底。莫非这亭子是宋代知县郎简自己修建的？抑或是后人为了纪念他而建造的？直觉告诉我，这里应该离天宝陂不远。正好有一位外表甚是儒雅的长者，在亭中临风而立，我上前询问，原来天宝陂就在亭下不远处。

　　顺着亭边，拾阶而下，向前走几步，便见一块大石，上书"世界灌溉工程天宝陂"，家乡的水利工程被冠以"世界"二字，我忽然觉得有一种强烈的自豪感袭来，越发想要一睹它的真容，感受它的前世今生！

　　陂南边也有一块巨石，石壁上雕刻的人物栩栩如生，再现了古代官员组织百姓修筑天宝陂的真实场景。龙江脉自永福，绵延百余里，而在古代，它并非一直都是以琼甘玉露滋润着玉融大地，那时的龙江，旱时赤地炎炎，涝时一片汪洋，遇上暴雨洪灾，龙江就会水患成灾，百姓苦不堪言，以至于福清地旷人稀。于是唐朝天宝年间，长乐郡

（福州）刺史高璠带领百姓，竹笼拦水，筑木成桩，采山石围堰，砌高陂横江，横截引流分水，历时数载乃成。然而以当时的人力资源以及修筑水平，天宝陂或可挡一时的暴雨倾盆，山洪侵袭，但经年累月，终究还是抵抗不住恐怖的自然灾害。后来宋代知县郎简、崔宗臣、庄柔正，明按察司陈灏、知县欧阳劲、王命卿，清代知县石铭倡……以及近代的一些官员们，他们率领民众，历尽无数艰难险阻，不断吸取经验，不断制定新的方案，用坚强的血肉之躯，终于筑起了福清人民自己的拦江大坝！这座大坝凝聚了福清历代治水者们的聪明才智，形成了独特的建筑艺术，具有丰富的文化内涵和审美意蕴。由于其始建于福清置县 43 年后的唐天宝年间，故命名为"天宝陂"。

踏着石板路，走过石壁，真正的天宝陂赫然出现眼前。几场秋雨过后，天宝陂的上游水位偏高，一汪清澈的陂水如长轴画卷般铺设在眼前，声势浩浩地向远方延伸而去。江水是柔软的，微风习习，漾起波纹道道，如丝绸上的褶皱，光滑得让人想要用手去抚摩一把，让人不禁陶醉在这不经粉饰的质朴圣洁中。在下游，依稀可见裸露的河床，虽不是很清晰，但仍能看到那如巨龙一般盘卧着的堤坝，一道一道，雄浑坚固。环形的堤坝默默守护着这座城市的安宁。"坝在水下，人在景中"，波光粼粼的江水和古老的石堤相映成趣，一片岁月静好的景象！而今，这天宝陂漫水时是叠瀑景观，枯水时是亲水乐园，置身于此，你很难想象当时的大坝建设者是怎样的默默无闻，一凿一凿把不屈不挠的精神镌刻进史册的长卷里……

抬眼望去，几只白鹭成群结队，踏着绿波，惬意地游弋，不经意间划过如镜的水面，而后又展翅飞翔，在天空中留下了动人的轨迹。我看得出神，想起了前几天看到的一个关于天宝陂的凄美传说。从前，五马山下住着一个叫张天邈的老实单身男子，在天宝陂洗脚的时候带回了一只田螺，田螺在张天邈出门劳作的时候帮他做饭。被发现后，她告诉张天邈，她叫何宝妹，原是天庭荷花池的一只田螺，由于贪玩受到惩罚，掉入天宝陂，想造福这里的百姓。张天邈知道实情后对她十分敬佩，此后，在张天邈的要求下，他们在一起幸福地生活了三年，三年后张天邈信守承诺将何宝妹送回天宝陂，自己也纵身跳入潭中。如牛郎和织女的爱情故事里有喜鹊搭桥的桥段，张天邈和何宝妹的故事里必定也少不了那鸟儿的点睛之笔。据说当张天邈以身殉情时，就有几只白鹭从潭中飞出，在天空盘旋，久久不愿离去。多么感人的故事啊！何宝妹用自己的身躯守护着天宝陂，保一方风调雨顺，张天邈也用付出和相守诠释着爱情最动人的模样！而那之后，每当久旱欲雨或是久雨将晴，天宝陂的湖面上总有白鹭的身影。白鹭自古就是纯洁和幸福的象征，如果田螺姑娘和张天邈的故事真的存在，这陂上的白鹭是否预示着在深潭里的他们获得了永恒的幸福？

虽然这只是个美丽的传说，但这传说寓意着福清人民对幸福生活的追求从古至今不曾改变。一道龙江如勇毅奋进的玉融儿女，千百年来奔涌不息；一条天宝陂如历史的刀笔，见证着福清发展的跌宕起伏。有了龙江水才让这片土地有了生生不息的动力，而天宝陂这项水利工程便成了人们安居乐业的保障。自唐代而来，一渠清水，润泽了整个玉融大地，护佑福清人民不再饱受旱涝侵袭的苦楚。现如今，天宝陂依然灌溉着当地1.9万亩耕地，每一滴水都诠释着惠泽之深，更承载着贡献之巨，成为造福民生的动力之源。问渠那得清如许？天宝陂可以说是福清历史上那些励精图治、不懈奋斗的治水者们所铸造的丰碑！临水而居，择水而憩，如今我们得享这份盛世的安宁，真应该感谢他们的默默付出，更要珍惜这来之不易的滴水之恩！

天宝陂的申遗成功，使它成为福清一张闪亮的名片，福清人民也将传承古人的治水理念和精神，不断推进龙江水域工程的改造。一张蓝图绘到底，共护龙江母亲河！古老的天宝陂，正在开启新的壮美篇章！

散文

古今同辉晋安城

缪淑秀

"晋，进也。日出，万物进""安，静也"，《说文解字》云。

"晋安"，作为闽地行政区域名称，一个是福州历史上最早设置的州郡，一个是在"3820"战略工程规划中诞生的区县，相隔 1700 多年，却承载着一样的美好祝福，一样的如日东升的万千气象。

晋太康三年（282），随着闽地人口的增长和经济发展，晋武帝司马炎析出建安郡东南部增立新郡，并冠以国号，谓之"晋安郡"。

福州地区最早的郡是秦始皇在福建、浙南设立的闽中郡，但未派置官员，形同虚设。汉武帝之后，福州、福建长期属于会稽郡管辖，行政中心（郡治）在江浙。到三国时期，福建才从会稽郡分出来，设立建安郡，行政中心设在闽北。晋安郡是福州地区独立设郡的开始，也进一步奠定了福州作为福建的政治、文化中心地位。

晋安郡下置原丰、侯官、罗江、宛平、温麻等 8 县，郡治设于侯官，即今福州主城区西部，原丰则为今福州主城区东部，大部分区域属今晋安辖区。晋安郡首任太守严高修筑子城，开凿东西二湖，定下了后世福州城的雏形，而"晋安"这个称谓大约沿用了 300 年。晋永嘉元年（307），晋元帝司马睿渡江，建都建邺（今江苏南京），建立东晋。中原士族相随南迁，史称"衣冠南渡"，永嘉二年（308）起，大规模南迁入闽。此后千百年间，中原人口陆续南迁，他们所带来

散 文

205 的中原文化使远离中国政治、经济、文化中心的福州逐渐形成了以中原文化为主体，在闽越文化和海洋文化的基础上，融汇西方文化等多种文化元素的闽都文化。

到宋代，福州科第成就跃居全国领先地位，成为"儒学最盛之地"，被誉为"海滨邹鲁"，先后出过 26 位文状元，仅次于苏州府，位列全国第 2，进士数量逾 3200 名，居全国第 4，仅次于苏州、杭州、常州。"甲第朱门长乐郡，管弦灯火晋安城。"明代文学家徐火勃曾在诗词中以郡城之名展现福州的经济、文化、教育之繁荣。福州名宦林材在《明万历考订重刊〈三山志〉序》中记载："闽自晋太康始置郡，迄今且越千年，沧海桑田不啻三变矣。""闽为东南大藩，而晋安襟带列郡。"之后，虽几经更名，闽人仍习惯以"晋安"指代福州。唐代马戴《送李侍御福建从事》诗中即有"晋安来越国"之句，宋《三山志》也有"晋安人"的说法。

明初，福州形成了以林鸿为首的"闽中十才子"，追慕盛唐诗风，被称为"闽中诗派"或"晋安诗派"。之后，以邓原岳、谢肇淛、曹学佺等为核心的福州诗人仍坚守唐音，自成"晋安一派"，与历下、竟陵鼎足而立。仅诗歌总集《晋安风雅》就收录了明初至万历年间 264 位福州诗人的 1424 首诗作，展现了当时闽诗之盛。

直到清代，人们仍将晋安作为福州代名词，如楹联学开山鼻祖梁章钜曾被称为"晋安先生"。

千百年来，一个被珍爱的郡名，带着人们对家园的挚爱和对美好生活的向往，延续着一座城市源远流长的文脉。

"晋安"作为福州城区之一，则成立于 1996 年，由 20 世纪 50 年代所设置的"郊区"调整并更名而来。所谓"郊区"即由环抱福州城区的城门、盖山、建新、仓山、螺洲、琅岐、亭江等 16 个乡镇组成，总面积约 926 平方公里，经济总量低，交通条件差，基础设施建设严重滞后，甚至 70％以上居民皆为农业人口。

1992 年，为适应经济和社会发展的新形势，福州市编制了《福州市 20 年经济社会发展战略设想》（即"3820"战略工程），提出了建设现代化国际城市的目标和城乡一体化发展理念。

根据现代化国际城市建设的要求，郊区除山区海岛以外都要向城市化方向发展，这是建设大福州对郊区的必然要求。福州城在旧城改造之后的重点是向外拓展，而福州城的扩大首先是郊区的城市化。

如何加快城市化步伐，使郊区得以"金蝉脱壳"？福州市先后组织人员 100 多次深入郊区视察调研，推动郊区行政区划调整和新区定名工作。市委主要领导亲自挂钩联系岭头乡，推动寿山石文化发展，为北峰山区发展指明方向。

1995 年 10 月，市委市政府制定出台了福州市辖区行政区划调整方案，将"福州市郊区"更名为"福州市晋安区"，辖 3 个街道、4 个镇、4 个乡，总面积 552 平方公里。1996 年 1 月 1 日，晋安区正式挂牌成立。"晋安"，一个沿袭了闽都文脉的新区如旭日般在晋安河畔冉冉升起。

近 30 年来，晋安区秉承"3820"战略工程的思想精神，应势而生，勇立潮头，砥砺奋进，秉持城乡一体化的发展理念，锚定建设新城区、开发大山区的发展方向，缔造了一场从郊区到现代都市核心区的美丽蝶变。

对历史最好的继承就是创造新的历史，对人类文明最大的尊敬就是创造人类文明新形态。在"3820"战略工程思想的引领下，晋安区的经济社会发展、城乡面貌发生了翻天覆地的变化，真正进入了"管弦灯火晋安城"的古今同辉新时代。

《说文解字》又解："晋"乃前进、向上；"安"乃静好、舒适、稳定。故此，晋是福，安是福，晋安是福。

千年底蕴，世纪新城，在新时代的征程中感恩奋进，不枉"晋安"之名，不负殷殷嘱托。

诗
歌

再见了，未名湖（外一首）

陆开锦

这是最后一次了，未名湖。
明天我就要离开，
此刻，我站在你的面前，
向你敞开我的心扉，吐露我的情怀。

四年来，多少个白天和夜晚，
我走在湖边的小径，坐在你的身旁。
我在这里呼吸到比其他地方更浓郁的氧气，
在这里学习、思索、失恋、成长。

呵，你这傲然挺立的博雅塔呀，
你可曾记得，我第一次来到你的脚下，
这多少学子梦寐以求的圣地，
带着对新生活的憧憬，
写下了我人生的第一首诗，
虽然稚嫩，却如此豪迈。

你这无帆无桨的石船啊，

你可曾记得，那一年秋季，
燕园掀起了一场民主竞选的浪潮，
面对五光十色、包罗万象的观点，
我睁着眼睛、打开脑洞，
在这里接受、怀疑、比较、困惑。
仿佛一阵突如其来的暴雨，
把我浇了个全身通透。

你这仿佛跃起却又浑然不动的翻尾鱼呀，
你可曾记得，那个 3·20 之夜，
男排获胜，我们热血沸腾，
举火把而狂欢，出校门而游行，
"团结起来，振兴中华"的口号在夜空震响，
被注释为一个时代的主旋律。

是的，你们一定都记得，
我更不会忘记，
在这片充满魅力的神奇土地上，
民主与科学的精神，独立和自由的思想，
早已超越了时间与空间，
化作了一群人的血液基因，
又像是一粒火种，点燃了我们躁动不安的灵魂。

是的，你们一定都记得，
我更不会忘记，
季节轮回、斗转星移，
在一个古老民族觉醒、复兴的路上，

我们没有缺席，我们用激情、眼泪和欢笑，
掀起了一阵阵的巨浪，
而我是融于其中的小小一滴。

是的，你们一定都记得，
我更不会忘记，
在我忧愁伤感的时候，
这里明澈的水，自由的风，
春天的绿，秋天的黄，
都给我慰藉，给我力量，
托举年轻的生命去向更远处翱翔。

是的，你们一定都记得，
我更不会忘记，
酷热的夏季，这里给了我清凉，
严寒的冬日，这里给了我温暖，
我在这里挣破了内心陈旧的衣裳，
收获了诗歌，接纳了阳光，
孕育成熟一个春天的梦想。

是的，你们一定都记得，
我更不会忘记，
从学者专家到各国政要，
从诺贝尔奖获得者到文学大咖，
还有体育健儿，娱乐明星，
他们在这里传授知识、碰撞思想，
引导我思考人生、宇宙和历史的方向。

诗
歌

是的，你们一定都记得，

我更不会忘记，

我亲爱的同学们，

在课堂，在宿舍，在湖滨，在餐桌，

一会儿存在主义，一会儿实用主义，

一会儿精神分析，一会儿超人哲学，

更有马克思对未来社会的设想，

无休止的争论，天马行空的玄想，

这是多么令人着迷的精神盛宴。

是的，你们一定都记得，

我更不会忘记，

学海社文理社五四文学社，

武术协会羽毛球协会电影爱好者协会，

你方唱罢我登场，

如涓涓细流从未名湖流出，

流向一片片鸿蒙未开的旷野，

浇灌出充满希望的绿洲。

是的，你们一定都记得，

我更不会忘记，

学一食堂的玉米粥和学五食堂的饺子，

楼道水房里嘹亮的歌声，

三角地铺天盖地的广告，

还有未名湖上滑冰时摔倒的笑声，

所有这些，都已深深地刻在了我心里。

这是最后一次了，未名湖。

今夜，我来向你告别，

向我的大学生活告别。

四年来你赋能于我的，

都已化作了我体内的盐巴、肌肉和骨骼。

相信吧，无论前方等待我的是什么，

你都指引着我，

以梦为马，不负韶华。

大 师 影 像
—— 为寿山石雕中国工艺美术大师传世珍品展而作

多少个黎明和黄昏

你静守孤寂，与石头对晤

凝视其上的色彩光影

沉思其内的纹丝起伏

而后以刀为笔

用情感和智慧，照见

一个个生命的诞生

当胸中垒石如山

你心有惊雷，而面若平湖

任时光静流

从无生命中创造出生命

那些刻在石头上的金玉良言

有时动若脱兔，鲜艳如初
有时又如祠堂中古老的图腾
难以诉说

一个有关石头的传说
在大师们的刀笔之下
被注解为一个时代的大词
匠心独运，艺海流芳

忍不住爱上淅川（外一首）

林秀美

一

如果把记忆展开

那时的丹江口，那时的渠首

那时淅川的村庄和人群

像是一块块崭新的词

有盘旋而上的梦

有咆哮而下的淅川水

丹江水边　青草的影子闪烁不定

谁在感叹着无言的力量

都落在了范蠡的额头

这个春天　秦岭吹来的风

持续到今天

吹过狭长的山谷

吹皱一汪丹江水　芳草起伏

香花小辣椒热情的喧嚣

正涌向遥远的天际

二

阳光暗红，一点一点地沉默　漫过山野

红石榴一个一个排列整齐

在黄昏静立

我们这一行诗人，或站

或坐

走走停停，有些人似曾相识

有些人一见如故

在这，天空、湖水、大雁

一些知名和不知名的草木

和我们一样正在成为知己

丹江水里潜藏着被遗忘的抒情

一些来自远方的人

曾在水中倾听河流的脉动

真实和虚构的故事倒伏于江水的缝隙

湖面的寂静

欲言又止的悲伤和欢乐

从未被打断

那么多善意的抚摩

仿佛爱在汇集　用来完成这个季节的挽留

三

现在　我和你在丹江口　爱湖水
爱轻晃的荷叶
爱天空　爱淅川的生动
比微尘更轻

听，1573

一

时光的风流经泸州
春天再一次放慢了脚步
山岚再一次集中了深绿
每一抹心事都是炽热的
就像那满街的酒香
此起彼伏

行走在时光的缝隙里
400多年的1573
不仅是数字　不仅是酒香
甚至不仅是泸州老窖
1573　是音乐是速度是时光更是一种姿态
在那个叫作泸州的地方
被风吹得沙沙作响

从明朝出发途经清朝一路走来

忍住沉默　　铸造喧嚣

在这无限纵深的光阴中

落满鸟鸣和云朵

二

北纬 28 度的高粱

泛着神性的微光

镌刻一种草本植物的细腻纹理

沿着它的生长　　一路探寻

酒窖和酒曲在北纬 28 度里

聆听和拥抱彼此的温度

一个又一个的窖池

成片簇拥　　彼此温暖

一丝弹拨辽阔的夜色　　倾其所有

日月星辰　　雾雨风电　　时光掘下的深渊

都由 1573 承载

所有场景都在酿造故事

多少年来　　潜滋暗长

那条河流的源头啊沱江的额头

400 多年的阳光同时叫醒泸州　　星辰

1573　　横跨大地

时光之枪贯穿谁的心脏

时光之风吹迷谁的悲伤

三

听　1573　披一身草籽的清香
自谁的唇齿入口
在谁的体内澎湃
打通世界的任督二脉游走于十二经络
听　1573　在谁的世界奔放
共赴铺天盖地的金黄
从此　谁的内心
拥有无边的辽阔与浩瀚

北纬 28 度里的 1573
沱江水渗出的 1573
这浓香里的 1573
有一见钟情的默契与神往
有咬牙切齿的爱恨与情愁
有肝胆交照的决断与坚定
有相视一笑的淡定与坦然

那些 1573 的香气
从南方飘向北方
从我们身边吹过去
从他们身边吹过来
把我吹成你的模样
把你吹成他的模样
瞬间而逝的时光啊

我们都需要一缕摄魂掠心的酒香
就像这杯中的　　　1573

人生啊　喜　不过一口 1573
痛　也不过一口 1573

闽江源（外二首）

林　芝

从这里出去，便是云海、山脊
森林郁郁葱葱，一望无际
我们徒步，去往花果山和伊甸园
在柴火的轻烟中，沏茶、蜡染、研墨
桃花开过，芙蓉出水
然后，漫天的银杏叶金灿灿地落在秋天
每天傍晚，侧身溜索的天使隔江而来
捎来书信和微风

八闽第一峰

是什么力量，将这块巨石推举到天空
树木、高楼，人潮涌动的城镇
混沌虚无的生活，光鲜亮丽的昨天
以及振翅翱翔的鸟，都矮了下去
千仞之下，万物渺小

隐约可见沿着步道攀登的人

停在山坳间仰望
再拖起疲惫的身躯，咬牙向前

不断有人抵达这里
看到白云，和横贯在瀑布上的七色彩虹
出于坚持、喜悦、成长和感激
他们把双手伸向空中

风徐徐地吹来
吹拂我们的胸腔，带来无限的安宁
那个镶嵌在丹霞间的蓝色湖泊
那个在天际线上缓缓沉降的红色星球
还有退潮般各自归去的彩色的人们
此刻都闪着熹微的光芒

悬崖陡峭，满目苍翠
天地之间，你不由得虚怀若谷

路 过 大 田

等我一下
等我把红军的故事听完
那一年，军号声响起
一杆红旗，逆流而上，直插云霄

秋色又一次染上山坡
鸟儿贴着水面滑翔

均溪的九月，小船过后，波光粼粼

万物正呈现着暖暖的色调
即使在夜里
橘色的灯火也漫天飘散，昂首即是

这片土地，蕴藏着煤炭、黄铜和钢铁
它所有的时光都是热血的
就像当年红军写在土墙上的理想和誓言
至今犹存，清晰可见

路过大田
有一群身着白色衣裳的少年
他们的手中，都捧着一幅彩绘

端午，在平潭看海（外一首）

何　刚

五月初五的海边尤其宁静
有鸥鸟低翔，缓慢掠过
不打扰我在龙凤头海滩一隅
出神，想以往的事，想某个人

海浪很绅士地漫过来
轻轻抚摩着礁石
平潭的海浪就是这么善解人意
如同很多年前的样子，一点都没变
浪花也理解我
一位出走多年的男子的心情

远离龙舟喧哗的端午
我在平潭看海，对冒昧的雨滴
选择了原谅和理解
踩着脚下柔软的金沙前行
在这里，与整个世界握手言和
我默不作声的时间里

只有海，不计前嫌，像亲人那样
依然深情地拥我入怀

一片叶子

一片叶子掉在村口的河上
竟然都没有人觉察到
这片几近枯萎的梧桐叶
巴掌形状，颜色已黄得令人心慌
无助地漂浮，旋转

这就是秋天的一面旗帜
从我的眼前漂移而过
渐渐地，即将在我视野里模糊
连水流都屏住呼吸

我等着这一刻，雨水来临
将我淋湿得十分彻底
雨水，一定也滴落在我见过的
梧桐叶上。沾染了些许秋意
可能有人轻唤我几声吧
或许，是我产生幻觉
我侧耳倾听着，流水缓缓流去
直至那片叶子消失无踪

经常在梦中路过故乡（组诗）

叶发永

灶台前的母亲

母亲总是围着灶台转
扎着青色的围裙，守着瘦瘦的岁月

母亲早醒
用力咳出几截尘灰，天才放亮
炊烟轻摇，曙色朦胧
带出一片鸡鸣犬吠之声

锅碗瓢盆是一群等待喂养的孩子
一大早就叮当作响
照看着碗里，揪心着锅里
上顿与下顿是每一天都要解答的难题
母亲操心
母亲的身子不是空空落落
就是烟火弥漫

生活艰难，日子温馨
土灶干净，屋子暖和
土灶养大的孩子心中都藏着一间木屋
无论走了多远
都想着回家

回过头，我泪光盈盈
看见岁月深处
一直坐着一尊菩萨

书 生 父 亲

一个前世的读书人
流落今生
成了农民
成了我的父亲

几本发黄的竖排古书
用红布包了又包
像隔世的魂
总是担心丢失
隔几天，就要拿出来相认一回

穷乡僻壤的岛上
四面汪洋
父亲是一叶孤舟

白天荷锄耕地，晚上就载着满天星光
回到前朝
指点江山，品说历史风云
这时，小屋安静，灯火可亲
一个农民的孩子足不出户
看见了大海，摸到了高山

后来，这个孩子成了书生
他把父亲的离去理解成
尘缘已了
回到前世
重新进京赶考

在故乡，我留有一间空空的屋子

在万家灯火中，假装我就是其中的一盏
假装我还有故园一角
假装叶落了
还可以握住一片温情
一间空空的屋子，没有烟火的屋子
就像一个找不到家的孩子
张开口，在暗夜里喊

街道整洁，房屋新鲜
能敲开谁的门
能向谁举手致意
故乡，故乡，已认不清我的模样

青山依旧

但草木一年比一年茂盛

林木葱茏处，是不是也有瓦房几间

炊烟几缕

轻声叩问，会不会响起

乡音几声

没了爹娘，故乡就成了回不去的地方

记忆涨潮

我就站在梦的边缘，看着自己

一次次路过故乡

一间空屋子是我蜕下来的躯壳

替我守在家乡

忍住了声响，但没忍住忧伤

连江人民广场（外一首）

东楠君

我走在四季流转的光中
邂逅飞鸟、音乐和喷水池
三三两两晾晒阳光的人们
在这里放逐散淡的时间
从四月延伸出来的风筝，描画着
孩子们的笑脸，爬上了蔚蓝的天空

风一再代替我的手
总想捉住你一天的小心情
春天让孩子们耽于游戏
又是一个展示好天气的日子
广场中央响起领诵者嘹亮的嗓音

晨曦崭露峥嵘。一个关乎民生的议题
引来一串热烈而明媚的聚焦
曾经，一场雨的降临
要经历多少泥泞的寒秋
你以蒙太奇式的手法，记取那么多

艰苦卓绝甘苦与共的耕耘的夜晚

而今你通过一条光明的长廊
在视野里的开阔地，与更多的季节
携手同行。还有歌声与舞蹈
一起跃上了无限宽广的平台

生　活　着

生活的起点从最简单的锅碗瓢盆开始
时间的上下限其实就是早晨与黄昏
有一个女人在你的身旁忙活着
还有一个孩子正围绕着玩耍
也许这就够了

当然可以放一点必要的调味品
那就是生活中少不了的诗意
如果还缺少点什么
那就选择下午时光
静静地拧开音乐的开关
旁边最好氤氲着咖啡或者茶的香气
盛放这些物件的底盘倒不一定要
最好的。活着这就够了

如果心中还惦记着远方
你可以再来一次
说走就走的旅行

它算是对你日夜萦绕的三尺斗室
最惬意的延伸

有时你还是会忘记来时的道路
或者找不到明天的方向
那就建议放下你的身心
在尘嚣之外忘乎所以地冥想
有人管它叫作禅。重要的不是概念
不去预设存在的方式
才能回到生活的原点

在人间（外一首）

郑秀杰

这个春天很热闹

遍地的桃花开得一塌糊涂

仿佛出嫁女掩饰不住内心的慌乱

在春风浩荡的看台上

以粉红的戏装拜别爹娘

一些梨花凋零得不成样子

和村庄里一些刚刚死去的老人

逐渐扭曲变形　　入土为安

在黑夜里说着一些谁也无法翻译的悄悄话

阳光下　　樱花闪烁斑斓

好像在刻意回避着什么不可告人的过往

一如我这个返乡客

每次尴尬地蹲在村口

老是怀疑自己打扰了谁家燕雀的安宁

侵占了谁家祖上的地盘

湖边的柳树还是那样瘦弱

承受不了几只飞鸟的停歇
卸下的几枝嫩条
砸死了几只偶尔路过的蚂蚁
此刻　我和几块刚刚醒来的石头都缄默不语

爱在人间　一切无常
那条时常入梦的溪流
我还是无法忽视它的喜怒哀乐

我们以这样的方式相见

你翻山越岭来见我
不为别的
就想看看南方黑土地上十八年来的滋长
以及我对你如约而至的态度
是那样欣喜若狂　无所适从
以致感觉不到刀锋的光芒

不想你在我的手掌上那样脆弱地融化
花红柳绿的江南
你恣意挥洒
一夜之间
覆盖着一朵朵硕大的梅花

天空不空
当你寂寞退场
我则在老家的庭院上

急不可待地雕塑一尊白色天使
纪念阳光下我们以这样的方式相见
迎接四面八方的喜悦
春天清澈
万物生长

喜欢（外一首）

刘久兴

我喜欢奇台的白云
常仰望天空
看它飘动
它是那么纯净那么纯真
那么纯粹
仿佛那是我的灵魂天马行空驰骋万里

我喜欢奇台的暮色
援疆楼的海棠树
压枝头的海棠果是那么粉嫩
传递的是初生婴儿的肤色
总有一个围墙在守护
墙外，一座座楼房正在崛起

我喜欢奇台江布拉克机场首航的阵阵驼铃声
那么远，又那么近
我喜欢宽沟的潺潺流水、袅袅炊烟，燕燕店的黄面烤肉
那么甜，又那么香

我喜欢金奇台赶路人的铮铮号角

那又是一段激情燃烧的岁月

我知道，记忆的重影正在修补我

那么真，又那么美

昼　与　夜

在市委党校的一隅

久久伫立在王荷波烈士的塑像前

他的脸斑斑驳驳

饱经沧桑

他的眼眶蓄满泪水

忧国忧民

他目光如炬

仿佛蕴藏着无穷的力量

穿透岁月的风霜

穿越历史的长河

直抵人心深处

在市委党校的一隅

久久伫立在这位福州先贤早期工人运动的"品重柱石"前

坚定的信念感

穿透石头扑面而来

透出的是为劳苦大众谋幸福的初心

这初心　坚如磐石

向他鞠躬

向信仰鞠躬

不管昼和夜

不论风和雨

（作者为福州第五批援疆分指挥长，为今年 8 月回新疆奇台重走援疆路而作）

遇见连江鱼丸（外二首）

陈义明

其实，海与岸的一个转身
就遇见在青春年少的马祖澳头
我本打鱼郎，你为渔家女
无数次潮起潮落的海连江
爱缘起熬水，伴君百年江头又江尾

奶奶说起小丸子传奇的爱情故事
不必翘首，小巷口如约来过
手捧古老宋窑瓷碗，叮当响亮
流香的家藏手艺还有传世良方
嫁过来吧，我的黄岐港湾由你担当

牵手了三生三世的郎情妾意
而今笑迎八方来客，从魁龙坊出发
覆釜禅院的钟声依旧祈祷安平
就像那圆圆溜溜融入无数乡愁一般
此生，最思念牵挂的依旧是你

家　　谱

家谱密密麻麻
父亲识字不多，却模样十足
据说序里记载很多警言

多年后，我遍览群谱
总找不见父亲常说的谱上有家训
——你只管善良，上天自有安排

后来啊，长大的儿子读出
——举头三尺有神明
我的老祖宗哇，果然高深莫测

小　　暑

今日小暑
爷爷说过小暑要进补
书上也说好了
这天，蟋蟀也要居宇

乡下祖屋空室已久
请来依傍我吧，朋友
蟋蟀们还是从前模样
等我的爷爷却没坐在檐下

如歌的数（外一首）

林丹萍

太阳花属于昨天和昨天的回忆
岁月剥落窗架的轻纱，空气在流通中隔离
草木形象，乐曲合唱糊在心上
没有哪种日子像旧日子一样
让人轻易地走过，又深刻地回想

石头花属于石头和花
工人移开石头，向下修筑的楼梯
规矩而坚固地旋转，像梦中幽暗的花朵
遵从节令的指挥，行进在土地柔软的迷宫
庞大的根系显现时光的节奏
节奏里山巅的自由

发出落空的声响，流动的手势重新排列
色彩、道德，把石头别在胸前
以太阳为眼的人走了
留下完整的石头、太阳和花
留下一颗繁心、十条纹路、十音符

录音机，时光机，老人机
灰尘拂红箫，书房封闭
磁带封面，废品站展览旧时尚
南音难吟离人的回忆，出海歌给
未见过海未出过海而埋葬在海的人

海结成冰，冷冻的柳叶败下阵
到处都是需求，十六尊白瓷观音
据守十六个桥洞，风饮酢浆草
十六种酸，一种爱，水中菩萨曳影显形
一处人间，两处烟火
朱槿不在枝头在路口
路口是新的枝头，枝头是新的路口
沉重有沉重的力量，轻盈有轻盈的飞翔
咽下荼苦方唱得出荠甘

四 月 序

那根竹竿不会在
深色的夜里璀璨而晃动
摇树枝的虚幻就如镜匣里
三十万的三克钻戒
人群的笑声，凝望
微型山开始发光，下雨
清晨伺机扑灭一场梦
素颜的世欧广场笼在迷雾

竹竿伸向树枝，缩成黑瞳孔
刺中顽固的冰冷，身体里故意的疼

那根竹竿充当风
也多少有点风的形象
甚至是拐杖，摇树枝的人笑得璀璨
倒像没有八字胡的卓别林
从半空摇下雪和鸟鸣
这就又多少没有点风的形象
毕竟清晨的风大多像落叶
被捆进塑料袋，在街角堆成默山
一声不言语的不似夜里
簌簌地撒下盐来

吻旅人的脖颈
迷雾刚散开又被吹到一处
逐渐窄小的十字路口，三怒汉
怒对驾驶座上的莽汉
闪在后视镜里的七彩汗珠
怒喊三声"故意"
太阳从云层的遮蔽里透出光来
谎言随时可能暴露
而真实又那么难
花店门口摆出清明的花
每个人都该提一篮
收获果实的竹竿必定撼过叶子

给守山人（外二首）

万　德

如同情有独钟的树叶

已经飘落一地

祖籍地，像灰色的丛林

归途中的铁剑，深暗色

黑夜的声音，潜在深渊

最高荣耀的建筑

为免遭虫害和风霜的侵袭

仍保持着微弱的光芒

从山下匍匐而来的爪痕

在心灵的草地上，跛着脚

城堡留下的圣谕，已经涂染过暮色

时不时地，回望着守山人

坐在墙边吸烟，此刻我是观摩者

六　月

在多雨季节的丛林里

父亲看见我在多次恍惚
然后请僭越者稍事休憩
然后拍下了这个镜头

走着走着这一刻终于来临
晨光下黑头发都蒙上灰土
湖水天经地义地与溪水混合
我无休止地双手合十祈祷
热浪不远不近站在角角落落

如果不是热情，加倍做每件事
我不可能遇见这些浩荡的组合
我对六月应该有所表示
犹豫了一下，呈现出某时某刻

如同一次次的梦游

俯下身子，准备伸出手掌
他再次把腰弯得很深
靠近了噬食者
他们相互多看了一眼
那些皱褶的细碎
那些尘埃，感觉很委屈

想了想，他又折了回去
似乎现身原野
似乎齐声唱

明显最容易看出他的职业

整个有序的日子他都站着
一阵饱满的蝉鸣后
遮蔽了空寂
反复重叠

一个人的时光（外一首）

沉　香

一个人的时候
一切似乎都慢了下来
掏空所有的倦意
让呼吸自由伸展

隔窗远眺
江水在阳光下微澜
群山始终缄默不语
一只鸟儿落寞地飞着

续一杯茶
在书里翻阅尘世的悲欢
一个人的时光
生命活出了久违的质感

乡间拾趣

这个冬天

不算太冷
清冽的不只是溪水
还有久违的念想

风自山边而来
叶子优雅地飞舞
大地敞开怀抱
接纳所有爱的告白

芦苇荡
和着溪流摇曳生姿
从不过问
石头还有什么梦想

此刻
我只想放空自己
屏住呼吸
用目光赋你深情
恬静和悠远

家乡的明月（外一首）

林德来

那时候，他比我贪玩
挂在桂花树上，荡秋千
躲进池塘，和荷花一起捉迷藏
趁我入睡，他一个人
在稻田间跳格子

滚铁环。是我跟他玩过
最开心的游戏。一个天上
一个地上。我往东
他往西。我们
越滚越起劲，越跑越远
直到消失在晨曦里

至今，只在梦里见过几次
他滚的铁环，还是
那么圆，那么亮

诗
歌

晨跑是一件奢侈品

他从来没有晨跑过
即使有高血压，医生
再三叮嘱。他还是没有

晚饭后，他一躺下就鼾声如雷
天刚麻麻亮，他就扛起锄头出发
这种习惯一直保留
传给了，我的两个哥哥
田间，有他们到死都忙不完的活

每次晨跑，想起他们
我心里总觉得愧疚
晨跑如此简单，在他们看来
却是一件奢侈品

耐 心 的 风

林　霖

在每一个人的膝盖里做窝

也包括那一张

倚墙而立几乎从来就没有

挪动过的八仙桌

它有四条长短不一的腿

必须用被风从屋顶上

刮下来的碎瓦片垫住

才能将一碗带着母亲体温的

水，尽可能地放平

一张呆头呆脑的小板凳

曾经坐过几代人

浑身沾满烟熏火燎的痕渍

以及背对着我们迎风而坐的

母亲一次又一次悄悄抹下的

汗水和泪水

后来面目全非的它

不知道什么时候就失踪了

我们都忽略了它也长着
风一样强劲有力的脚

为了对付无孔不入的风
院子里那一块四平八稳的大青石
只好用厚厚的泥土把腿
埋得严严实实
再大的风也休想拽动它
夏夜幽远的星空下
我们围着它
风一样大大咧咧解开衣扣
有时候肆无忌惮地大声说笑
有时候又一起陷入
莫名的沉默

还有门前那一棵弓着背，在风中
已经站立了上百年的老榕树
去年刚被一场罕见的台风
卸去一只胳膊
依然咬紧牙关挺立着
死死绊住风的脚
而风还是不紧不慢地扭过头来
沿着它的脖子一口一口灌进去
使它始终像一张
越绷越紧的弓

新年辞（外一首）

高娟秀

在人间没有谁活得更容易些
只有处事智慧的差异
像鱼儿就懂得躲藏
寒塘面上冷，水下还流淌着暖流
新年第一缕阳光照进小屋
我搬出所有吉祥词挂在屋檐下
只待春风一吹，山河雪化百花绽放

极 寒 天

大江南北都被雪覆盖
梅花开得很灿烂
花托朝下
似乎俯身对着我耳语
挺过去，春天就来了

诗
歌

福州的春天（外二首）

越青松

题记：又是一年一度的各地文友雅集，平潭文友杨君因丧亲未能赴约，与我们失之交臂。

燕子刚从 4 月的清晨醒来，嘤咛声声犹在
就飞出三坊七巷叶氏故居的屋檐，一顾一翚
在全闽大学堂的低空徘徊。呢喃这个诗意的
春天。春林茂盛春风十里，不如你

春山在望。让梅花开遍
换了李花又桃花。中间偶有
山樱花万绿丛中俏皮地探头探脑
约好一起看星星的日子。从傍晚到黑夜
你却不来。是星星的眼泪在飞吗
让整个大海都哭出了蓝眼泪
也许是你的泪痕湿了我的梦

玉兰花幽怨。屏山的春天是白色的思念
羊蹄甲香艳，台江的夜晚是粉色的感动

有一些事一些人，过去了就过去了
就像一条河，不会重新再流淌过一回
你来不来！我都在这里
而春天，最适合重新出发

福州的春天呀！流淌了
一整条马路的浪漫。凌晨一点的
街头，一树一树的羊蹄甲下起了
粉红的满天花雨。灯火或明或暗

今天，就让我们一起致敬吧

又是一年汶川祭。善忘却成了人之常情
晨醒，迷糊间看朋友圈满屏祝福与喜悦
本不该说些伤情的话。但谁又能说
回望不是为了更好的前行！有力量的前行

回望！只为那些不敢也不能忘却的
母爱坚强瞬间。一幕幕一帧帧
总有弓着身体守护幼小的潸然画面
母亲的脊梁那么柔弱，怎变得如此坚强

死亡不是生命的终点，遗忘才是
都说人死灯灭。灭的又是哪盏灯
或许真有灵魂之灯？真正的死亡
一定是世间再也没有一个人记得你

诗
歌

这些年来，不忍直面记忆却不得不直视困局
虽说人生不如意十有八九，躺下 100 次
总要爬起 101 回！即使看一遍哭一回
总能从悲情中看到温情的力量
请告诉自己！相信相信的力量

今年 5·12，中国第 16 个防灾减灾日
汶川祭，母亲节，护士节。发现了吗
4 个纪念日都指向了：生命
今天，就让我们一起致敬吧

致敬！我们生命中的每一位守护者
愿岁月温柔以待，和她温暖与共

甲辰初夏的日与夜

立夏刚过，5 月的风便将
日子，吹得悠长且无拘无束
午饭后，漫步在梦山北麓的绿荫下
独属于这个夏日的心情，便一同盈满

都说诗酒趁年华。你与我共青春微醉
从闽都首府治山春秋故事里的中山大院
穿过钱塘驰过西湖，在夜色里
又晃荡晃荡进入这片正可人的夏木阴阴

芳菲歇去何须恨，熏风吹皱夏夜的梦

虫鸣幽幽，生活又何必急急忙忙
或许，最美的华侨新村最好的时光
就在今晚。我们焚香围炉又品茗

小轩窗的月光下，爬山虎悄悄探出了头
细嗅墙上古画的书香与陈味，刚诵读
东坡先生的《阮郎归·初夏》，又翻启
那本《大唐秘史》。穿越千年风华与孤独

喜上枝头

黄 红

清晨，一只喜鹊将我唤醒
我给它起了个名字——志愿者
它没有报酬
每天飞到窗外的树枝上
如时钟一样准点
用带有节奏的喳喳声
开启我生命中新的一天

我推开窗
给它一个宠溺的注目礼
再见
我要去我的岗位上
唱响我的青春之歌

银白的枝条
搭配上大片大片的油菜花
在春天的大地上赏心悦目

这是一副真实的自然风景
然而
不是静止的
因为
那银白的枝条
会发光

你看
枝条飞驰向前
穿越满地黄花
隔着山峰
踏着云朵
都能闻到
油菜花清甜的香味
被银色枝条裹挟着迎面扑来

我站在银色的发光枝条里
和你们
尊敬的旅客朋友们
相遇相识

这里
是我的岗位
把每一位尊贵的客人送达目的地
是我每天用青春书写的使命

每小时 300 公里的时速

平稳胜过哈利·波特的飞天扫帚

3米多宽的内部空间

安静舒适如同家中的温馨小屋

一枝独放不是春

百花齐放春满园

看啦

银白色的枝条

遍布华夏大地

如金梭银梭流光溢彩

编织如诗如画的复兴时代

你和我

还有他们

在这山花烂漫时

喜上枝头

为生命画一片树叶

敬守初心

等待奇迹

初夏即事偶拾

潘郁灵

阳光很厚，窗户退去旧疾

光晕奔向人，扑入房间

白色浴衣捱过寒冬，风中起舞

青空明净，湛蓝如洗

便会裸露七年前的细节

我记起，小巷侧身，退去喧嚣

让出深夜时分的寂静、沉滞

送行的脚印，深了三寸

另一个面孔抬高情趣，挤在心里

多么明媚啊

变换无数绚烂，却转瞬即逝

我们的相似互相依存，又彼此消长

我们知道，新春还会降临

成回忆。如旧梦，一再打滑

但每人都可来认领

乡音的诞生

从眼眶，涌起奔腾的潮水

评论

用高尚的灵魂引领和照亮人心

袁勇麟

一

钟兆云早慧，在中学时代就迷恋上诗歌写作，"一天动辄数首，一日不作就手痒心痒。教室的灯灭了，手心还热着，就点起蜡烛挑灯夜战；宿舍的灯关了，还躺在床上就着星光'鬼画符'……少年不识愁滋味，慢慢地一遍遍酝酿时光中的细枝末节，直至内心涌动丰盛而狂热的情感，唯有以诗来表达"。他早年的诗作多抒发"孤独和爱"的少年情怀，如写于 1984 年 2 月 1 日的《寄》：

　　想着给你寄去一瓣桃花
　　又恐到你手里已凋零
　　哪像我的心花常开不败

　　想着给你寄去一枝新叶
　　又恐它会消瘦干枯
　　哪像我的思念丰满悠长

还是寄你一星梨花

它纯洁似雪

你当知我的冰心

　　同年 9 月，钟兆云的散文《校园里的油桐树》在《中学生语文报》正式刊发，此后一发而不可收，四十载笔耕不辍，发表大量文学作品，形式多样，传记文学、报告文学、小说、影视作品、散文、诗歌均有涉及，成就斐然。他的作品曾获"五个一工程"奖、首届中国人民解放军图书奖、首届华侨文学奖、中国传记文学奖、"中国好书"等诸多奖项。

　　自 1993 年与人合作出版《将军与故土》（鹭江出版社 1993 年出版，2014 年修订再版）以来，钟兆云出版各类著作五十余部，计两千万字，包括《边走边唱》（海峡文艺出版社 1995 年）、《百战将星刘亚楼》（解放军文艺出版社 1996 年，2005 年更名《刘亚楼上将》重版）、《山风海涛——福建抗战风云》（福建教育出版社 1996 年）、《寻找毛泽东丢失的女儿》（香港太平洋世纪出版公司 1998 年）、《农民知己邓子恢》（与蓝智合作，福建教育出版社 1998 年）、《开国上将刘亚楼》（福建教育出版社 1998 年）、《项南在福建》（与王盛泽合作，福建人民出版社 1999 年）、《从瓦匠到中将——刘忠传奇》（与苏剑合作，福建人民出版社 2000 年）、《从基督徒到红色"御医"——傅连暲传奇》（与王盛泽合作，福建人民出版社 2001 年，2006 年由中国青年出版社更名《毛泽东信任的医生傅连暲》重版）、《奇人辜鸿铭》（中国青年出版社 2001 年，2008 年更名《辜鸿铭》重版）、《戎马征尘天地间——何廷一将军》（福建人民出版社 2002 年）、《"老货"刘永生》（与苏剑、王盛泽合作，解放军文艺出版社 2002 年）、《国之大殇——台湾御侮报告》（广州出版社 2004 年）、《毛泽东称赞的"好人"——贺敏学传奇》（人民出版社 2004 年）、《辜鸿铭——拖长辫的北大教授》

（中国长安出版社 2005 年）、《落日——闽台抗战纪实》（鹭江出版社 2005 年）、《父子侨领——庄希泉庄炎林庄世纪传奇》（与易向农合作，人民出版社 2007 年）、《叶飞传》（担任副总编，执笔 30 多万字，中央文献出版社 2007 年）、《开国上将刘亚楼与高层人物》（人民出版社 2007 年）、《毛泽东与老革命家的友情》（中国青年出版社 2008 年）、《商道和人道——塚本幸司传》（海峡文艺出版社 2008 年）、《一生求真——江一真传》（与王盛泽合作，中共党史出版社 2008 年）、《赤子之心——江一真传》（与王盛泽合作，香港天地图书出版公司 2008 年）、《邓子恢：农村改革先驱》（与蓝智合作，中国青年出版社 2010 年）、《乡亲们》（与钟巧云合作，作家出版社 2011 年）、《野云飞》（海潮书局 2011 年）、《邻里》（与钟巧云合作，作家出版社 2013 年）、《残墨惊艳乐云间——沈冰山传》（与翁晶晶合作，海风出版社 2014 年）、《父子侨领——庄希泉庄炎林百年传奇》（与易向农合作，山西人民出版社 2014 年）、《流连在岁月的掌心》（海风出版社 2014 年）、《首任空军司令刘亚楼》（山西人民出版社 2014 年）、《刘亚楼故事》（解放军出版社 2014 年）、《项南画传》（与夏蒙合作，人民出版社 2014 年）、《心结》（与林朝晖合作，福建人民出版社 2015 年）、《铁将军叶飞》（与胡兆才合作，山西人民出版社 2015 年）、《我的国籍我的血》（福建人民出版社 2015 年）、《客乡风月》（与钟巧云合作，花城出版社 2016 年）、《辜鸿铭全传：改变崇洋媚外的中国》（中国青年出版社 2016 年）、《天生我材辜鸿铭》（上海远东出版社 2020 年）、《一片初心能对月——农教先驱严家显》（与翁晶晶合作，上海远东出版社 2020 年）、《海的那头是中国》（上海远东出版社、海峡文艺出版社 2021 年）、《谷文昌：只为百姓梦圆》（中国青年出版社 2021 年）、《奔跑的中国草》（人民文学出版社、福建教育出版社 2023 年）、《此岸彼岸的背影》（福建教育出版社 2023 年）、《玩"物"者》（中国方正出版社 2024 年）等。

高尔基说过："文学可以帮助人了解他自己；提高人的信心，激发他追求真理的要求；在灵魂中唤起羞耻、愤怒和英勇，和卑俗作斗争，并想尽办法使人变得高尚有力，使他们能够以神圣的美的精神鼓舞自己的生活。"40 年来，钟兆云以真实而质朴的文字，打开一扇扇通往高尚的灵魂之门，让广大读者从中获取不朽的精神养分。

二

　　钟兆云把执笔传记作品当作自己介入时代、介入社会的一种方式，他指出："传记文学是人类文化史的源头之一，其魅力令人感叹，至今仍光耀着世界文化的天空。司马迁身后一册《史记》，使后人对秦皇汉武时代不再陌生；普鲁塔克留下了《希腊罗马名人传》，使后人了解古希腊罗马成为可能。"他认为，要写出一部优秀的传记作品，光凭档案资料是远远不够的。他读万卷书行万里路，在历史和现实中畅游，为伟大的时代和人物树碑立传。

　　传记文学创作是一项艰巨的工作，没有对文学的坚韧执守，没有对世事人情的深广情怀，是很难创作出优秀的传记文学作品的。从这个意义上看，钟兆云的传记文学创作成就是令人瞩目的。

　　作为一名长期从事传记文学创作的作家，钟兆云深知传记文学真实性的重要意义，他一直严格遵守尊重历史真实的原则，在行文下笔前总是充分做足史料收集、归整和梳理的功夫，不仅对史书记述认真考查，而且对传闻逸事、稗闻野史也一丝不苟地查验。有评论家提出，传记文学与虚构小说最本质的区别就在于作家从事传记文学创作的目的是为了记录真实的历史人物，因此传记文学始终不能离开历史人物、事件乃至环境的真实描述，传记主角如果失去了真实存在的背景，也就缺失了呈现真实的舞台。但事实上，在创作中，所谓"真实存在的背景"其实是很难呈现的，面对层积如山、翻涌如海的各种历史事件、历史人物和历史景观，要做到出入冗繁而条理清晰、往来细碎而认知清醒、迂回是非而判断独立，这绝非一时一日可以达成，而是需要长年累月的历史知识积累和掌握严谨扎实的史料整理方法，而这恰恰是钟兆云擅长且专注的。从事历史研究和人物传记写作以来，他始终坚持严谨的治学态度，不仅耐心细致地搜集传记主角的书信、手稿、档案等文献、照片和音像资料，还结合外出实地调查、走访问谈，以考察观感印证文献史料，以鉴别比较推进思考探求，以辩证思考升华体会经验，从而形成了稳健的文风。

　　钟兆云以大量的史料文献作为他文学世界的基石，以严谨客观的态度记录正史人物的起落浮沉，以悲天悯人的情感补缀人物的身世与命运，这使得他笔下的纪实题材作品既反映出时代主流意义，又提供了一种全新的文学审美体验。他更以文学创作表达出文学"自我"的质疑，对历史现实的辩证思考，对"真实"的叩问和解读。如《辜鸿铭全传：改变崇洋媚外的中国》，在充分尊重历史、力求还原真实的基础上，适当发挥想象，合理设置虚构剧情，以紧凑迂回的情节、生动精彩的画面与广阔开阖的情境，全景式展现了清末民初那个风云际会的特殊年代中西文明碰撞、新旧文化冲突的图景，形象表现了辜鸿铭传奇的遭遇和鲜明的个性，在追溯知识分子的文化想象和生命抉择的同时，启发人们对于现代民族国家建构的探求和思考，无论在思想还是艺术上，都达到了较高的水平。

　　然而传记文学归属于文学最本质的特征仍在于其"艺术性"，这也是传记文学与历史研究根本不同所在。要形构曲折生动的故事，塑造形象饱满的人物，传达意义充实的精神内涵，光有翔实的历史细节和真切的历史情景显然是远远不够的，还需要灵活的文学表现手法和适度的艺术审美想象，这就在无形中拉近了小说与传记的天然联系。《辜鸿铭全传：改变崇洋媚外的中国》就很好地糅合了传记记叙和小说虚构二者的特征，在尊重历史真实的基础上，尽可能贴近实际、走进读者，做到了"真实"而"好看"，达到了"历史性"和"文学性"的交融汇合。平心而论，要真实还原辜鸿铭这位清末民初的"文化怪杰""国际巨星"实非易事，他同时又是一位性情古怪、狂狷桀骜的"另类"，不仅有为人们所熟悉的大放厥词的"茶壶多妻论"和尖锐犀利的"有形的辫子与无形的辫子"说，还有奇异的"恋足癖"和顽固的文化保守主义偏执。这样一个集伟大与粗鄙、深刻与浅薄、矛盾与复杂于一身的人物，对传述者的要求相当高，除了自身必须拥有深厚丰富的东西方知识、纵横宽广的文化视野、客观独立的历史态度和审慎思辨的价值观，还要有相当高的艺术审美创造能力，才能保证传记作品情节饱满而又转折丰富、人物真实而又鲜活生动、情绪恰当而又层次深入。钟兆云灵活运用小说全知全能的叙述视角掌控全局，且有所深入，恰当发挥虚实相生笔法调整节奏，通过舌战群雄的精彩论辩、往来鸿儒的社交活动、传道授业的文化传播，乃至一些合理虚构，达到还原历史情境化、丰富人物立体性、增强阅读审美体验的良好效果，从而成功为读者展现了一个立体、复杂、矛盾的辜鸿铭。

无论是传记文学《辜鸿铭全传：改变崇洋媚外的中国》，还是长篇历史小说《奇人辜鸿铭》，钟兆云说："我想让世人重新且真正认识他，在批判他的陋习和歪理之余，更多借助于在他身上闪射出金光的言论和赤子心，藉以观照世界，观照自我，也为中国文化薪火相传的长路添一束微弱的光芒。"

钟兆云指出："如果说世间有什么方式能让一个活着的人与一个已逝的高尚灵魂相遇相识相处，那么人物传记创作，无疑是最为神奇的方式之一。"我想这也是他迄今为止初心不改，坚持从事传记文学创作的原因。

三

　　法国文学评论家热奈特（Gerard Genette）认为："一部非虚构性散文文本完全可以引起读者的审美反映，引起读者反映的不是形式，而是文本的内容。"他更以俄狄浦斯王的故事为例进一步说明，若故事是真实的，无疑会更吸引读者，"正如模特之美不依赖画家的天才一样"。人们对真实事件的浓厚兴趣更甚于虚构作品。

　　如今距热奈特所处的时代已过了近半个世纪之久，叙事中的虚构手法更是日新月异，受众对此早已产生审美疲劳。淹没在后现代浪潮中的人们，或可能对过去产生迷惘，却不再似从前那般在意未来，不再试图通过虚构主导型的文学作品激发想象、启发思考未知的可能性。相反，对社会百态群像的记录与对真实人性的刻画可能更吸引人。文学与现实关系的微妙变化以及文学创作面临的创新困境，要求作家和文学评论者对兼具纪实性和虚构性的文学书写予以重视。

　　钟兆云的《海的那头是中国》，体现了作者从传记写作向小说写作的重要转变和自我突破。钟兆云在这本书中不仅采用第一人称"我"作为叙述视点，更将小说的虚构笔法主要运用在主人公的行动上，而以往灌以万钧之力书写的正史人物，反而退居小说中的历史要素，成为理解故事发生背景和推动情节发展的认识基础。这种对"我"的编排和书写，必然是一种有意味的形式，包含着对"自我"与历史之间关系的思考：

　　　　我总觉得，一个想要有自己的历史，看重自己的历史的人，才会不甘平庸，想方设法作为，不能流芳千古，就遗臭万年。
　　　　我知道，我打开的不是冰冷的骨灰盒，更非潘多拉的盒子，而是一个华侨青年的热血与对祖国的命运的关切之心。轻抚着冰

评论

269

冷的档案，像是摸到了父亲的心跳。

　　人是最复杂多面的，尤其是那些纵横四海、阅览风云之人，连历史学家都难以定论。很多时候，我们也会迷失自我，又怎能苛求历史学家探究历史人物的真情实感呢？每段历史都来自现实，现实中又有太多的变数和难言之隐，那些历经坎坷波折的历史更是如此！

　　尤其在全球化的后工业时代，对"自我"的不屑追逐几乎到了盲目的程度，这导致了"自我"意义的消解，进而在相当程度上瓦解了文学自身的审美和意义。文学似乎很难再创造出惊人的效果，任凭无数创作者使尽浑身解数，仍旧难以改变"波澜不惊"的现状。非虚构、网络、历史、科幻、推理、玄幻……文学始终在虚实两极之间进行着无限的自我变形与衍生，以至于文学创作成为某种琐碎且小众的行业。与这样一种普遍的情形相比，纪实性文学似乎显得十分落伍，单单看到一系列老套、守旧、缺乏新意的命名，就会令人不自觉地感到枯燥乏味，这的确是一种实际情况或者审美偏见。

　　在《海的那头是中国》这部具备纪实性质的小说中，反映出钟兆云依托现实的文学创作意图，即从第三种时空或者第三种身份来思考特殊群体命运遭际，乃至中国的历史与现实。他在小说中创设出一种新的人群，即游走于历史与现实之间的特殊群体——华裔"眷属"。这种新生族群的出现恐怕超出了钟兆云小说创作构思的范围，继而引发有关小说创作尤其是纪实性小说创作"人物设置"的某种新的状况。简而言之，出现了这种有关人物的困惑性问题，即小说中"人物"的主体性意义何在？纪实性作品的一个基本的写作目的就是还原历史上曾经存在的真实人物或者故事，正因为如此，诸多"人物"被固化在了人们的想象中或者人们理所当然认为的"历史"氛围当中。"人物"成为一种价值和意义的标签。很多时候，文学理论家和文学创作者没有意识到这一点。难道我们是要塑造人物的文学蜡像吗？多年以后，这些曾经彪炳史册的人物或许终将尘封在历史当中，成为无人问津的静止不动的人物雕像，连同他们的故事一起。

钟兆云通过历史人物的"影子"来验证历史人物的身份主体性，因为"影子"在太阳底下是为大众所普遍看到的。但与此同时，我们也要注意到一个更重要的人物问题或者说人物现象，即这些被历史牵扯住的"影子"只能存在于阳光底下，太阳一旦消失，"影子"的意义便不存在。简而言之，为了证明历史人物的正当性所选择的华裔"眷属"这一人物群体同样存在主体性的危机，即他们的主体性意义何在？高明的作家往往会将"人物"的意义挖掘透彻而使人物变得清晰，只有这样，历史人物以及"影子"才可以坦然自如地行走在大街上，他们的主体性才能够得以完全确认。

四

面对钟兆云浩繁的文学创作，我曾在《人民日报》《当代作家评论》《传记》，以及《香港文学》和台湾《艺文论坛》等报刊发表过几篇评论：《大地火焰的记录与传承——钟兆云的传记文学创作》《文学与史学的有机结合——评钟兆云的传记文学创作》《绽放光华的思想芦苇——评钟兆云〈辜鸿铭全传〉》《寄情志于豪杰，探真相于历史——评钟兆云的传记文学创作》《纪实性文学创作的新尝试与新挑战——兼论钟兆云小说的艺术特征》，借一斑以窥全豹。几年前我又开始着手选编《钟兆云研究资料》，对他的创作历程有了全面的认识。

今天很高兴有机会参加"四十年来家国，八千里路云月"钟兆云文学创作40年分享会，我认为钟兆云的创作实现了两个突破：一是对文学虚构的认知突破，二是对文学理性的认知突破。钟兆云以他的文学创作经验表明，重新审视文学范式已成为当下的一种必要。他的作品，无论对于当代文学创作还是对于文学理论建构都具有重要的启发性，同时也是对中国传统文化理性精神的一种当代重申和致敬。

钟兆云曾经引用诺贝尔文学获得者、法国著名作家萨特的一句话："刀光剑影总要消失，文字著作则与世长存。"这句话同样也可以用来形容钟兆云：只要人类存在，文字著作就不会消亡。钟兆云把历史的沧桑与沉重、把创造历史的人物记录下来、表达出来，成为人类文明史上的一道光芒，他的文学创作将继续引领和照亮人心！

深入勘探现代人的精神世界

——读长篇小说《时空轶事》

石华鹏

长篇小说《时空轶事》在开篇出现的一个意象让我印象深刻，它仿佛是引导我们走进和理解这部小说的一道光亮，或者一把钥匙。

"我把目光扫向一排又一排晾晒的白被单，看见一簇春光在上面不停地晃动。忽地，我在一张被单上看见，有一双眼睛注视着我。""那一簇碎碎的春光淬溅在我涌出的泪水里，光斑扩大，欧阳兰消失了。"

——春日晴朗的一天，在被当地人称为"疯人院"的海舟医院的晒台上，"我"和她面对面坐在一张石桌旁，周围挂满了晾晒的白色被单。两人聊天时，出现了以上这一个场景。

那簇"不停地晃动的春光"，犹如一个巨大的隐喻和象征，为整部小说定下了时空交错、叙事迷幻、人生似梦的艺术基调。白被单上晃动的春光，让我们想起电影银幕，以及银幕上虚幻与真实交织的光影故事。事实上也是如此，小说中，白被单上出现的注视"我"的一双眼睛和在光斑中消失的欧阳兰，暗示了那是另一个"我"。"我"和她面对面坐在一张石桌旁，实则是"我"和"我"面对面而坐，50岁的住在海舟"疯人院"的欧阳兰与9岁的来自川北362基地的欧阳兰面对面而坐。她们聊天，并发现一个秘密："我看到了从前的我。是看到，不是想起。因为那个我还在那里。"

在那簇晃动的春光里，在时间的深处，有多个平行世界共存，有多个"我"同时存在着，其中的哪一个才是真正的"我"呢？这是《时空轶事》深层探讨的一个问题，是对认识自我的一次复杂的诘问。在对自我确认的游移不定中，小说的另一个诘问或者题旨随之而来：生活究竟是我们活过的日子，还是我们记住的日子？抑或是我们记忆中重现的日子？

当然，这不是穿越情节，也不是魔幻叙事。《时空轶事》是一部百分之百的现实主义小说，如果要给这种现实主义冠上名称的话，不妨称之为"轻逸现实主义"。说它"轻逸"，是因为其在叙事和题旨上所表现出的轻逸之感。小说叙事打破了时间和空间的束缚，随主人公情绪和记忆的变化，在多重空间和时间中灵动切换，摆脱了叙事的繁复和冗长，直接与人物的精神世界勾连。另外，小说对自我与他者、记忆与存在等问题的探讨，是通过个案和感性的生活来完成，让深刻的心理问题探索有了一种灵动和确证之感。

围绕主人公欧阳兰，小说写了三个空间里的故事。其一，"走进红砖楼"，讲述欧阳兰少年时读书和成长的故事。欧阳兰随知识分子父母在川北大山深处的 362 基地（满足战备需求的能源试验场和后处理工程）生活，尽管物质匮乏，但常有小愿望得以满足的快乐。她结识了一生的好友许冬梅、周卫等，认识了敬业的草帽书记、邻居叔叔等人，也见识了家暴的邻居和"女流氓"等。同时，处于成长期的少女欧阳兰身上，也浸染了那个时代的价值观，如爱憎分明、道德洁癖、激情革命、善良纯粹等。其二，"风卷研究院"，这个故事开始时，欧阳兰已人到中年。她大学毕业后回到父母的家乡海舟，在江南应用物理研究院工作了 20 多年。院长赵辉被"双规"，继而进了监狱，欧阳兰的精神也陷入"不可名状的焦虑"之中，"常常坠入虚无里，感觉自己一点点与时空脱节。我的内心一片空荡。""我"的研究能力强，成了副院长，但在各种人事纠葛中，"我"的人生却陷入了某种绝望和无意义中。其三，"迷幻'疯人院'"。过度的焦虑和绝望，以及院士丈夫出轨学生的谣言，让"我"住进了"疯人院"，"在这里住久了，我常常有恍惚迷离的感觉，在那个未知的平行世界里，所有过去、现在和未来的人和事，都在这里不断被并置发生，不断被重新上演"。医院的治疗过程依然是自我疗愈的过程，这个过程是"迷幻"的，去见到过去的"我"，去与记忆中的那些人"告别"，然后找到"哪一个才是真正的我"的答案，找到"生活究竟是活过的日子还是记忆中重现的日子"的答案。

三个故事，也是三个隐喻：物质贫乏的纯净时代，物质丰富的倦怠时代，以及精神困顿的自我疗愈时代。第一个故事的叙事清晰、舒缓，细节丰富，充满温情；第二个故事的叙事跳跃，节奏加快，带有强烈的情绪色彩，温情消失，焦躁的情绪弥漫在叙事中；第三个故事的叙事混乱，人物和剧情来回变动，不再清晰，带有"迷幻"色彩。所有的叙事情态和风格特点都是人物精神世界的写照，3种叙事风格塑造了欧阳兰的心灵成长史和变迁史。

"哪一个是真正的我？""生活是我活过的日子还是记忆中重现的日子？"欧阳兰之所以发出灵魂深处的自我诘问，是因为她迷失了自我，在匆忙的、光怪陆离的现代生活中失去了意义，而自我诘问无疑是寻找和疗愈的方式之一。德国哲学家韩炳哲认为，"无节制地追求效能提升"的"功绩社会和积极社会导致了一种过度疲劳和倦怠"，"功绩社会的倦怠感是一种孤独的疲惫，造成了彼此孤立和疏离"。这一精神状态是现代社会的典型特质。韩炳哲对这种倦怠社会的病症开出的药方是："人们应该对人性做出必要的修正，在其中大量增加悠闲冥想的成分。"无疑，自我诘问构成了"悠闲冥想"的重要部分。欧阳兰的自我诘问遍布"风卷研究院"和"迷幻'疯人院'"两个部分的叙事中，尽管小说家给了我们一个"没有结局的结局"，但答案是有的：那个纯净时代的"我"才是真正的"我"，那个时代中的"奉献者"草帽书记和"好人"邻居叔叔以及有成就的研究者"父亲"等一批人，"他们总是重现在我的记忆里"，这才是"我"所珍惜和敬重的精神。

《时空轶事》是一部有着突出艺术思想的小说，它试图融合物理学、精神分析学和社会学的相关知识来进行叙事。三个故事开始之前都有一个简短的引言，引言涉及物理学和精神学最前沿的研究成果，有关人的幻想空间、宇宙中的平行世界、生活经历与记忆的复杂关系、第四维度的"命运之眼"，等等。这些知识并非突兀地"显示"，而是主人公欧阳兰——一位从事物理学研究的研究员——对自己人生遭遇和命运的一种理论上的解释。这些知识既为小说的抽象叙事提供了合理性，也为欧阳兰的认识自我提供了科学上的解释。

从某种程度上来说，《时空轶事》在叙事形式与叙事内容上做到了紧密结合，对现代人的精神世界做了较为深入的勘探，尤其对倦怠社会下知识分子的精神世界做出了一种病理学上的呈现和阐释。

"见到你比我想象得还要好，你走出了焦虑的日子，非常好。"小说最后，过去的好友雯雯对欧阳兰说。"醒来时，我已经睡在海舟市理工大学我家里的床上，此刻是北京时间上午 7：02。阳光透过窗帘急不可耐倾泻进来……"

"那簇晃动的春光"变成了"倾泻进来的阳光"，一切似乎变得美好起来了。

山乡巨变的诗意书写

——读杨笔的小说《春到画眉岭》

傅　翔

几个月前，杨笔给了我一叠书稿，书名《画眉岭》（后改为《春到画眉岭》），是一部以生态文明建设为主题的长篇儿童小说，初读便给人耳目一新的感觉。

杨笔，本名杨秋明，我一直更喜欢叫他秋明。秋风明月，秋高月朗，本是一种很美的意境，但他取了笔名杨笔，我想也一定有他的缘由。秋明也确实用这个笔名写出了好几部小说，还得过一些奖。看来，这个笔名带给了秋明灵感，笔下生花，可谓恰如其分。秋明小我几岁，早年在中小学任教，涉足文学是近 10 年的事情。他身上有客家人的淳朴和善良，性格豪爽，讲义气，我们也是一见如故，交往渐渐多了起来。

《春到画眉岭》这部作品，结构比较自然，两个孩子在暑假接受老师布置的任务，深入山村开展田野调查，从而认识了一批平凡而伟大的治荒人：外来的媳妇儿沈木兰、由于治荒致残的杜金林和他的新疆媳妇儿马秀娟、外来的和尚无为师傅……一群外来人带来了思想的碰撞，从而又带出了"赎罪"的范伟书、儒雅的新型农民范水长、养鸡大王范大元、养蜂合作社理事长杨昊……他们或是辞掉公职的医药公司经理，或是返乡创业的大学毕业生，目的只有一个，建设好自己的

評

論

277

家乡。小说中，一个看似可有可无的人物杜骏豪，起到了承上启下的关键作用，把一颗颗散落的珍珠串了起来。

读完这部小说，我有一种似曾相识的感觉。小说写的其实就是我的家乡，或者是我家乡周边百十公里范围内近几十年来的变迁。杨笔的家乡离我的家乡只有几十公里，隔着一座举世闻名的松毛岭。那里发生过的事情，在我的家乡也发生过。水土流失严重，光秃秃的山岭上几棵老头松迎风摇曳，山洪暴发、河床干涸是常有的事情。那时候，农作物的产量很低，我的父辈在田间没日没夜地劳作，还喂不饱一家人的肚子。小说中的人物就是我的父老乡亲，他们卑微而坚韧，敢于用新办法解决大自然的难题，而且认准一条道，几十年如一日，锲而不舍地改造着这片炽热而贫瘠的土地。如今，我家乡的境况也发生了翻天覆地的变化，许多故事在坊间流传。

这部小说展现给我们的就是许许多多普通老百姓的故事，他们不屈服于命运的安排，扎根在这片"了无生命、闪着血光"的贫瘠土地，探索出一条治理荒山的路子。他们屡战屡败、屡败屡战，通过艰苦奋斗，实现了从"火焰山"到绿水青山到共同富裕的华丽转变。小说中人物众多，也都塑造得有血有肉，真实可信，但最打动人心还数因开路致残的杜金林。他的人生就像过山车一样，经历了大起大落，从踌躇满志到一落千丈，从心灰意冷到重拾信心，最后竖起了一面"身残志坚"的旗帜，在画眉岭的上空高高飘扬，成为人人称道的"断臂铁人"。

小说的故事堪称精彩。通篇讲述的就是普通人治理荒山的故事，从报春的鹧鸪草到"赎罪"的范爷爷，从树林下面有乾坤到多彩农田与养蜂大王，最终实现丹溪大联欢，一波三折，一环又一环，环环相扣。故事从老百姓日益增长的需求出发，层层递进，将荒山治理、生态林业、生态农业、生态旅游与中小学生研学等主题相互融合，把荒山打造成绿色可循环的生态圈。小说将人们对苦难的思考和对美好生活的向往相结合，把短期利益与长期利益的矛盾同步考量，最终的目标是促进生态经济可持续发展，从而实现共同富裕。这不仅贯彻了国家战略层面的需要，更是造福人类的一项伟大创举。这些故事具有平民化和复杂化的共性，可读性强，给人思考的空间也很大。

语言是小说创作的灵魂，《春到画眉岭》的语言也非常唯美。在杨笔看来，对美的发现，对美的理解，对美的赏析是少年儿童阅读过程中不可或缺的。比如"绿树成荫、花团锦簇。一排排素有'百日红'之称的紫薇奔放地开着紫红色的花朵，层层叠叠，雍容华贵。果实累累的银杏树在蓝天白云下显得生机勃勃，像一把把小扇子一样的银杏树叶在阳光照耀下闪闪发光，树下透着斑斑驳驳的光影"这样唯美的开头，与文中"丹溪村像一幅西式的油画一样呈现在我们的眼前，一眼望去全都是赤褐色，在阳光照耀下闪着金光。我们怀疑自己不是在江南，而是来到了一望无际的黄土高坡"等恶劣的生态环境描写形成强烈对比。把老百姓"晴天一身土，雨天一身泥……晴三天闹旱灾，下阵大雨闹洪灾……谁能够改变这恶劣的自然环境啊"的叹息，与如今"画眉岭实现了从山光田瘦到绿水青山的凤凰涅槃，如今成了闻名遐迩的旅游胜地。游人们驻足流连，直呼来到了世外桃源"遥相呼应，从而升华至"正如奶奶所说，每个人的心里都需要一片绿意盎然的春色，每个人的心里都需要一片宁静安详的港湾"。如此，把唯美的叙事推向深层次的思考，足见小说语言的魅力。

这是一部讲述水土流失治理的血泪史，杨笔却用诗一般的语言、诗一般的意境，表达出诗一般的情怀。是啊，既然身处恶劣的自然环境中也舍不得离开，那么迎接人们的一定是令人屏息的美好。这些美好不光展现在我们的眼前，而且镌刻在我们的心中。

杨笔出生在闽西乡村，成长在这片爱恨交织的热土上，这里还是我国南方红壤区水土流失极度严重的核心区域。他能够写出这样的小说，我想，既在意料之外，也在情理之中。当然，一部好的小说还要有强大的艺术想象力与张力，要在抓住读者内心的同时引导读者进行触动心灵的思考；同时，还要有对复杂人性与人物心灵世界的深入探索。只有这样，儿童小说才会抵达文学的最高殿堂。相较而言，《春到画眉岭》在这些方面还略显单薄，也还有一定的上升空间。当然，杨笔已经清醒地意识到了，我们有理由对他的创作抱有更高的期待。

福州当代诗歌的城市想象略论

伍明春

如果要描述福州这个东南海滨城市的独特气质，我们往往会很自然地联想到诸如"闽越古都""东南滨海城市""温泉之城""榕城"等诸多标签式的名称。然而，由这些名称所指称的福州形象，都难免流露出一种公文语言或常见于旅游手册的扁平与抽象。相反地，在当下一些福州诗人的笔下，经由现代汉诗多元想象的立体展开和充分演绎，福州的气质和形象得到一种丰富和鲜活的呈现。

迂回地抵达

诗人的城市想象，一方面可以从本土意象出发，另一方面也可以超越本土性而提升为某种普遍的意涵。曾宏是一位自小就生活在福州的本土诗人，他的《在闽江大桥下》一诗，虽然出现了"闽江大桥"这一福州的地标性符号，但作者并未因此展开对外在的风土人情的叙述，而是转入一种形而上的思考：

> 一定有这样的道理：远离的
> 受更强劲的诱惑牵引

石头，这铁石心肠的汉子
更容易被牵引，用流水的魅力
但是，水流也有涨平的时辰
每天都有，它甚至越过桥墩
在石头的美梦之上，倒流

几乎是一种背叛，无声的
悄悄地瞒过在极度快乐中
睡去的石头，返回大山；尽管
不大可能的，回归，寻找难以
根断的旧情，而每一次
它们又都要回到现实，于是
石头们醒来，大声问

"你去哪了？"不语，于是
喧哗起来，辩解、责骂、反讥
逐渐地平静，轻声细语，吻
逐渐地拉上风景的窗帘
让呼吸中的夜混和了彼此
让人眼在交谈声中迷失
最终归于黑暗，在人最深远的日子里

在这里，石头和流水的关系可以看作人和城市之间包容、磨损、对抗、妥协等复杂关系的象征。

梁征的《守望林阳》一诗中的抒情主人公则走出福州的繁华闹市，来到郊区。他此行的目的当然不仅仅是呼吸几口新鲜空气，更是从千年古寺那里汲取心灵的正能量，以此重建自身和城市之间的和谐关系：

守望林阳

是我今生最快慰的补偿

尽管世俗演绎得一片荒凉

但时光转身已万水千山

心空寂　花不语

星稀薄　鸟无声

我只不过想要一场清风明月

痴痴地把自己流放林阳

一枰棋　一张琴　一卷经

一壶茶　一柱香　一溪云

　　"流放"当然可以看作是逃离都市的一种方式，但现代人已不可能像古人那样归田园居，隐身山林，而是必须不断调整心态，以一种更为包容、开放的方式去面对城市。因此，这里所谓的"流放"，也可以说是为了更好地回归城市生活的一次"热身"。

细部的呈现

　　想象城市，也可以从城市的某一细部切入，通过这一细部以小见大，反映整座城市的某种性格。譬如，反克诗群的诗人笔下的"永安街"意象颇具代表性。在巴客新近的诗作中，原本并不起眼的"永安街"成为一个象征着庞杂的城市记忆的新地标，这是一条"在时间里扩张"的"狂想的街道"，通往一个另类的乌托邦：

赶尽杀绝所有的思想。不可思议的快乐侵略着假设的时光

和喧嚣的"语言的闹铃"：爱情正好在怀抱里昏迷不醒。

那么多的事物可能并不存在，某一种眷恋在这里长出新芽，

并且与疾病做爱，连死都不能限制它的自由。

（《正在消失的永安街》）

在"假设的时光"中，思想和爱情被搁置起来，只有指向记忆的眷恋之情不断生长，甚至超越了疾病和死亡的重重障碍。

"永安街"同时也是一条"妩媚之街"。有意思的是，这种妩媚主要是通过中年女性形象来体现的。她们介于青春和衰败之间的成熟魅力，绚烂而脆弱，甚至成为孤注一掷的情感武器：

三个中年女人。她们，把睡袍里的小鹿

赶到一条街上。她们构想出的妩媚之街，

有水，有鸟，有蓝色的名字与孤立的双腿。

她们一贯以街的名义洗劫你的感情、目光、话语。

她们，或会在你狐疑之际转身，面向真实。（然后

她们会举起自己的身体，投进你的咖啡。）

（巴克：《妩媚之街》）

在男性的视域中，中年女性的妩媚构成城市中的永恒风景，也成为诗歌想象的灵感来源之一。然而，更为奇特的是，你在这里还可以看到一个孤独而笨拙地练习飞翔的中年男人：

一个中年人在永安街练习飞翔，他要赶在

喝尽命里注定的酒精存量前，重新培育新的苦难。

这个城市的居民将不会领会他的精妙意图，他们像海水一样冷漠，

但所有的幸福都不能阻挡他的手臂，因为冬天是个至诚的敌人。

（巴克：《正在消失的永安街》）

显然，这个已经不可能长出翅膀的中年男性所要克服的，除了地球的引力之外，还有来自声名、欲望等更大的引力。因此，他那寻求起飞的姿态就多了几分沉重的悲剧性色彩。

与巴克相呼应，在另一位诗人顾北那里，"永安街"同样充满着怪诞的狂想：

从良的快捷酒店，流汗的时间，肥老板与丈夫
机器人怪物像电线杆下找不到家的宠物
永安街离岸的忍冬花有多远
在共有的时间缝隙营造栖身之地

（《永安街之十四行随想》）

我们是隆冬开始吃草的人
四十年风花雪月，美人憔悴
而今夜月冷风清
安静是本分，不知该不该去
"你是传说中的金山彼岸城吗"
我们所拨打的电话空城空号
早上开始醒悟，下午春暖花开
仿佛钟声送来黄铜色，多日的咳嗽卡在

升 C 小调

我还是人吗？我是一直低头

吃——草——的——羊

（《永安街吃草记》）

与城市和解

现在是高度虚拟化的网络时代，人们和城市之间也不再是现代主义文学中呈现的那种赤裸裸的紧张关系。换言之，网络时代的来临，为缓和这种紧张关系提供了诗歌想象的诸多可能。

哈雷的诗中充满着各种水的意象。水的意象的内在性有时表现为一种纯粹的抽象性。这些意象看似外在于抒情主体，实则是由主体"心造"的抽象符号，因而是一种心象，如《在两栋房之间》中的"荒凉的水域"，喻指具有鲜明的非人化特征的现代城市：

把自己捆在两栋房之间

是愚蠢的鱼的理想

那喧闹的地方，还有荒凉的水域

我的游走显得很疲惫

城市巨大的反光薄膜俯视大地

拉开了我和水草的距离

想着岸，想着森林、牧场和歌曲

如今，我在遥远的阁楼里

拿一点点笑话糟蹋时光

而这些渺小的事情

又终将让我彻夜失眠

巨大的反光膜构成了城市坚固的封闭形式，它建立起强大的自我循环系统，拒绝了外部的阳光、森林、牧场等农业意象。居住其中的人类，就像被养在鱼缸里的鱼那样，环境似乎很通透，其实到处都是如玻璃般隐形而又硬冷的强大规约，稍不留神就碰得头破血流。不过，久而久之，原本水土不服的城市中人也开始认同当下的处境，转而诉诸一种妥协，甚至是一种自我沉湎与自我涅槃：

很久以来，我没带你去看水车的转动了
那躯体的声音，会因为水
变得更加流畅
当大地还是大地人却变得这么不同
总想要把自己养在水里，想竭力盛开
准备迎接更大的节日

我不必说话
天空尽数吸入了我的气息
在一个女人的面前
有几条道路和多种视线为她拉开距离
而我就等着在水岸上
为你诞生一个粉红色的东方男孩

（《给我一次诞生的机会》）

这里出现的"水"的意象具有多重含义：第二行的水显然是取其原本的含义，就是自然形态的水，第五行和倒数第二行的水则是内在性的，被赋予了一层终极性的哲学意蕴，换言之，这是保证新的自我诞生的"羊水"。

而在谢宜兴的《即使活得卑微》一诗中，我们看到，置身于城市夜晚的喧嚣和繁华之中，诗人显然无意领略霓虹灯的暧昧闪烁，却在恍惚间回归故乡，仿佛看到了"母亲灶膛里的火光"，于是一种强烈的不适感和压迫感油然而生："车窗外不见归鸟，车水人流／把宽阔的街道挤得好像要渗出血来／巴士像大颗粒细胞，漂移的岛屿"。然而，值得注意的是，诗人并未像众多现代诗人所做的那样，由此展开对城市生活的激烈批判，而是在城市飞速的节奏里找到一种慢，在喧嚷的市声中找到一种静，当内心呈现一片澄明，也就真正实现了一次自我救赎："多少年了心在云天之外身在尘埃之间／乘着薄暮第一次这般真切地感到／有一个栖身的处所有一盏暮色中的灯／等你回家，在苍茫的大地上／即使活得卑微，幸福已够奢侈"。这里的灯光，当然不是农业时代的小油灯发出的，而是由庞大的城市供电系统提供的，但当它和暮色、大地和爱紧密相连，就同样展示了人类精神家园的高贵质地。换言之，每个人在城市中细心呵护自己的幸福，尽管渺小，却并非向城市屈服或投降，而是展现一种鲜明的昭示的姿态，个体卑微的存在意义也因此得以升华。